AF400004

Stell Dir vor, Du wachst im einem Schloss auf. Alle sagen, Du wärst die Prinzessin und kleiden Dich in den schönsten Kleidern, aber Du hast keine Ahnung, wer diese Menschen sind, wie Du hier her gekommen bist und wie Du zurückkommen kannst.

Wem vertraust Du?

Ellie Rai ist ein Pseudonym, eigentlich heißt die Autorin Stephanie Langela und wohnt mit ihrer Familie in einer kleinen Stadt in der Nähe der niederländischen Grenze. Alle Schlösser in diesem Buch gibt es wirklich und lohnen einen Besuch

Ellie Rai

Vom Fallen und Springen

Roman

Reingert

Verlagslabel: Reingert Verlag

ISBN Softcover: 978-3-347-80902-4
ISBN Hardcover: 978-3-347-80910-9
ISBN E-Book: 978-3-347-80914-7

Druck und Distribution im Auftrag der Autorin:
tredition GmbH, Heinz-Beusen-Stieg 5, 22926 Ahrensburg,
Germany

„Aber du kommst doch heute Abend?"

Sarah atmete am anderen Ende der Leitung tief ein.

„Natürlich, Alex! Meine beste Freundin wird schließlich nur einmal 18! Jetzt muss ich aber wirklich los, mein kleiner Bruder nimmt sonst noch das ganze Wohnzimmer auseinander. Bis später!"

Ich seufzte. Schade, dass Sarahs Eltern ausgerechnet heute länger arbeiten mussten, aber die Vorbereitungen für meine Feier bekomme ich schon alleine gewuppt. Meine Eltern hatten mir für den großen Tag, oder besser gesagt die große Nacht etwas ganz Besonderes geschenkt: Ich durfte im Ballsaal von Schloss Benrath in Düsseldorf feiern. Da brauchte ich nichts zu dekorieren, außer mich selbst! Meine Mutter arbeitete als Hochzeitsplanerin und hatte den Verantwortlichen überredet, dass ich dort meinen 18. Geburtstag feiern konnte. Meine Mutter versprach dafür die nächsten beiden Bräute davon zu überzeugen ihre Hochzeit im Schloss Benrath zu feiern. Bevor die Gäste kamen, wollte ich mich noch ein wenig im Keller umsehen - vielleicht eignete sich da die ein oder andere Ecke als

Separee.

Im Weinkeller fand ich eine perfekte Nische. Mit Hammer, Nagel und Lichterkette bewaffnet machte ich mich ans Werk. Beim zweiten Nagel gab die Wand nach und ich fiel nach vorne. Um mich herum drehte es sich und dann war alles schwarz...

'Oh man, mein Schädel platzt.' Vorsichtig öffnete ich ein Auge. Schnell wieder zu machen. 'Das ist der schlimmste Kater meines Lebens...' Ich drehte mich nochmal um und zog mir die Decke über den Kopf.

Als ich das nächste Mal aufwachte, war es nicht wirklich besser. Ich machte ein Auge auf, um zu testen, wie schlimm es wohl werden würde, wenn beide auf sind. 'Scheiße, es wird wohl sehr schlimm...' Ich öffnete trotzdem das andere Auge und setzte mich langsam auf. Alles drehte sich, während ich mich mit zugekniffenen Augen im Zimmer umblickte. Es dauerte einige Sekunden, bis mir klar wurde, dass ich nicht zu Hause war.

'Scheiße Alex, mit wem bist du denn gestern nach Hause gegangen? Verdammt, wenn das jetzt Max war, nachdem er endlich so halb akzeptiert hat, dass es mit euch beiden endgültig vorbei ist...' Doch es war auch nicht das Zimmer von Max. Das machte die Sache jedoch nicht wirklich besser. Als der erste Schock sich legte, versuchte ich den gestrigen Abend zu rekonstruieren. Aber da war nichts... 'So voll kann selbst ich

nicht gewesen sein...' Ich blickte mich richtig im Zimmer um.
Ich lag in einem Himmelbett. Rechts von mir waren Fenster vor
denen schwere, blaue Vorhänge hingen, links von mir eine Tür.
Ich blickte nach vorne und erschreckte mich, weil mich ein
Mädchen mit langen zottelig aussehenden Haaren entsetzt
anstarrte. Ich schrie kurz auf und das Mädchen gegenüber auch.
'Moment...' Ich fasste mir ins Gesicht und stellte erleichtert fest,
dass es sich um mein Spiegelbild handelte. Ich sank zurück in die
Kissen und versuchte mich zu beruhigen. Das wäre mir auch
fast gelungen, bis mir erneut der Schreck durch die Glieder fuhr.
Ruckartig setzte ich mich auf und blickte in den Spiegel. Ich war
letzte Woche beim Frisör gewesen und hatte mir einen Bob
schneiden lassen! Nun hatte ich wieder Locken, die mir über die
Schulter fielen. 'Schlaf ich noch?' Doch ich schlief nicht mehr.
Ich war sogar ziemlich klar im Kopf. So klar wie man halt sein
kann, wenn man das Gefühl hat, die Bowle ganz alleine
getrunken zu haben.

Vorsichtig stand ich auf. 'Wahnsinn, ist der Teppich weich...'
Benommen wankte ich zu den Vorhängen und versuchte sie
aufzuziehen. Nachdem mir dies auch nach mehrmaligem Zerren
nicht gelang, trat ich einfach durch den Spalt und taumelte
geblendet zurück. 'Dass die Sonne auch so hell scheinen muss...'
Als sich meine Augen an das Licht gewöhnt hatten und mein
Magen aufhörte zu rebellieren, lag er vor mir: Der schönste Park
den ich je gesehen hatte.

Unzählige Blumen in allen nur vorstellbaren Farben waren von niedrigen Hecken umgeben. Zwischen den Hecken verliefen schmale Kieswege und in der Mitte des Gartens war ein flacher See mit einem kleinen Springbrunnen. Ein breiter Kiesweg führte an den Beeten vorbei auf ein Tor zu. Um die gesamte Gartenanlage führte eine Mauer und dahinter begann ein Wald. Es schien, als würde dort das Licht der Sonne verschluckt werden. Natürlich hatte ich schon Schlossgärten gesehen und dieser hier kam mir sogar bekannt vor, aber dieser Garten fühlte sich irgendwie mehr an. Ich konnte es nicht greifen. Die Farben waren prächtiger, das Wasser glitzernder, der Springbrunnen klang fast wie ein Lied - 'Na toll, wer hat Drogen mit zu meinem Geburtstag gebracht? Wurde meine Party von irgendwelchen Idioten gesprengt, die mir etwas ins Glas gegeben hatten?' Ich ging gedanklich meinen Körper durch und stellte erleichtert fest, dass nur mein Kopf wehtat. Ich wollte mich gerade zusammenkauern und einen Nervenzusammenbruch bekommen, da öffneten sich mit einem Rauschen die Vorhänge hinter mir. Als ich mich umsah, blickte ich in das wutverzerrte Gesicht einer hageren Frau, die aus mir unerfindlichen Gründen ein Seil in der Hand hielt.

„Alexandra Nathalia Maria von Benrath! Was erlaubt Ihr Euch, halbnackt auf dem Balkon zu stehen! Man hätte Euch sehen können!!"

Verwirrt sah ich an mir herunter. Halbnackt? Mein

Nachthemd ging mir bis zu den Knöcheln und hatte lange Ärmel - 'Wo zum Teufel habe ich dieses Kleid her und wer hat es mir angezogen?' Die Frau griff nach meinem Handgelenk und zog mich in das Zimmer zurück. „Wascht Euch und geht in Euer Ankleidezimmer. Eure Amme Estelle wartet bereits." Mit diesen Worten verschwand sie aus der großen Tür links vom Bett. Unschlüssig sah ich mich um. In der Ecke stand ein Tisch mit Waschschüssel und daneben lagen Handtücher. Ich hätte wer weiß was für eine Dusche gegeben, wollte aber nicht erneut den heiligen Zorn der hageren Ziege auf mich ziehen und beschloss mitzuspielen. 'Ich zieh mich gleich an und dann nichts wie nach Hause. Sarah wird mir kein Wort glauben, ich muss ein Foto machen... Verdammt, wo ist mein Handy?' Erneut sah ich mich im Zimmer um, konnte aber auch meine Kleidung nirgends entdecken. Also machte ich mich frisch und ging durch die Tür neben dem Spiegel, auf welche die hagere Schreckschraube beim Wort Ankleidezimmer gedeutet hatte. Mir blieb die Luft weg.

Der Raum war kleiner als das Schlafzimmer, dafür mit mehr Kleidern, Hüten und Schuhen vollgestopft, als man je anziehen konnte. Na gut, bei Schuhen kann man sich nie sicher sein, dass man genug hat, aber hier hingen mindestens 50 Kleider in verschiedensten Farben und Formen. Es gab sogar Kleider, die dank Reifrock zu ausladend für die Kleiderstange gewesen wären, so dass sie auf Schneiderpuppen hingen. 'Ich kenne keinen Designer...' Die Kleider waren traumhaft. Die auf den Schneiderpuppen waren aus Seide. Eins gefiel mir besonders gut. Es war lindgrün und hatte einen Carmen - Ausschnitt, der mit einer leichten Spitzenborte in gleicher Farbe umrandet war. Am Po war der Stoff etwas gerafft und hatte eine kurze Schleppe. An den Stangen hingen Kleider aus leichterem Stoff. 'Wohl eher ein Kostümbildner, ... aber so einen kenne ich auch nicht...'

„Alexandra, Liebes! Da bist du ja, wie geht es dir? Ist dir schwindelig? Und wieso bist du noch nicht angezogen?" Verwirrt sah ich in das liebe Gesicht einer rundlichen, kleinen Frau.

„Ich finde meine Sachen nicht..." stammelte ich.

„Ach mein liebes Kind, du stehst doch mitten unter ihnen. Such dir was aus, ich helfe dir beim Anziehen."

'Diese Kleider gehören mir? Und ich soll eines anziehen?' Ich starrte die Frau vor mir reglos an und konnte mich nicht rühren. In meinem Kopf drehte sich alles. Die Frau tat so, als bemerke sie nichts.

„Los, mach schon Alexandra. Das Frühstück steht schon auf dem Tisch und deine Eltern warten unten."

'Meine Eltern, Gott sei Dank! Das ist bestimmt eine Geburtstagsüberraschung. Nach der Party durfte ich sogar noch im Schloss schlafen... Vielleicht ein bisschen über das Ziel hinaus, aber trotzdem.' Erleichtert atmete ich normal weiter. Zum ersten Mal sah ich sie bewusst an. Sie trug eine Dienstmädchenuniform mit Häubchen. Ich glaubte, auch der hagere Drache hatte so eine getragen. Alles sehr stimmig, das musste ich meinen Eltern lassen. Ich suchte ein Kleid aus und die Frau half mir, es anzuziehen. Im Spiegel erkannte ich mich selbst kaum wieder. Ich trug ein hellblaues Kleid, das an der Taille rot abgesetzt und am Saum mit cremefarbenen Blüten bestickt war.

Wir gingen durch das Schlafzimmer, links den Flur hinunter. An der Wand hingen alte Bilder von Grafen und Gräfinnen und vermutlich auch Königen, aber ich hielt mich nicht damit auf. Ich wollte endlich zu meinen Eltern und ein bisschen Normalität. Wir erreichten eine breite Treppe, an deren Fuß ein großer Tisch stand. An einem Kopfende saß ein Mann und an dem anderen eine Frau. Auch sie passend gekleidet. Vor Freude rannte ich die Treppe herunter und wollte gerade meinem Vater um den Hals fallen, um mich für die Überraschung zu bedanken, als dieser von seinem Frühstück aufblickte und mich ansah. Wie festgenagelt blieb ich stehen. Das war nicht mein Vater und die Frau am anderen Tischende war auch nicht meine Mutter. Es bestand nicht mal eine entfernte Ähnlichkeit mit meinen Eltern und sie waren noch so jung, höchstens fünf Jahre älter als ich. Wie konnte das sein, was war hier los!? Ich wollte schreien, konnte aber nicht. Da kam die Frau, die mir beim Anziehen geholfen hatte, schob mich auf einen Stuhl und gab mir ein Croissant. Ich traute mich nicht, mich zu wehren, aber ich rührte das Essen auch nicht an.

„Guten Morgen, Alexandra. Alles Gute zu deinem 18. Geburtstag." sagten meine Nichteltern.

Ich starrte sie abwechselnd an.

„Estelle, was hat unsere Tochter?" fragte die Frau, die nicht meine Mutter war.

Eilig kam die Frau aus dem Ankleidezimmer herbei gelaufen. „Ich glaube, sie ist vom Sturz gestern noch etwas durcheinander..."

Meine Nichteltern nickten zufrieden und wandten sich wieder ihrem Frühstück zu.

'Sturz... genau, der blöde Nagel... aber das erklärt gar nichts, höchstens die Kopfschmerzen...' In mir kroch langsam echte Panik hoch. Bin ich entführt worden?? Was hatten diese Leute mit mir vor?? Ich überlegte fieberhaft, was ich machen sollte.

„Darf ich rausgehen?" brachte ich mühsam hervor.

„Natürlich Kind, aber vergiss den Schirm nicht." antwortete meine Nichtmutter.

Verdutzt stand ich auf. Leider hatte ich keine Ahnung , welche von den zehn Türen um das Esszimmer herum nach draußen führte. Estelle, jetzt wusste ich wenigstens einen Namen, kam mir zu Hilfe. Sie nahm meinen Arm und zeigte mir den Weg. Ich atmete tief die frische Luft ein. Estelle streichelte mir beruhigend den Rücken.

„Wo bin ich? Wer sind die ganzen Leute hier? Wie komme ich wieder nach Hause?"

Mitleidig schüttelte sie den Kopf. „Du bist auf Schloss Benrath. Ich bin deine Amme, ich habe dich großgezogen. Am Tisch waren deine Adoptiveltern und dies hier ist dein zu Hause. Du bist gestern vom Pferd gestürzt. Kannst du dich an gar nichts erinnern?"

Ich trat einen Schritt von ihr weg. Ich konnte mich an eine Menge erinnern, aber nichts davon hatte mit dem zu tun, was hier gerade passierte. Mir traten die Tränen in die Augen. 'Bin ich verrückt oder die?' „Kannst du mich zurück in mein Zimmer bringen? Ich glaub ich muss mich hinlegen." Estelle nickte verständnisvoll und brachte mich wieder rein. Kurz schoss mir der Gedanke durch den Kopf, dass ich vielleicht hätte wegrennen sollen, aber wohin? Ich ließ mir aus dem Kleid helfen und legte mich wieder in das Bett. Ich schloss die Augen und hoffte, zu Hause wieder aufzuwachen und mit Sarah über den verrücktesten Traum aller Zeiten zu lachen.

Als ich die Augen wieder aufmachte war es um mich herum stockdunkel. Ich setzte mich auf und sah mich wieder im Spiegel mit langen Haaren. Ich rang nach Luft und überlegte kurz, ob ich mich zusammenrollen und weinen sollte, aber das Knurren meines Magens überzeugte mich, dass mein Nervenzusammenbruch warten musste. Ich stand auf und ging wieder durch den Flur in Richtung Treppe. Diesmal sah ich mir die Gemälde genauer an. Vor einem blieb ich stehen, weil ich das Kleid kannte, dass das Mädchen trug. Es war das hellblaue Kleid mit dem roten Gürtel. Ich hätte eigentlich nicht so schockiert sein sollen, als ich in das Gesicht des Mädchens blickte und mein eigenes sah. Trotzdem zog es mir den Boden unter den Füßen weg. Wie konnte es in so kurzer Zeit schon ein Ölgemälde von mir in diesem Kleid geben? Das war unmöglich... aber, wenn ich ehrlich war, wirklich unmöglich erschien mir nichts mehr. Angsteinflößend bestimmt, aber unmöglich – nein. Ich ging weiter den Flur hinunter, bis zur Treppe und machte mich auf die Suche nach der Küche, in der Hoffnung, niemandem zu begegnen.

Hinter der dritten Tür fand ich sie endlich, stand aber nun vor dem nächsten Problem: wo zur Hölle bewahrten die Irren das Essen auf? Denn einen Kühlschrank gab es nicht. Ich öffnete nach und nach die Schränke und Töpfe, bis ich schließlich ein Brot fand. Ich beschloss, dass ich es auf jeden Fall essen konnte, denn die Wahrscheinlichkeit, dass alles Essen vergiftet wurde, erschien mir als sehr gering. Außerdem hatte ich einen riesigen Hunger und das Brot duftete einfach herrlich. Ich schnitt mir ein paar große Scheiben ab und biss hinein. Zu meiner Freude stellte ich fest, dass es mindestens genauso lecker schmeckte. Mit den Brotscheiben in der Hand schlich ich zurück in den Flur.

Da öffnete sich plötzlich eine Tür. Ich versteckte mich hinter einem Vorhang und hielt die Luft an.

„Diesmal muss es klappen, sonst bricht hier alles auseinander. Wir müssen sie auf jeden Fall von ihm fernhalten, solange sie noch Erinnerungen hat. Wenn es noch eine schafft, nicht auszudenken!!"

„Beruhige dich. Ich habe deinen Plan nicht ganz verstanden, wozu brauchen wir überhaupt eine Prinzessin? Und wer soll uns glauben, dass wir eine 18-jährige Tochter haben?"

Oh, sie redeten von mir! Ich linste durch einen Spalt im Vorhang. Meine Nichteltern gingen den Flur hinab.

„Keiner, deswegen gilt sie ja auch als unsere Adoptivtochter. Außerdem, schon mal von einer Königin ohne Prinzessin gehört. Klar, dass du das nicht verstehst - behalt sie einfach im Auge!"

Mein Nicht -Vater grummelte etwas Unverständliches. Ich wartete noch eine ganze Weile, dann lief ich schnell in mein Zimmer. In meinem Kopf fuhren die Gedanken Karussell. Es gab also irgendeinen geheimen Plan, für den es nötig war, dass es eine Prinzessin gibt? Und die sollte wohl ich sein. Wenn es nicht so angsteinflößend wäre, hätte ich vermutlich gelacht. Das war doch irre!! Ich setzte mich auf die Bettkante und versuchte, meine Gedanken zu ordnen. Ein unmögliches Unterfangen! Ich ging das Gespräch noch einmal durch. Irgendetwas musste klappen und dazu musste ich von jemandem ferngehalten werden, sonst bräche alles auseinander... So ein Blödsinn! Ich sah mich in meinem Zimmer um. Es gab keinerlei Hinweise auf den eigentlichen Bewohner dieses Zimmers, außer ein paar Kuscheltieren und Puppen, aber das half nicht wirklich weiter. Unter Vorhängen konnte ich sehen, dass die Sonne langsam aufging. Ich nahm das Brot, schlüpfte wieder durch den Spalt und hockte mich auf den Balkon. Während ich aß ging die Sonne auf. Ich war in den Anblick des Schlossparks versunken. Jetzt, wo ich ihn mit klaren Augen sah, erkannte ich, dass es sich eindeutig um den Park von Schloss Benrath handelte. Ich hatte schon als Kind zwischen den Beeten gespielt, wenn meine Mutter einen Bridezilla beruhigen musste. Jetzt hatte ich das 'Wo bin ich' geklärt, war mir aber nicht sicher, wie mir das helfen sollte. Da nahm ich im rechten Augenwinkel bei den Beeten eine Bewegung wahr. Ich machte mich so klein wie möglich und beobachtete durch eine Lücke im Balkongeländer, wie jemand auf den Brunnen zuging. Dieser Jemand hatte halb lange, blonde Haare, die ihm auf seine Schultern fielen. Sein weißes Hemd sah aus, wie aus dem Film Stolz und Vorurteil mit Keira Knightley und Matthew Macfadyen, was natürlich zu den Klamotten passte, die die übrigen Menschen hier trugen. Er beugte sich zu dem Wasser hinab und wusch sich das Gesicht. Plötzlich richtete er sich auf und sah in meine Richtung. 'Wow...' Gut, dass er mich hinter dem Geländer nicht sehen konnte - ich starrte ihn mit offenem Mund an und mein Herz setzte ein, oder auch zwei, Schläge aus. Das Wasser tropfte von seinem markanten Kinn und mit einer unwirschen Handbewegung fuhr er sich über sein Gesicht, drehte sich um, und ging auf demselben Weg zurück, auf dem er gekommen war. Ich traute mich erst wieder aufzustehen, als er aus meinem Sichtfeld verschwunden war.

Kopfschüttelnd ging ich zurück ins Zimmer. 'Krieg dich mal wieder ein, Alex, du hast jetzt echt Dringenderes zu tun, als diesen Kerl anzuschmachten...' Ich machte mich frisch und ging in das Ankleidezimmer. Schlafen konnte ich eh nicht mehr. Nach einer gefühlten Ewigkeit gab ich auf, mir eines von den Kleidern alleine anzuziehen und zog auf gut Glück an einem der Seile neben der Tür. In Filmen schellt doch dann immer eine Glocke im Dienstbotenzimmer. So war es wohl auch hier, denn kurze Zeit später stand Estelle, noch etwas verschlafen aber lächelnd, vor mir.

„Alexandra, du bist ja schon wach und ein bisschen Farbe hast du auch wieder. Komm, ich helfe dir mit deinem Kleid und dann gehe ich in die Küche und schaue nach, ob ich dir schnell etwas zaubern kann."

Ich hatte gerade ein halbes Brot gegessen, also bat ich sie, mir nur einen Kaffee zu machen. Sie nickte und mühte sich weiter mit den Knöpfen an dem Kleid ab. Als sie fertig war versprach sie, schnell mit dem Kaffee wieder da zu sein und ich nutzte die Gelegenheit, mich im Spiegel zu betrachten. Diesmal trug ich ein gelbes Kleid, das am Saum und am Dekolletee mit Gänseblümchen bestickt war. Die Haare hatte Estelle mir locker hochgesteckt.

Ich setzte mich an das Tischchen, auf dem auch die Waschschüssel stand, als sie mir auch schon den Kaffee brachte. Ich hörte die mahnenden Worte meiner Mutter im Kopf, dass man von Fremden nichts zu essen und zu trinken annehmen dürfe, entschied dann aber, dass sie mich viel eher und viel leichter hätte umbringen können, wenn sie gewollt hätten. Auch wenn ich nicht die leiseste Idee hatte, was die Leute hier vorhatten, so war ich mir sicher, dass sie mir nichts tun wollten – jedenfalls nicht im eigentlichen Sinne. Also trank ich genüsslich den Kaffee.

„Was hast du heute vor, Alexandra?“

„Ich glaube, ich würde gerne ein bisschen im Park spazieren gehen. Vielleicht kommen dann ja einige Erinnerungen zurück...“

Estelle lächelte mich glücklich an. „Aber du musst deinen Schirm mitnehmen, nicht dass du deine vornehme Blässe verlierst.“

Ich unterdrückte ein Seufzen und nahm den Schirm. Ich kam mir total affig vor, aber Verrückten sollte man nicht widersprechen, also besser erst mal anpassen...

Ich ging durch das Hauptportal nach draußen und drehte mich zum Schloss um. 'Dieses Schloss hat auf jeden Fall das gleiche Bobonrosa, wie das, welches ich kenne.' Ich ging los und hielt mich rechts. Ich hatte vor, einmal um das Schloss herum zu gehen. Wenn es sich tatsächlich um Schloss Benrath handeln sollte, müssten hinter dem Schloss weitere Häuser und ein großer See sein. Und so war es. An dem Gebäude grenzte links eine Koppel auf der einige Pferde standen. Die waren sonst nicht da, aber der See sah aus, wie in meiner Erinnerung. Er war von einer lichten Parkanlage und einem breiten Kiesweg umgeben, der einmal durch das gesamte Gelände zu führen schien. 'Wahrscheinlich zum Lustwandeln für die Hochwohlgeborenen.' Mir rutschte ein hysterisches Kichern heraus. Ich sah mich um, sah aber zum Glück niemanden. Ich wandte mich der Koppel zu. Ich war zwar nie ein Pferdemädchen gewesen, aber selbst ich war von dem Rappen am Zaun fasziniert. Als ich näherkam, hob er den Kopf. Ich streckte die Hand nach ihm aus und der Rappe schmiegte seine Nase gegen meine Handfläche. Es fühlte ich wie Samt an, nur irgendwie noch weicher und vor allem warm. Da prustete er durch seine Nüstern und ich musste laut auflachen. „Hey mein Hübscher, das hat gekitzelt" Ich klopfte auf seinen Hals und ging noch einen Schritt an ihn heran, so dass ich meine Stirn fast gegen ihn lehnen konnte. „Weißt du, was hier los ist und wie ich wieder nach Hause komme?" Wieder prustete er. Und dann konnte ich nicht mehr. Ich lehnte meine Stirn an seine Blesse und fing an zu weinen. Wie lange ich dort stand weiß ich nicht, aber der Rappe wartete geduldig, bis ich mich halbwegs beruhigt hatte, gab mir dann mit seiner Nase einen Stups und schnaubte.

„Ich weiß, Heulen bringt nichts..." Eine Weile streichelte ich noch seinen Hals, dann richtete ich mich auf. Ich wischte mir die Tränen aus dem Gesicht und machte mich auf den Weg zurück zum Schloss. Irgendwie musste ich herausfinden, was hier los war.

Ich bog gerade wieder in Richtung Schlossplatz ab, als ich schnelle Schritte hinter mir hörte. Erschrocken drehte ich mich um. Für meinen Verfolger anscheinend zu plötzlich, denn er konnte gerade noch anhalten ohne mich umzurennen. Ich blickte nach oben und sah dem Mann von heute Morgen direkt in die Augen. 'Die sind ja grün...' Ich hatte meine Sprache verloren. Er anscheinend auch, denn er starrte mich nur grimmig an, gab mir wortlos meinen Schirm, machte auf dem Absatz kehrt und verschwand wieder in Richtung der Stallungen. Mit offenem Mund sah ich ihm nach. Es dauerte ein paar Sekunden, bis ich mich wieder gesammelt hatte.

Kopfschüttelnd ging ich zurück in mein Zimmer. 'Oh man, Alex, hast du denn noch nie einen attraktiven Mann gesehen? Das ist ja das pure Klischee. *Hilflose SIE schmachtet grimmigen, aber unverschämt gutaussehenden, Fremden an.* Pah, hilflos, dass ich nicht lache!' Ich lachte wenig überzeugend und fing an, das Zimmer zu durchsuchen. Auch bei Tageslicht trieb ich nichts wirklich Erhellendes auf. Unter dem Bett fand ich noch einen Zeichenblock mit Kohle, aber sonst... 'Los, du brauchst einen Plan.' Leichter gedacht, als getan. Gedankenverloren strich ich mit der Kohle über den Block. Ich stutzte. Es wurde eine Schrift sichtbar. Jemand hatte auf der vorherigen Seite so stark aufgedrückt, dass die Linien durch die Kohle sichtbar wurden. Vorsichtig wiederholte ich die Prozedur auf dem gesamten Papier und starrte fassungslos auf das Geschriebene.

Wenn du nach Hause willst, darfst du nicht vergessen! Vertraue ihnen nicht! Halte dich an N.

In meinem Kopf drehte es sich. 'Ich war also nicht die erste, die hier gestrandet war... ' Mir fielen die Worte meiner Nicht-Mutter ein, dass es diesmal klappen müsse... Ich hörte Schritte vor der Tür, faltete hektisch den Zettel zusammen und versteckte ihn unter der Matratze. Es klopfte und Estelle trat ein. Wie immer lächelnd. Ich bemühte mich das Lächeln zu erwidern, ob und wie überzeugend es mir gelang wusste ich nicht.

„Wie war dein Ausflug? Du musst doch Hunger haben. Der Mittagstisch ist gedeckt, mach dich schnell frisch, dann bringe ich dich runter."

'Los, reiß dich zusammen, du warst doch in der Theater – AG!' „Der Ausflug hat gutgetan. Ich war bei den Pferden. Die sind wirklich wunderschön! Und du hast Recht, ich muss etwas essen!" Ich ging zur Waschschüssel 'Wer kümmerte sich darum, dass immer frisches Wasser da war? Bestimmt Estelle'. Dann ließ ich mich nach unten führen. Am Tisch warteten bereits meine Nichteltern. Ich nickte ihnen, wie ich hoffte höflich, zu und setzte mich.

Wir aßen schweigend und die livrierten Pagen wurden nicht müde, uns den köstlichen Wein nachzuschenken. 'Weinkeller!' Fast hätte ich mir mit der flachen Hand gegen die Stirn geschlagen, konnte mich aber gerade noch beherrschen. 'Im Weinkeller hatte eine Wand nachgegeben und danach war ich in dieser Irrenanstalt aufgewacht...' Ich musste in den Weinkeller. Aber das konnte ich nicht am helllichten Tag machen, also zog ich mich nach dem Essen wieder in mein Zimmer zurück. Ich setzte mich mit Kohle und Papier an den Tisch, fest entschlossen einen Plan auszuarbeiten. Aber weiter als, *finde N. und das Loch in der Wand im Weinkeller,* kam ich nicht. Ich versuchte zu verdrängen, wie irre der Gedanke war, dass ich durch ein Loch in der Wand hier gelandet war, musste mir aber eingestehen, dass das die logischste Erklärung für die Ereignisse war. Was auch nicht gerade half war der Umstand, dass ich die ganze Zeit an ihn und seine Augen, die mich zu durchbohren schienen, denken musste. Diese aus meinem Kopf zu bekommen war unmöglich. Er schien wütend gewesen zu sein, aber da war noch etwas Anderes – Sorge? Nein, bestimmt nicht.

Da ich mich ohnehin nicht konzentrieren konnte zerrte ich den Stuhl auf den Balkon und setzte mich in die Sonne. Blässe hin oder her. Ich schloss die Augen und genoss die Wärme. Auf einmal hörte ich Hufscharren im Hof. Ich öffnete die Augen und sah ihn, wie er auf meinem Rappen ritt. Naja, was heißt schon *mein Rappe*, aber trotzdem. Das Gesicht war vor Konzentration angespannt, durch den dünnen Stoff seines Hemdes konnte man seine muskulösen Schultern und Arme erkennen. Seine halblangen Haare waren zu einem losen Zopf gebunden, wobei einzelne Strähnen vom Wind in sein Gesicht gewecht wurden. 'Was ist das nur, mit Männern auf einem Pferd? Zu Hause wäre es wohl das Motorrad, aber er dort unten auf meinem Pferd...' Ich war so von seinem Anblick gefesselt, gerne würde ich die Strähne hinter sein Ohr streichen, dass ich erschrocken zusammenfuhr, als mich eine Hand an der Schulter berührte. Ich drehte mich um und sah in das verkniffene Gesicht der hageren Ziege von gestern Früh. „Warum gafft Ihr den Stallburschen so an, kommt rein, so ganz ohne Schirm in der Sonne, wie soll man Euch von einer Magd unterscheiden können.“

Ich merkte, dass ich gegen meinen Willen rot wurde. „Ich habe nur das Pferd bewundert...“ stammelte ich.

„Das will ich Euch auch geraten haben, denn dieser Flegel ist kein Umgang für eine Prinzessin!“

Es verschlug mir die Sprache. Es schien als wollte sie gerade zu einer Schimpftirade ansetzen, als glücklicherweise Estelle das Zimmer betrat und der Schreckschraube mitteilte, dass sie in der Küche benötigt würde. Dankbar lächelte ich sie an. Sie zog mich zu sich auf das Bett und sah mich ernst an. „Sie mag zwar garstig sein, aber sie hat recht, du solltest dich nicht mit dem Gesindel rumtreiben. Ich habe dich heute Vormittag mit ihm im Hof gesehen, er ist wirklich kein guter Umgang!“

„Aber er hat mir nur meinen Schirm gebracht und kein Wort gesagt!“

„Wie dem auch sei, halt dich von ihm fern. Deine Eltern

wären sehr böse, wenn sie dich mit ihm alleine sehen!"

Ich ließ resigniert die Schultern sacken. 'Hier sind alle wahnsinnig...' Estelle erhob sich. „So mein Kind, ich lasse dich nun allein, es gibt noch so viel zu tun." Bei den Worten lächelte sie mich beinahe mütterlich an und ein Schatten glitt über ihr Gesicht. Ich stutzte.

„Kann ich vielleicht helfen? Mir ist etwas langweilig..."

Sie fasste sich wieder und schüttelte den Kopf. „Nein, du bist die Prinzessin, geh und amüsiere dich."

'Sehr witzig, wie soll ich mich denn hier zwischen all den Verrückten amüsieren?'

„Du könntest zum Beispiel einen Spaziergang im Park machen, aber diesmal setzt du einen Hut auf, den kannst du nicht so leicht irgendwo vergessen!"

'Spazieren gehen, wie aufregend...' Sie musste meinen Blick richtig gedeutet haben. „Ich kann dir ein Buch mitgeben. Auf der anderen Seite des Sees ist ein schöner Platz zum Lesen."

Ich gab mich geschlagen. Es konnte nicht schaden mich auf dem Gelände etwas umzusehen, vielleicht konnte ich durch das Wäldchen gehen und einen Ausgang aus diesem Irrenhaus entdecken... „Danke Estelle, das werde ich machen."

Zufrieden setzte sie mir einen Hut auf und drückte mir einem Buche in die Hand. Das musste sie schon die ganze Zeit griffbereit gehabt haben...

Gut behütet und mit Buch bewaffnet verließ ich das Schloss.

Als ich am anderen Ende des Sees angekommen war, erblickte ich versteckt hinter einer Trauerweide eine Hollywoodschaukel. Den Platz musste Estelle gemeint haben. Ich legte das Buch ab und ging an der Bank vorbei in das Wäldchen hinein. Zu Hause war um das Schloss nur ein Streifen Bäume, der die Sicht auf die Straße verdeckte. Hier war der Wald dichter und es führten kleine Wege durch das gesamte Gelände. Ich sah mich noch einmal zum Schloss um. Der Blick über den See, hin zum Gebäude, war genau derselbe Ausblick wie zu Hause. 'Oh man... der Wahnsinn, was ist hier los?' Ich drehte mich um und ging in den Wald hinein. Da ich Orientierungslegasthenikerin war, blieb ich zur Sicherheit auf dem Hauptweg. Es dauerte nicht lange und die Bäume lichteten sich wieder, aber anstatt den Blick auf die Stadt freizugeben breitete sich vor mir eine weite Fläche an Wiesen und Ackerflächen aus. Es hätte idyllisch aussehen können. Mir schnürte der Anblick den Hals zu und erneut kroch Panik in mir hoch. Die Weite war hin und wieder durch kleine Baumgruppen und Wege durchbrochen. In der Ferne sah ich einige Häuser und dahinter schien eine Kirche zu sein. Mir kam gar nichts bekannt vor... 'Scheiße, scheiße, scheiße...' Und dann fluchte ich richtig. Nicht gerade wie eine Prinzessin und nicht gerade leise. Als ich heiser wurde, ging es mir etwas besser. Ich straffte die Schultern und ging durch den Wald zurück.

Als ich wieder bei der Hollywoodschaukel am See war, setzte

ich mich und sah mir zum ersten Mal das Buch an, welches Estelle mir gegeben hatte. *Der Ball der Wahl.* 'Hmm, wird wohl irgendeine Schmonzette sein.' Ich legte das Buch neben mich auf die Hollywoodschaukel und faltete den Zettel auseinander, den ich in meinem Zimmer entdeckt hatte. Auch beim hundertsten Mal lesen half er mir nicht wirklich weiter. 'Wer ist N. und wie soll ich das herausfinden, wenn ich niemandem trauen darf??' Ich ließ meinen Blick über den See streifen. Bei den Koppeln entdeckte ich ihn, wie er meinen Rappen absattelte und trockenrieb.

Ohne darüber nachzudenken stand ich auf und ging zu ihm. Er blickte erst auf, als ich schon fast neben ihm stand und zuckte tatsächlich zusammen. Ich konnte mir ein Grinsen nicht verkneifen. „Ich wollte dich nicht erschrecken, nur bedanken, dass du mir meinen Schirm gebracht hast.“

Ein Lächeln blitzte in seinen Augen auf, aber so kurz, dass ich mir nicht sicher war, denn schon verdunkelte sich sein Blick. „Schon ok, aber jetzt lasst mich arbeiten und geht ins Schloss, bevor uns jemand zusammen sieht, Prinzessin.“

So leicht würde er mich nicht los werden. Irgendwie musste ich die Leute hier kennen lernen, um diesen N. zu finden, warum dann nicht mit ihm anfangen. Schließlich war er nun mal hier, das war der einzige Grund, warum ich stehen blieb... Ok, nicht wirklich, aber egal. Ich räusperte mich und trat einen Schritt näher. „Das ist ein sehr schönes Pferd, wie heißt es?“

Leicht irritiert schenkte er mir endlich seine volle Aufmerksamkeit. Es war, als suchte er etwas in meinen Augen und er schien es zu finden, denn schließlich antwortete er mir doch. „ Er heißt Randall." sagte er mit einem Lächeln.

Ich ging einen Schritt auf Randall zu und streichelte seinen Kopf. Er zuckte zusammen. „Pass auf, er lässt sich nicht so einfach anfassen."

„Wir kennen uns schon, nicht war mein Schöner?" Meine Stimme gehorchte mir nicht mehr. Ich drückte meine Nase gegen seine Nüstern und kämpfte mit den Tränen.

„Hey, alles in Ordnung?" Er trat dichter an mich heran. Ich konnte seine Wärme hinter mir spüren und es kostete mich meinen ganzen Willen, mich nicht in seine Arme zu werfen. Ich strich mir die Tränen weg und drehte mich zu ihm. 'Oh Mist, er ist so nah und so groß und riecht so gut, nach Sonne, Holz, und... bleib stark Alex, du hast viel größere Probleme als diesen Stallburschen!' Ich setzte ein Lächeln auf und stellte mich gerade vor ihn. „Aber natürlich, ich bin eine Prinzessin, wie soll da nicht alles in Ordnung sein."

Irritiert blinzelte er, dann trat er einen Schritt zurück und sein Blick wurde kalt. „Einer Prinzessin will ich nicht im Wege stehen." Ich weiß nicht wie, aber ich schaffte es an ihm vorbei zurück zum Schloss zu gehen. Auf halben Weg drehte ich mich um und bemerkte, dass er mir nachsah. Hastig wandte ich mich wieder ab und stakste weiter, etwas wackelig zwar, aber es ging.

In meinem Zimmer angekommen wurde ich schon von Estelle erwartet. „Es gibt Abendessen, hast du Hunger?“

Schon der Gedanke an Essen ließ Übelkeit in mir aufsteigen. „Ich möchte lieber nur einen Tee und mich gleich hinlegen, um zu schlafen. Der Sturz macht mir wohl doch noch mehr zu schaffen, als ich dachte.“ Besorgt strich mir Estelle über den Kopf. „Ich hol' dir Alles was du willst, aber erst mal helfe ich dir aus dem Kleid.“

Der Tee half mir, meine Nerven zu beruhigen. 'Wieso machte er mich so nervös? Es ist ja nicht so, als hätte ich noch nie einen gutaussehenden Kerl getroffen. Warum war es diesmal anders? Natürlich sah er unverschämt gut aus, mit seinen grünen Augen, der geraden Nase, den schön geschwungenen Lippen, mit der kleinen Narbe über der rechten Oberlippe, die ich so gern - ach Alex, hör schon auf! Du klingst wie ein verknallter Teenager, also wirklich, wie in einem Kitschroman.' Aber da war mehr, so Etwas hatte ich noch nie gefühlt. Ich überlegte, ob ich nochmal zu den Stallungen gehen sollte, als ich von draußen Stimmen hörte.

Ich schlüpfte durch die Vorhänge und lauschte.

„Und wenn sie es ist, vor der sie sich die ganze Zeit gefürchtet hat?“

„Das ist doch nur ein Märchen, 'sie' gibt es nicht.“ Anscheinend hatten zwei Dienstmägde Feierabend, wenn ich das durch den kleinen Spalt in der Balustrade richtig erkennen konnte.

„Und wenn doch? Das würde doch das ganze Brimborium erklären, das um sie gemacht wird. Prinzessin soll sie sein! Heißt es nicht 'Sie, bereit sich zu binden, doch gezwungen zu schwinden, wird wieder erscheinen, um Getrenntes zu einen.' Das wäre doch wunderbar!“

Die zweite lachte „Man sagt auch, dass man stirbt, wenn man nach dem Kirschen essen schwimmen geht. Wenn sie wirklich glauben würden, dass sie es ist, hätten sie den Stallburschen entfernt.“

„Vielleicht wollen sie ihn unter Beobachtung haben.“

„Du und deine Hirngespinste Jamie, du freust dich doch wohl am meisten, dass er noch hier ist!“ Beide lachten und dann waren sie um die Ecke verschwunden. Ich saß stocksteif auf dem Balkon. Ich konnte mich nicht rühren. So oft ich es auch versuchte, ich schaffte es nicht, mir einzureden, dass sie von jemand anderem als mir gesprochen hatten. Irgendwann gelang es mir endlich aufzustehen und in mein Bett zu kriechen. Dort wartete ich bis es still im Schloss war, dann schlich ich mich die Treppe hinunter. Jetzt, wo ich mir sicher war, mich in irgendeiner verrückten Version von Schloss Benrath zu befinden, fand ich mich besser zurecht. Ich musste durch die Küche gehen und die Tür neben der Abstellkammer öffnen, um in den Weinkeller zu gelangen. Vorsichtig drückte ich die Klinke

runter und hielt die Luft an. Sie war verschlossen – natürlich.
Alles andere wäre zu einfach gewesen. Enttäuscht rutschte ich
an der Tür hinab und kauerte mich auf den Boden. 'Und jetzt?
Denk nach!!' Aber mir fiel nicht ein, wie ich mitten in der Nacht,
ohne das gesamte Schloss aufzuwecken, diese Tür
aufbekommen sollte. Irgendwann wurde mir auf dem Boden zu
kalt und ich raffte mich auf, um zurück zu meinem Zimmer zu
gehen. Als ich um eine Ecke bog, stand plötzlich jemand vor
mir. Ich schrie auf, doch mein Gegenüber legte mir die Hand
auf den Mund. „Sei still, du weckst noch das ganze Schloss auf.“

Ich konnte es nicht fassen. Er war es. Ich zog seine Hand von
meinem Mund. „Wenn du nicht so plötzlich, wie aus dem Boden
gewachsen, im Flur vor meinem Zimmer auftauchen würdest,
müsste ich nicht schreien. Was machst du hier?“

Er verschränkte seine Arme vor der Brust. „Das geht dich gar
nichts an. Warum schleichst du hier nachts durch die Flure?“

Unwillkürlich verschränkte ich auch meine Arme vor der
Brust. „Dich geht es erst recht nichts an, was ich hier mache.
Schließlich wohne ich hier.“

Wir starrten uns wütend an. Da ging ein Ruck durch ihn und
er drängte mich zu meinem Zimmer, öffnete die Tür und schloss
sie hinter uns. Ich wollte protestieren und mich von ihm
losmachen, aber er drückte mich gegen die Tür und hielt mir
schon wieder den Mund zu. „Sei leise, es ist noch jemand im
Flur.“ zischte er. Jetzt hörte ich die Schritte. Vor meinem

Zimmer blieb jemand stehen. Ich war wie erstarrt. Nach einer gefühlten Ewigkeit entfernten sich die Schritte wieder.

„Ich nehme jetzt die Hand runter und wehe du schreist." Am liebsten hätte ich ihn in seine Hand gebissen, aber ich begnügte mich damit, ihn anzufunkeln. Langsam lockerte er seinen Griff. Als er seine Hand runternahm, strich er mir wie versehentlich über meinen Hals. Ich schnappte nach Luft und mein Herz versuchte aus meiner Brust zu springen. Da er mich immer noch gegen die Tür drückte, konnte ich mich nicht bewegen. Na ja, sind wir ehrlich, seine Nähe störte mich nicht wirklich. Es störte mich mehr, dass es mich nicht störte! Bevor ich mich zurück halten konnte, reckte ich mich ihm entgegen. Unwillkürlich machte er einen Schritt zurück. „Hör auf, dich Nachts im Schloss rumzuschleichen."

„Ich wäre längst unbeobachtet in meinem Zimmer gewesen, wenn du mich nicht aufgehalten hättest!" schoss ich zurück. Er drehte sich um und ging in Richtung Balkon. An meinem Nachttisch blieb er stehen und stutzte. Er nahm das Buch in die Hand, dass ich von Estelle bekommen hatte und hielt es beinahe anklagend in meine Richtung. „Wie alt bist du?"

„18, wieso?"

Er fluchte leise und ließ das Buch achtlos auf mein Bett fallen. „Ich muss nachdenken." Mit diesen Worten schlüpfte er auf den Balkon, schwang sich über das Geländer und war verschwunden. Ich blieb kopfschüttelnd in meinem Zimmer zurück und war auf einmal todmüde. 'Was war das denn? Erst diese Geschichte von *Der Einen* und dann auch noch er mitten in der Nacht im Schloss...' Das war zu viel Gefühlsachterbahn für eine Nacht. Ich kuschelte mich unter die Bettdecke und es dauerte nicht lange, bis ich eingeschlafen war.

3.

Überraschend erholt wachte ich am nächsten Tag auf. Mit
etwas Abstand kam mir diese Geschichte gar nicht mehr so
ominös vor, nur blödes Geschwätz. Sein Auftauchen dagegen
verursachte mir immer noch Herzklopfen. Der Gedanke daran,
wie nah er mir gewesen war und seine Hand an meinem Hals...
und wie er mich anschließend wie ein kleines Kind angewiesen
hatte, nicht mehr herum zu schleichen. Ich schüttelte frustriert
den Kopf. Von dem würde ich mich nicht ablenken lassen. Die
Frage war nur, wovon er mich überhaupt ablenken konnte, einen
wirklichen Plan hatte ich immer noch nicht... Am Sinnvollsten
wäre es, wenn ich mich in der Umgebung noch weiter umsehen
würde, aber nicht zu Fuß, da käme ich nicht weit genug - also
auf dem Pferd. Ich war mir nicht sicher, ob der Umstand, dass
ich ihm dann bestimmt wieder begegnen würde etwas Gutes
oder Schlechtes war. Als ich mein dümmliches Grinsen im
Spiegel sah, hatte ich meine Antwort. 'Na toll…' Entnervt stand
ich auf, wusch mich und läutete nach Estelle. Sie half mir, mich
anzuziehen. Diesmal fiel die Wahl auf ein schmal geschnittenes
Kleid in altrosa, das unter der Brust abgesetzt war und locker

nach unten fiel. Ich sah aus wie eine Figur aus Sinn und Sinnlichkeit. Nach dem Frühstück fragte mich Estelle nach meinen Plänen. „Ich würde gerne ausreiten."

Sie zögerte.

„Ich weiß, der Sturz ist noch nicht lange her, aber ich habe Angst, es zu verlernen. Wenn ihr darauf besteht, kann mich ja jemand begleiten. Wer bereitet die Pferde für einen Ausritt vor?" Ich merkte, dass sie immer noch nicht sicher war, ob sie es mir erlauben sollte. „Estelle, jetzt stell dir mal eine Prinzessin vor, die Angst vor ihren eigenen Pferden hat und nicht reiten kann. Was sollen denn die Leute denken?"

Langsam nickte sie. „Stimmt, aber ich werde dich begleiten!"

Innerlich seufzte ich. „Nichts lieber als das, Amme!"

Gemeinsam machten wir uns auf den Weg zu den Stallungen. Ich sah ihn sofort und ich verfluchte still mein Herz, das bei seinem Anblick stolperte. Er mistete gerade den Stall aus.

„He, Bursche" rief Estelle, „die Prinzessin möchte ausreiten, macht die Pferde fertig, du musst uns begleiten."

Innerlich jubelte ich, nach Außen verzog ich keine Miene. Offensichtlich genervt ließ er die Mistgabel fallen und sattelte die Pferde. Estelle schwang sich geübt in den Damensattel, während ich meinen ratlos anstarrte.

„Habt Ihr vergessen, wie man aufsitzt, Prinzessin" raunte hinter mir eine spöttische Stimme. Meine Nackenhaare stellten sich auf, mein ganzer Körper verspannte sich, aber ich schaffte es irgendwie, mich umzudrehen und ihm direkt in die Augen zu sehen. Ganz.Großer.Fehler! Mein sorgfältig zurecht gelegter, bissiger Kommentar verwandelte sich in unverständliches Brummeln. Er grinste mich an. 'Wieso grinst er plötzlich, wo ist der Miesepeter von gestern?' Er machte mit seinen Händen eine Räuberleiter. „Ich helfe Euch.“

Zögerlich setzte ich meinen Fuß in seine Hände, stützte mich auf seine Schultern und mit einem Rutsch saß ich auf dem Pferd. Ob es dafür allerdings nötig gewesen war, meine Wade so lange zu umfassen, wagte ich zu bezweifeln. Er ließ seine Hand langsam an meinem Bein hinabgleiten und strich mit dem Daumen über meinen Knöchel. Ich wurde schon anders berührt, aber nie ist mir dabei so die Luft weggeblieben, was vielleicht auch an seinem Blick gelegen haben konnte. Abrupt drehte er sich um und saß selber auf. Er ritt natürlich auf Randall. 'Reiß dich zusammen, denk nicht an seine Augen, seine Schultern, die sich noch besser angefühlt hatten, als sie aussehen, an seinen Mund...'

„Komm schon, Alexandra, der Bursche bleibt immer hinter uns, damit uns keiner von hinten angreifen kann.“ Estelle setzte sich mit ihrem Pferd in Bewegung. Ich schüttelte kurz den Kopf, um wieder klar denken zu können. Ich hatte mich schon gewundert, warum er mitkommen durfte, obwohl er doch so ein schlechter Umgang war. Als ich an ihm vorbeiritt, meinte ich, ein verschmitztes Grinsen in seinem Gesicht zu sehen, als ich ihn anblickte, war es aber schon verschwunden.

Ich fühlte mich unwohl, wissend, dass er keine zwei Meter hinter mir ritt und hatte das Gefühl, dass er mich die ganze Zeit beobachtete. 'Ja, ja werden wir ein bisschen eingebildet? Nur weil du ihn die ganze Zeit mit Blicken ausziehst, heißt das noch lange nicht, dass es ihm ebenso geht.' Dennoch spürte ich seine Blicke im Rücken. Estelle brabbelte die ganze Zeit von der neuen Mode in Paris und überlegte, wie sie an die Stoffe kommen sollte. Ich nickte oder schüttelte den Kopf, wenn ich es für passend hielt, schwieg aber die meiste Zeit. Es schien ihr nichts auszumachen. Wir ritten denselben Weg, den ich gestern gegangen war. Als wir den Wald hinter uns gelassen hatten, ritten wir etwas schneller, aber ich entdeckte auch heute nichts, was ich kannte.

„Hast du eigentlich schon mit dem Buch angefangen?" Ich sah sie fragend an.

„Das Buch *Der Ball der Wahl*." half sie mir auf die Sprünge. 'Ach ja, die Schmonzette. Was haben nur alle mit diesem Buch? Er war gestern auch ganz komisch deswegen...'

„Hab ich, kann es kaum erwarten, wie es weiter geht!"

Sie sah mich verblüfft und vielleicht ein bisschen zweifelnd an. Bevor wir das Thema vertiefen konnten, ging mein Pferd auf einmal durch. Im gestreckten Galopp jagte es den Feldweg entlang. Mit aller Kraft klammerte ich mich an seinen Hals und rief die ganze Zeit „Brr", was aber überhaupt nichts half. Ich befürchtete nun, tatsächlich vom Pferd zu stürzen und während ich noch überlegte, ob mich das wieder nach Hause bringen könnte, tauchte er neben mir auf. Er griff mit der rechten Hand nach dem Zügel, der mir entglitten war, aber anstatt die Pferde zum Anhalten zu bewegen, trieb er sie um die nächste Kurve in ein kleines Waldstück. „Hoh, ihr zwei!" rief er und augenblicklich hielten beide Pferde an. Ich wollte mich bei ihm bedanken, doch als ich ihn ansah, versagte meine Stimme. Er war stinksauer.

„Wie blöd kann man eigentlich sein? Was glaubst du, was hier gespielt wird?" Er sprach sehr leise, aber mir war klar, dass er am liebsten geschrien hätte.

„Was soll denn die bescheuerte Frage?? Natürlich habe ich keine Ahnung, was hier gespielt wird, es sagt mir ja keiner!!" Im Gegensatz zu ihm schrie ich tatsächlich.

„Sei leise, sonst findet Estelle uns sofort." zischte er.

„Was kümmert dich das?"

Er fuhr sich mit den Händen durch die Haare und sah mich an. Er stieß den Atem aus. „Das ist eine gute Frage..." Elegant stieg er von Randall und machte ihn an einem Baum fest, wo dieser anfing zu grasen. Ich wollte auch absteigen, doch ich verhedderte mich in dem Kleid und wäre wohl der Länge nach im Dreck gelandet, wenn er mich nicht aufgefangen hätte.

Seinen rechten Arm fest um meine Taille, drückte er mich an sich und sah zu mir hinunter. Unsere Blicke verfingen sich und alle Wut war verpufft. Meine Hände lagen um seinen Hals. Unbewusst streichelte ich mit den Daumen seinen Nacken. Mit seiner linken Hand strich er eine Strähne hinter mein Ohr und hielt mein Gesicht. Ich stellte mich auf die Zehenspitzen um ihm noch näher zu sein und atmete seinen Geruch ein. Er roch so unbeschreiblich gut. Nach Erde, Holz, Pferd und Sonne. Er beugte sich zu mir hinab. Ich spürte seine Wärme auf meinem Gesicht und mein Herz schlug wieder viel zu laut. Ich konnte seinen Herzschlag spüren, er raste fast genauso schnell wie meiner. Er sah mich unverwandt an und ich konnte Angst und Schmerz in ihnen sehen, trotzdem näherte er sich. Ich reckte mich ihm noch weiter entgegen, wollte ihm den Schmerz und die Angst nehmen. Ich schloss die Augen, spürte seinen Atem auf meiner Haut.

„Alexandra, wo bist du Kind? Bist du etwa wieder vom Pferd gefallen?"

Man konnte den Knall fast hören, mit dem die aufgestaute Spannung entwich. Er stöhnte auf, legte seine Stirn gegen meine. „Du musst dieses Buch lesen Alexandra, versprich es mir!"

„Ich heiße Alex," flüsterte ich. Er löste sich von mir, war mit drei großen Schritten bei meinem Pferd und tat so, als müsse er es untersuchen. Ich versuchte mühsam, mich auf den Beinen zu halten, gab aber schließlich auf und sank ins Gras. In dem

Augenblick bog Estelle um die Ecke.

„Ach hier bist du, ist alles in Ordnung?" Ihr Blick flog zwischen ihm und mir hin und her.

Ich räusperte mich. „Ja Amme, mir geht es gut. Gott sei Dank hast du mich so schnell gefunden!"

Er drehte sich zu uns um. „Eine Bremse hat das Pferd gestochen."

Estelle nickte wissend. „Kein Wunder, dass es durchgegangen ist. Jetzt müssen wir aber zurück zum Schloss, los Bursche helft der Prinzessin wieder auf das Pferd, aber haltet es diesmal am Zügel, nicht, dass es wieder durchgeht." Er hielt mir seine Hand hin und zog mich hoch. Mir kam es vor, als würde er bewusst Abstand halten. Als er mir wieder mit der Räuberleiter auf mein Pferd half, berührte er mich so wenig wie möglich. Das war vielleicht auch besser so...

Schweigend ritten wir zurück zum Schloss. Bei den Stallungen angekommen stiegen er und Estelle von ihren Pferden. Ich rutschte unbehaglich auf meinem Sattel rum und nestelte an meinem Kleid, um mein Bein von dem Holm des Damensattels zu befreien. Ungeduldig seufzte er.

„Kommst du nicht alleine vom Pferd Kind?" frage Estelle besorgt. Ich wollte um jeden Preis vermeiden, dass er mir wieder helfen musste und versuchte, mein Bein vom Sattel zu schwingen. Aber wieder verhedderte sich das Kleid. Unwirsch trat er vor und hob mich mit einem Ruck vom Pferd. Ohne mich eines Blickes zu würdigen verschwand er mit den Pferden im Stall.

„Na komm Kind, wir gehen uns umziehen und genehmigen uns auf diesen Schreck ein Likörchen." Das war das Vernünftigste, was sie je gesagt hatte. 'Und nach dem Likörchen muss ich ein Buch lesen.'

4.

Aus dem einen Likörchen wurden leider drei oder fünf – ach wer zählt schon... Estelle erzählte mir allerlei Anekdoten aus 'meinem' Leben, wie es sei, am Königshaus Amme für die Prinzessin zu sein. Offenbar ein Fulltimejob, denn mit der Liebe hatte es bei ihr nie geklappt. Sie schwärmte zwar von einem Koch, der vor einigen Jahren hier gewesen sei, aber der war plötzlich und ohne ein Wort des Abschieds verschwunden.

„Männer..." schnaubte sie in ihr leeres Glas und sah mich wehmütig an. „Wie ist es bei dir mit der Liebe mein Kind?" Sie beugte sich vertraulich zu mir hinüber und ich wollte gerade ansetzen, ihr mein Leid zu klagen, als mich in ihrem Blick etwas stutzig machte. Er war lauernd, es lief mir ein kalter Schauer den Rücken runter. Es dauerte einige Sekunden, bis ich mich wieder gesammelt hatte.

„Ach, da gibt es niemanden. Hier gibt es ja auch keine standesgemäße Gesellschaft." Sie kam noch etwas näher.

„Aber der Stallbursche, der hat es dir doch angetan, er ist ja nicht zu verachten..." Ich versuchte mich in einem abfälligen Schnauben

„Pff..., wenn du meinst... mir hat er nichts zu bieten..." Bei dieser Lüge zog sich mein gesamtes Inneres zusammen und ich leerte mein Glas in einem Zug.

„Ich lege mich ein bisschen hin, der Ausritt hat mich doch etwas angestrengt." Sie nickte mitfühlend.

„Ich bringe dir nachher einen kleinen Imbiss."

In meinem Zimmer angekommen setzte ich mich an den Tisch und begann in dem Buch von Estelle zu lesen.

...In dem Monat nach ihrem 18. Geburtstag richten die Eltern der Prinzessin den Ball der Wahl aus. Alle Prinzen, Grafen und Lords im heiratsfähigen Alter sind geladen und die Prinzessin wird am Ende der Ballnacht verkünden, wen sie zu heiraten gedenkt. Am darauffolgenden Tage werden die Hochzeitsfeierlichkeiten...

Weiter kam ich nicht. Mir rutschte das Buch aus der Hand und ich starrte ins Leere. 'Bedeutet es das, was ich denke??' Um mich herum drehte sich alles. Ich sprang vom Bett auf und lief ohne mich umzusehen durch die Flure nach draußen. Ich lief um das Schloss, am See vorbei und in den Wald hinein. Als ich wieder an den Wiesen ankam blieb ich nach Luft schnappend stehen. 'Und jetzt?' Wie in aller Welt kommen die Verrückten darauf, dass ich mir einen Ehemann wähle?? Und wie passte er mit da rein. Offenbar wusste er, was hier vorging oder ahnte es zumindest. Das würde seine Reaktion auf das Buch erklären...'

Ich hörte Schritte hinter mir.

„Ach Alexandra, Liebes. Da bist du ja! Ich habe dich schon überall gesucht!" Estelle eilte mit rotem Kopf auf mich zu. Ich fuhr ihr über den Mund, ich konnte mir ihr Gesäusel nicht anhören.

„Ach hör doch auf! Ich hab dein Buch gelesen!! Wenn ihr glaubt, dass ich mich hier zwangsverheiraten lasse, seid ihr noch verrückter, als ich dachte!! Ich spiel nicht mehr mit, ich will jetzt nach Hause und komm mir nicht mit 'hier ist doch dein zu Hause Kind', erspar' uns den Scheiß!!" Während meines Ausbruchs wurde sie immer blasser und kam hastig auf mich zu.

„Sei still, sonst hören sie dich noch!" flüsterte sie. „Ich werde dir zuliebe so tun, als hättest du nichts gesagt. Du solltest dich freuen, dass du als Prinzessin vorgesehen bist und nicht als Amme oder Magd. Du hast wenigstens die Wahl." Ihr traten die Tränen in die Augen. „Also versuch bitte, dich anzupassen, sie werden dir das Leben sonst zur Hölle machen..." Ich starrte sie fassungslos an.

„Aber das ist es doch schon..." Sie zuckte mit den Schultern.

„Glaub mir, das ist es nicht. So, jetzt komm mit zurück zum Schloss, bevor jemand merkt, dass du dich hier alleine rumtreibst! In deinem Zimmer wartet dein Mittagessen!"

Ich ließ mich von ihr zu meinem Zimmer schleifen, dort ließ sie mich einfach mit meinen Fragezeichen über dem Kopf zurück. 'Denk nach Alex, denk nach!! Irgendwas musst du doch machen können!!' Aber mein Kopf war leer. Estelle schien ehrlich verzweifelt zu sein. Und sie hatte recht. Na ja, zumindest teilweise. Wenn ich jetzt irgendwo als Magd oder so gelandet wäre, hätte ich nicht den Luxus des Ausschlafens, Reitens und einfach im Park Flanierens, so wie als Prinzessin. Trotzdem lief es mir bei dem Gedanken an diesen Ball der Wahl kalt den Rücken runter. Unter keinen Umständen würde ich heiraten. Da mir im Moment allerdings nichts Besseres einfiel, gab ich mich vorerst geschlagen und machte mich frisch. Ich setzte mich an den Tisch und aß das Sandwich, das Estelle mir gebracht hatte.

Kurze Zeit später kam sie zurück. „Gleich kommt die Schneiderin, um deine aktuellen Maße zu nehmen und dir die neuesten Modelle zu zeigen. Dann kannst du dir eins aussuchen und es ist rechtzeitig für den Ball fertig." Fast hätte ich mein Sandwich fallen lassen.

„Für *den* Ball..." stammelte ich.

„Natürlich, alles muss doch rechtzeitig fertig sein, in zwei Tagen findet das Großereignis statt." Sie strahlte mich an, aber in ihrem Augenwinkel zuckte es, ich war mir nicht sicher, was es war...

„Zwei Tage..." 'Scheiße, das war verdammt wenig Zeit, wenn

man so gar keine Ahnung hatte...'

Bevor ich einen Panikanfall bekommen konnte flog die Tür auf und eine grell geschminkte Frau platzte in mein Zimmer, bewaffnet mit Maßband und mehreren Mappen, vollgestopft mit Blättern – den Bildern der neusten Modelle, vermutlich. „Los, los, los, los mein Täubchen, einmal aufstehen, bitte ausziehen! Keine falsche Scham!" Nicht Frau meiner selbst stand ich auf, ließ mir das Kleid ausziehen und sie fing an mich zu vermessen. Nachdem sie alle möglichen und unmöglichen Maße genommen hatte, atmete sie tief ein. „So meine Liebe, jetzt das Wichtigste, hier meine Vorschläge für das Kleid. Welches sagt Euch am meisten zu?"

Ich war vollkommen überfordert. „Mir ist alles recht, sucht Ihr eines aus..."

Sie sah mich entgeistert an. „Das kommt vielleicht für den Ball in Frage, aber bestimmt nicht für Eure Hochzeit!! Los, wählt!"

Ich wollte gerade eine mehr als patzige Antwort geben, als ich Estelles warnenden Blick auffing. Resigniert blätterte ich durch die Bilder. Unter anderen Umständen hätte ich es genossen, denn – seien wir ehrlich – welches Mädchen träumt nicht von einem maßgeschneiderten Brautkleid, aber so erschienen mir alle Kleider gleich. Wahllos deutete ich auf zwei verschiedene Modelle und registrierte benommen, dass die Schneiderin ihre Sachen zusammenraffte und mit den Worten „So viel zu tun, so wenig Zeit" mein Zimmer verließ.

Ich brach in Tränen aus. Estelle kam zu mir und streichelte meinen Rücken. Komischerweise beruhigte mich das tatsächlich. Ich atmete einmal tief durch. „Hilfst du mir beim Anziehen? Ich möchte spazieren gehen."

Sie lächelte mich an. „Aber natürlich, Kind. Versprich mir nur, dass du diesmal nicht so weit gehst. Wenn dich einer der Wachen sieht, wird deine Mutter nicht erfreut sein."

Ich nickte zögerlich. Wachen hatte ich bislang noch gar nicht bemerkt... Nachdem sie mir noch einen Hut aufgesetzt hatte, durfte ich das Schloss verlassen. Tief atmete ich die frische Luft ein und schlenderte zur Hollywoodschaukel. Dort ließ ich mich nieder und beobachtete die Enten auf dem See. Alles schien so normal...außer dem Offensichtlichem...

'Ich muss in diesen Weinkeller...' Seufzend stand ich auf und ging in Richtung Schloss. Bei den Stallungen sah ich ihn, wie er ein Pferd striegelte. Automatisch änderte ich die Richtung und ging auf ihn zu. Doch dann bemerkte ich, dass er nicht alleine war. Meine Nicht - Mutter stand bei ihm und redete auf ihn ein. Zwischendurch berührte sie ihn immer wieder vertraut am Arm oder an der Schulter – und er ließ es sich gefallen. Mein Magen krampfte sich zusammen und mir fiel das Atmen schwer. 'Was tatscht diese Planschkuh an ihm rum?' Ich drehte mich abrupt um und ging weiter zum Schloss. Meine Gedanken rasten. Steckte er mit meiner Nicht-Mutter unter einer Decke? Lief da was zwischen den Beiden? Wenn ich ehrlich war, wusste ich

nicht, welche der beiden Möglichkeiten ich schlimmer fand.
Entnervt ging ich ins Esszimmer. Erstmal Kaffee...

5.

Als ich in der Halle ankam, stellte ich erfreut fest, dass auf dem Tisch Kaffee bereitstand. Ich goss mir eine Tasse ein und ließ das geschäftige Treiben auf mich wirken. Bei dem Gewusel würde ich niemals, ohne Aufsehen zu erregen, die Tür zum Weinkeller öffnen können.

„Prinzessin, habt Ihr noch einen Wunsch?"

Irritiert sah ich den Pagen an, der abwartend vor mir stand. 'Natürlich, ich bin die Prinzessin!!' Ich erhob mich und stellte meine Tasse ab. „Für den Ball in zwei Tagen würde ich mir gerne einen Wein aussuchen, zeigt mir bitte, wo die besten stehen."

Der Page deutete eine Verbeugung an und ging dann voran in die Küche. Er schloss die Tür zum Weinkeller auf und gemeinsam gingen wir die Treppe hinab. Mein Herz klopfte bis zum Hals, als ich die Nische erblickte. Ich eilte darauf zu und klopfte mit aller Kraft gegen die Wand, ohne auf das entgeisterte Gesicht des Pagen zu achten. Aber es passierte nichts. Egal, wie feste ich gegen die Wand schlug, sie gab nicht nach. Ich fing hysterisch an zu schluchzen, als mich von hinten zwei starke Arme packten und durch die Hintertür der Küche in den abgeschiedenen Kräutergarten trugen. Die ganze Zeit wehrte ich mich und schrie. Im Garten ließen mich die Arme runter, drehten mich um und zogen mich in eine feste Umarmung. Da erkannte ich, wer mich da aus dem Keller geholt hatte. Er natürlich. Das brachte das Fass zum Überlaufen. Hilflos klammerte ich mich an ihm fest und konnte nicht aufhören zu weinen. Sanft wiegte er mich und strich über meinen Kopf. Irgendwann drang die Situation in mein Bewusstsein und mir wurde klar, an wem ich gerade hing und Rotz und Wasser heulte. Ich richtete mich auf. Er strich mir die Haare aus dem Gesicht und sah mich abwartend an. Ich durchlebte eine derartige Gefühlsachterbahn, als ich in seine Augen blickte, dass mir schwindelig wurde.

„Man kann nicht auf demselben Weg zurück...“ flüsterte er.

„Woher weißt du...?“

Er lächelte mich entschuldigend an. „Alle wissen es, mir war nur nicht klar, dass es dich interessiert.“ Zärtlich wischte er eine Träne von meiner Wange und nahm meinen Kopf in seine Hände. „Was machst du nur mit mir?“ Sein Blick blieb an meinem Mund hängen. Ich biss auf meine Unterlippe. Mir wurde heiß und kalt. Er zog mich an sich und wieder konnte ich seinen Herzschlag spüren. Ich vergaß zu atmen und drängte mich an ihn.

„Was wird das denn? Bist du von allen guten Geistern
verlassen?“

Er ließ von mir ab und machte einen Satz zurück. Ich stieß
entnervt die Luft aus. 'So eine Scheiße, wer stört??' Ich funkelte
den Neuzugang an. Der bemerkte das gar nicht.

„Ich muss dich wohl nicht daran erinnern, dass sich der
Kontakt zwischen einer Prinzessin und einem Stallburschen
nicht ziemt! Wenn euch jemand anders überrascht hätte als ich,
nicht auszudenken!! Dann wandte er sich mir zu. „Prinzessin,
man wartet mit dem Essen auf Euch und du, kümmere dich um
mein Pferd.“

Ich sah mir den Störenfried etwas genauer an. Er war etwa im
gleichen Alter, wie der mich immer wieder rettende ominöse
Stallbursche, war aber höfisch gekleidet und hatte dunkle Haare.
Beide verbeugten sich kurz vor mir und dann ließen sie mich
fassungslos stehen. Immer noch etwas zittrig ging ich zum
Essen, was blieb mir anderes übrig. Außerdem machte so ein
Nervenzusammenbruch hungrig. Niemand sprach den
Zwischenfall im Weinkeller an und ich verzog mich nach dem
Essen eilig auf mein Zimmer.

Als ich durch den Flur ging, erregte eine Bewegung auf dem
Schlossplatz meine Aufmerksamkeit. Er ging zusammen mit
dem Störenfried über den Innenhof. Ich blieb stehen und
beobachtete die beiden. Sie schienen sich zu streiten, leider

konnte ich kein Wort verstehen. Eilig lief ich in mein Zimmer und schlüpfte auf den Balkon, um vielleicht noch etwas mitzubekommen.

„Woher willst du wissen, dass sie nicht hierbleiben möchte?" fragte der Störer.

„Du hättest sie bei Randall sehen sollen... und gerade im Weinkeller...sie ist unglücklich..."

„Aber du hast doch selbst gesagt, sie hat sich schon als Prinzessin bezeichnet! Es könnte eine Falle sein"

Oh, sie redeten von mir...

„Das glaube ich nicht...sie ist keine gute Schauspielerin."

Ich war fast beleidigt.

„Woher willst du das wissen? Und jetzt komm mir nicht mit 'Ich kann das fühlen' das hat bei den letzten beiden schon nicht gestimmt und seitdem bist du unter Beobachtung und darfst das Schlossgelände nicht mehr verlassen!"

„Du hast ja recht, aber was, wenn sie wirklich nach Hause will und wir ihr helfen könnten?"

„Na gut, ich bin morgen im Schloss zum Frühstück geladen, ich sehe sie mir mal an und dann sprechen wir in Ruhe weiter. Überstürze nichts!"

„In Ordnung, danke Caleb, bis morgen!"

„Gerne, bis morgen. Versuch zu schlafen, Noah."

Vor Überraschung hätte ich fast gequietscht. 'Er heißt Noah. Bedeutet das, dass er N. ist?'

Ich stand auf und ging hinein. Aufgewühlt lief ich im Zimmer auf und ab. Mein Leben kam mir momentan wie ein Groschenroman vor. Unwissendes Mädchen verliebt sich Hals über Kopf in mysteriösen Unbekannten, der ihr Retter in der Not ist. Solche Bücher hatte ich dutzendfach verschlungen, aber wenn man selber in einem steckt, fühlt es sich nicht ganz so toll an. 'Was würde die Romanheldin in meinem Buch tun? Würde sie abwarten, bis der Retter kommt oder würde sie ihn selbst aufsuchen?' Fluchend kam ich zu dem einzigen Schluss, den ich nicht ziehen wollte: natürlich musste ich mich selber auf die Suche machen. Nur wo? Er wohnte nicht mit den anderen Dienstleuten im Schloss, da war ich mir sicher. Vielleicht war eine Mansarde in den Stallungen?

Als die Sonne untergegangen war, zog ich einen dunklen Mantel über. Leise öffnete ich die Tür und sah mich im Flur um. Ich konnte niemanden entdecken. Ich huschte zur Treppe und war schon bei der Tür, als ich plötzlich Stimmen hörte. Ich drückte mich in eine Nische und wagte es kaum zu atmen.

„...froh, wenn der Ball vorbei ist."

„Dann kommt die Hochzeit, dafür ist noch mehr vorzubereiten!" Ich hörte ein Schnauben.

„Erinnere mich nicht daran. Ich kann..." Die Stimmen wurden wieder leiser. Noch immer die Luft anhaltend schlich ich zur Tür, zog sie auf und lief so schnell ich konnte zu den Stallungen.

Dort waren aber nur die Pferde. Ich konnte nirgendwo eine Tür finden, die zu einem weiteren Raum führte. 'Scheiße und jetzt?' Bei Randall blieb ich stehen, strich ihm über den Hals und ging in Gedanken das Schlossgelände durch. Es blieb nur der Wald übrig. Wirklich wohl fühlte ich mich nicht bei dem Gedanken, durch den dunklen Wald zu irren, aber ich sah keine andere Möglichkeit. Ich lief um den See herum. Da ich nicht glaubte, dass er weit vom Schloss entfernt wohnte, nahm ich die erstbeste Abzweigung vom Hauptweg. Gott sei Dank war Vollmond... Nachdem ich dem Weg eine gefühlte Ewigkeit gefolgt war, wollte ich schon wieder umkehren, als ich vor mir Licht sah. Voller Hoffnung lief ich weiter und fand mich vor einem kleinen Holzhaus in dem einige Kerzen brannten. Ich musste kurz an das Haus der sieben Zwerge bei Schneewittchen denken und unterdrückte ein hysterisches Lachen beim Gedanken an die böse Königin. Geduckt schlich ich zu einem Fenster. Auch drinnen war alles aus Holz. Niedrige Möbel und in einer Ecke ein Holzofen. Nur Noah konnte ich nicht entdecken. 'Vielleicht wohnt er gar nicht hier...'

In dem Moment öffnete sich im hinteren Bereich des Hauses eine weitere Tür und er kam herein. ‚Ohhh…' Er hatte nur noch seine Hose an und schien sich gerade gewaschen zu haben, es glänzten Wassertropfen in seinen Haaren. Automatisch wanderte mein Blick an ihm entlang, an seinen breiten Schultern, seiner Brust glitt tiefer über seinen flachen Bauch. Bis auf einen feinen Strich dunkler Haare, der sich im Hosenbund verloren, war seine Haut glatt. Ich konnte meinen Blick nicht abwenden, bis er begann die Hose aufzuknoten. Ich löste mich aus meinen Tagträumen und lief hastig zur Tür um zu klopfen. Nicht dass ich nicht gerne weiter zugesehen hätte, aber das erschien mir nicht zielführend. Ich hörte ihn drinnen fluchen und schwere

Schritte näherten sich der Tür. Er öffnete und sein zorniger Blick wich einem zutiefst überraschten und dann entsetzten Ausdruck. Er umfasste mein Handgelenk und zog mich in die Hütte. „Was willst du denn hier?" Er sagte das sehr leise, aber bei dem Gesichtsausdruck hätte er auch schreien können.

„Ich muss mit dir reden. Ich habe heute Abend dein Gespräch mit Caleb belauscht..."

Er fuhr sich mit beiden Händen durch die nassen Haare. „Scheiße, scheiße, scheiße! Er hat mich gewarnt, dass ich überwacht werde, aber ich wäre nie darauf gekommen, dass du das bist! Wer bist du? Was willst du? Haben die dich geschickt?"

Ich blickte ihn entgeistert an. „Ich weiß doch gar nicht, was hier los ist, ich will nur nach Hause! Jetzt bleib doch mal stehen Noah, mich hat niemand geschickt! Ich bin plötzlich hier aufgewacht und alle sagen ich wäre eine Prinzessin und solle mich von dir fernhalten. Dann finde ich in meinem Zimmer diesen Hinweis auf einen ominösen N., der mir angeblich helfen kann und der der einzige ist, dem ich hier trauen kann. Dann höre ich deinen Namen und hoffe, dass ich endlich den gefunden habe, der mir hier alles erklären kann, nur um angeschnauzt zu werden."

Er blieb stehen und sah mich an. Ich konnte fühlen, wie er mit sich selber kämpfte. Ich zog den Zettel aus der Manteltasche und gab ihn Noah. Er las ihn und blickte mich überrascht an. „Woher hast du den?"

„Unter meinem Bett lag Zeichenpapier und ich hatte Langeweile und Kohle...“

Er musterte mich skeptisch. Schließlich seufzte er und setzte sich auf das niedrige Sofa. „Den Brief hat deine Vorgängerin hinterlassen, Sophie. Sie sollte auch die neue Prinzessin werden, allerdings hat sie es nach Hause geschafft...“

Mir fiel ein Stein vom Herzen. Er glaubte mir. Ich setzte mich neben ihn. „Wie hat sie es geschafft? Kannst du mir zeigen, wie es geht?“

Er seufzte und sah mich an. Sein Blick löste eine innere Unruhe bei mir aus und ich merkte, wie mir Hitze ins Gesicht stieg und mir das Atmen schwerer fiel. Ich beugte mich automatisch zu ihm. Auch er kam näher, bis ich die Wärme seines Atems im Gesicht spürte. Mein Herz schlug so laut, er musste es hören. Plötzlich kniff er die Lippen zusammen und stand auf. Ich blieb verdattert sitzen.

„Ja, ich kann dir helfen. Am besten jetzt gleich. Ich muss mir nur etwas anziehen.“ Mit diesen Worten verließ er das Wohnzimmer.

Als er wieder kam, baute er sich entschlossen vor mir auf. „Du musst dich an alles erinnern, wohin du zurückwillst. Deine Eltern, deine Freunde, dein zu Hause, ...“

Hä?? „Ich will nicht meditieren, ich will nach Hause! “

Noah sah mich ernst an. „Tu, was ich dir sage, es ist der

einzige Weg."

Na ja, nachdem ich im Weinkeller nach einem Zeittunnel oder so gesucht hatte, erschien mir seine Idee nicht wesentlich verrückter. Versuchen konnte man es ja mal... Ich schloss die Augen und konzentrierte mich auf alle, die ich vermisste. Mantra-mäßig wiederholte Noah die Namen, die ich nannte und ich ließ sie auf mich wirken. In meinem Bauch machte sich ein Schwindelgefühl, wie bei einer Fahrt mit einem schnellen Aufzug, breit. Sollte es so einfach sein? Und wenn ja, warum war dann überhaupt jemand hier? Vor allem Noah, der scheinbar nicht hier sein wollte. Ich öffnete die Augen und das Schwindelgefühl verschwand. „Warum bleibst du hier?"

Wütend presste er die Lippen aufeinander. „Das geht dich gar nichts an, du musst schnellstmöglich nach Hause, bevor sie merken..." Er presste die Lippen aufeinander, und guckte ertappt, als hätte er sich beinahe verquatscht. Nur womit?? Er setzte sich wieder und fuhr sich mit den Händen durch die Haare. Er hob den Kopf und sah mich mit brennendem Blick an. „Du musst hier weg Alex, mehr kann ich dir nicht sagen..."

Entnervt sprang ich auf. „Kannst du nicht oder willst du nicht?" Ich merkte, dass ich fast schrie. „Seit zwei Tagen bin ich hier, umgeben von Menschen, die ich nicht kenne, die aber behaupten mich zu kennen. Keiner sagt mir irgendetwas, außer dass ich nicht in die Sonne gehen soll und mich von dir fernhalten muss, weil du schlechter Umgang bist. Aber das glaube ich nicht... Dann finde ich die Nachricht in meinem Zimmer, die mir sagt, ich könne nur dir vertrauen. Bist du der einsame Retter der Unwissenden?"

Er lachte bitter. „Wenn du es so ausdrücken willst: ja, der bin ich wohl und du machst mir meinen Job nicht gerade leicht!"

„Oh, ich wusste nicht, dass ich hier bin, um es dir leicht zu machen!!" Jetzt hatte ich geschrien.

Er fasste mich an den Schultern und drückte mich zurück auf das Sofa. „Wieso streiten wir? Du willst nach Hause und ich kann dir zeigen, wie."

Ich zuckte hilflos die Schultern. „Es fühlt sich falsch an, dich hier zu lassen. Erst recht, wenn ich nicht weiß, warum du bleibst..."

Er seufzte „Aber warum??"

Gute Frage. „Ich kann es auch nicht erklären, aber fühlst du es denn nicht??" Verzweifelt sah ich ihn an.

Er seufzte. „Darum geht es nicht. Du musst so schnell wie möglich nach Hause. Wieso kannst du nicht einfach machen, was man dir sagt?"

Ich schnaubte: „Dann würde ich jetzt brav in meinem Bettchen liegen und mich auf den Ball freuen..." Er lachte, verblüfft sah ich ihn an. Sein Lachen war ansteckend und ich fing an zu kichern. Es war nach der Anspannung der letzten Tage befreiend.

„Und was machen wir jetzt?" fragte er.

„Jetzt beantwortest du meine Fragen und ich verspreche dir, es nochmal zu versuchen.“

„Drei Fragen, keine mehr.“ Das waren drei mehr, als ich erwartet hatte.

„In Ordnung.“ Ich lächelte ihn an. Er erwiderte meinen Blick. So weich kannte ich seine Augen gar nicht. Ich konnte nicht die geringste Anspannung entdecken.

„Dann schieß mal los.“ Er lehnte sich zurück und verschränkte seine Arme vor der Brust.

„Was genau ist das hier eigentlich für eine Welt? Ich kenne das Schloss und den Garten, aber die Menschen hier sind mir fremd.“

Er atmete tief ein. „Genau erklären, was das hier für ein Ort ist, kann ich leider auch nicht. Ich weiß nur, dass es sich um eine Parallelwelt handelt. Man kommt an bestimmten Stellen hinein, aber nicht wieder hinaus.“ Ich nickte langsam - sowas ähnliches hatte ich mir schon gedacht, hab ja schließlich genug Filme gesehen...

„Also bist du auch irgendwie hier hingepurzelt?“ Er grinste.

„Ja, oben im Schlafzimmerschrank ist ein Portal, aber es geht genau wie das im Weinkeller nur in diese Richtung.“

„Was ist mit den anderen Bewohnern? Sind die alle freiwillig hier? Estelle, zum Beispiel, scheint nicht so glücklich zu sein...“

Noah zuckte mit den Schultern. „Es können nicht alle per Gedanken reisen. Außerdem wird es schwerer, je länger man hier ist."

„Wie lange bist du denn schon hier? Hast du es in der Zeit versucht, zurück zu reisen?"

Er seufzte „Nach dieser Zeit sind es zehn Jahre, aber hier vergeht sie anders als zu Hause..."

Ich sah ihn irritiert an.

„Das wirst du verstehen, wenn du gleich wieder zu Hause bist."

„Eine Frage habe ich noch, das ist eigentlich sogar die wichtigste..."

„Jetzt machst du mich aber neugierig. Ok, eine letzte."

„Was bedeutet der Spruch 'Sie, bereit sich zu binden, doch gezwungen zu schwinden, wird wieder erscheinen um Getrenntes zu einen.'?"

Erschrocken riss er die Augen auf, straffte dann die Schultern und räusperte sich: „Wo hast du denn den Unsinn her, hab ich noch nie gehört...".

Wer's glaubt. „Noah, lass den Quatsch, bestimmt hast du ihn schon mal gehört. Zwei Dienstmägde haben sich darüber unterhalten. Übrigens steht eine davon auf dich. Ich sag dir welche, wenn du meine Frage beantwortest."

Doch er schüttelte nur den Kopf. Man konnte sehen, wie er sich verschloss. „So, Ende der Fragestunde, jetzt bist du dran. Konzentrier' dich." Nun war es an mir, die Arme vor der Brust zu verschränken.

„Glaub ja nicht, ich wüsste nicht, dass du bei der letzten Frage gelogen hast!"

Er zuckte mit den Schultern. „Was du zu wissen glaubst, ist mir egal, du musst nach Hause!"

Entnervt atmete ich aus. „Kannst du nicht verstehen, warum es schwer für mich ist, mit den offenen Fragen einfach nach Hause zu verschwinden? Ich würde mich die ganze Zeit fragen, was das Alles zu bedeuten hat…"

„Kannst du das Ganze nicht als einen irren Traum abtun und die Sache vergessen?"

Bei dem Gedanken zog sich in mir alles zusammen. „Vielleicht habe ich genau davor Angst…"

Er fuhr sich wieder mit beiden Händen durch die Haare und starrte auf den Boden. „Das ist alles so falsch Alex. Bitte, mach es uns doch nicht unnötig schwer."

In dem Augenblick flog die Tür auf und der Störenfried platzte herein. „Sie kommen, sie sind auf der Suche nach…" er brach ab, als er mich sah und sackte zusammen. „Nach ihr. Verdammt, Noah, was macht sie hier? Was glaubst du, was sie mit ihr anstellen, wenn sie sie hier finden? Ganz zu schweigen davon, was sie mit dir machen werden!!" Entgeistert blickte ich von einem zum anderen.

„Warum wird jetzt schon nach ihr gesucht, Caleb?" Noahs Stimme klang angespannt.

„Sie wollen ein ähnliches Fiasko, wie bei Sophie, verhindern. Nach ihrem Ausraster heute im Weinkeller haben sie beschlossen, nachts ihr Zimmer zu kontrollieren. Da sie offensichtlich nicht in ihrem Bett liegt, suchen sie natürlich als nächstes bei dir!" Noahs ganzer Körper versteifte sich. Er blickte starr und mit bleichem Gesicht ins Leere.

„Ich bringe Noah in Gefahr, wenn ich hier bin?" stammelte ich. Caleb nickte. Noah rührte sich immer noch nicht. Ich kniete mich vor ihn und ergriff seine Hände. „In Ordnung. Ich werde zurück gehen, wenn es wirklich nötig ist..." Er löste sich aus seiner Erstarrung und sah mich an. Ich konnte die Verzweiflung in seinen Augen sehen. 'Warum verschwindet er nicht auch, wenn er so unglücklich ist?' Er drückte meine Hände und nickte mir zu.

„Los jetzt, es ist besser so." Mir traten die Tränen in die Augen. Ich wollte ihn nicht verlassen, aber wenn ich ihn nur so retten konnte... Ich schluckte trocken und schloss die Augen. Ich dachte an meine Eltern, wie sehr ich sie vermisste, an meine Freunde, vor allem Sarah. Ich dachte an all die Pläne, die wir gemacht hatten... in meinem Magen drehte sich wieder alles. Kurz zuckte ich zusammen, als ich seine Hände nicht mehr spürte, hielt aber die Augen geschlossen. Ich begann zu schweben und plötzlich spürte ich kalte Steine unter mir.

Ich öffnete zögerlich die Augen und erblickte die Nische im Weinkeller. 'Wieso bin ich wieder im Schloss?' Panik stieg in mir auf. Vor lauter Verzweiflung krümmte ich mich zusammen und mir kamen die Tränen.

„Alex – Schatz, warum liegst du hier auf dem Boden und weinst? Hast du dich verletzt?"

Ich sah in die erschreckten Augen meiner Mutter. „Mama..."

Sie nahm mich in den Arm und wiegte mich, wie ein kleines Kind, aber das war mir egal. „Du machst mir Angst, was ist denn passiert? Sollen wir die Feier absagen?"

Feier absagen? Ich bin doch zwei Tage weg gewesen... Ich musste aber wohl einsehen, dass das nicht der Fall war. „Wie spät ist es?"

„Es ist halb sechs, ich hab nach dir gesehen, weil ich doch versprochen habe, dir mit dem Kleid und der Perücke zu helfen."

Das kam mir alles so unwirklich vor, aber ich erinnerte mich, dass wir darüber gesprochen hatten, nachdem Sarah mir mitgeteilt hatte, dass sie auf ihren Bruder aufpassen musste.

Meine Gedanken überschlugen sich, aber ich hatte jetzt keine
Zeit, Ordnung in das Chaos zu bringen. Ich musste erst mal
funktionieren und dann mit Sarah sprechen. „Ach ja, dann lass
uns mal loslegen." versuchte ich enthusiastisch zu klingen, was
kläglich misslang. Meine Mutter lachte.

„Ich glaub' wir trinken erst mal einen Kaffee!" Ich lächelte sie
dankbar an und wir gingen gemeinsam nach oben. Die Küche
wirkte fremd und zugleich vertraut. Natürlich war sie hier
hochmodern eingerichtet, aber der Blick aus den Fenstern war
unverändert. Es war der gleiche Kräutergarten, in den mich
Noah gebracht hatte. Aber war das wirklich passiert?
Wahrscheinlicher war doch, dass ich mir einfach böse den Kopf
gestoßen hatte und ohnmächtig geträumt hatte... Aber es war so
echt gewesen. Ich konnte noch seine Hände in meinen spüren,
ihn noch immer riechen...

Der Kaffee tat gut. So langsam beruhigte sich die Achterbahn
in meinem Kopf. Es fühlte sich nur komisch an, als meine
Mutter mir in ein Kleid half, dass denen, die Estelle mir
angezogen hatte, gar nicht unähnlich war.

Als die ersten Gäste kamen, hatte ich keine Zeit mehr zu
grübeln. Meine Freunde zogen mich in ihre Arme und
gratulierten mir zum Geburtstag. Ich hielt mich tapfer. Nur
Sarah sah mich argwöhnisch an, merkte aber, dass ich nicht

darauf angesprochen werden wollte.

Soweit ich es beurteilen konnte, war es eine tolle Feier. Es wurde getanzt, gelacht und ich hatte die ganze Zeit ein Getränk in der Hand. Irgendwann kam jemand von hinten und nahm mir mein Glas aus der Hand. „Meinst du nicht, du hast fürs Erste genug, Alex?"

Ruckartig drehte ich mich um, ließ dann aber enttäuscht die Schultern sinken. „Das geht dich nichts an, Max, es ist mein Geburtstag und meine Party."

Er grinste mich an. „Aber vielleicht möchtest du dich morgen an dieses rauschende Fest erinnern?"

Ich seufzte und gab ihm mein Glas, er reichte mir im Tausch eine Flasche Wasser.

„Was ist denn los mit dir? Du bist so still?" Max war nicht so taktvoll wie Sarah.

„Alles in Ordnung, ich bin nur müde..." entgegnete ich lahm.

Er guckte skeptisch. „Sollen wir kurz an die frische Luft?"

Ich nickte, vielleicht bekam ich so einen freien Kopf. Ich hakte mich bei Max ein und wir gingen durch die Flügeltüren auf die Terrasse. Es war Vollmond und der Blick auf den See war atemberaubend. Max legte den Arm um meine Schultern und ich lehnte meinen Kopf gegen ihn.

„Ist es nicht wunderschön?" flüsterte er. Ich spürte seinen Atem in meinen Haaren. Unwillkürlich versteifte ich mich und rückte von ihm ab.

„Max, das Thema hatten wir doch schon durch. Wir haben es probiert und es ist gründlich schief gegangen. Lass uns nicht in schlechte Gewohnheiten verfallen.“

Er nahm es Gott sei Dank gelassen. „Entspann dich, ich weiß, dass zwischen uns nichts mehr laufen wird, aber du musst zugeben, dass es wirklich romantisch ist.“

Ich grinste und nickte.

„Lass uns besser reingehen, bevor es Gerede gibt.“

Mir war es nur Recht, der Ausblick auf die Stallungen hatte meine Laune nicht verbessert.

Drinnen war die Feier auf dem Höhepunkt angekommen und ich mischte mich unter die Feiernden. Sarah verabschiedete sich als letztes. „Wir reden morgen, Süße.“ Ich nickte und stieg in das wartende Taxi, das mich nach Hause brachte. Zum Glück war meine Mutter zur Stelle, um mir aus dem Kleid zu helfen.

Todmüde sank ich auf mein Bett. Doch kaum lag ich in der Waagerechten, fingen meine Gedanken an, sich selbstständig zu machen. Hatte ich tatsächlich nur geträumt? Realistisch betrachtet war das die einzige Erklärung – Parallelwelt, so ein Blödsinn, aber es hatte so echt gewirkt...sich so echt angefühlt... Ich wollte, dass es echt war, dass ich mir die Gefühle nicht eingebildet hatte. Ich hatte mich noch nie so lebendig gefühlt... Was jetzt? Wie konnte ich herausfinden, ob es ein Traum war oder nicht? Ich sah auf die Uhr – halb vier... egal, ich musste sie anrufen. Ich griff nach meinem Handy und wählte Sarahs Nummer. Nach dem zweiten Klingeln meldete sie sich verschlafen. „Was ist los, Alex?"

„Woher wusstest du, dass ich es bin?" Sie lachte

„Sonst ruft mich niemand mitten in der Nacht an, außerdem hatte ich schon auf deinen Anruf gewartet. Jetzt erzähl mal, was heute Abend mit dir los war!"

Also berichte ich ihr, was passiert war. Erst zögerlich, aber dann immer schneller. Es tat gut, Sarah alles zu sagen. Ich wusste, sie würde mich ernst nehmen. „Was mach ich denn jetzt?" stieß ich mit einem tiefen Seufzer aus. Es dauerte einen Augenblick, bis sie antwortete, ich dachte schon, sie wäre wieder eingeschlafen.

„Okay, gehen wir davon aus, dass du tatsächlich in einer Parallelwelt warst, dann wäre es auf jeden Fall das Einfachste wieder zum Schloss zu gehen und im Weinkeller auszuprobieren, ob du wieder dort landest. Allerdings wäre das wahrscheinlich auch das Gefährlichste, da sie dich dort direkt wieder in der Mangel hätten. Dann ist unser Problem jetzt nur, einen anderen Weg zurück zu finden."

Ich rechnete es ihr hoch an, dass sie mich nicht direkt einweisen ließ. „Wenn dieser Noah auch eigentlich von hier ist, gibt es in der nächsten Umgebung vielleicht noch mehr Plätze, die auch in der Parallelwelt sind. Vielleicht finden wir so ein anderes Portal. Am besten wäre ein Ort, der mit ihm verbunden ist.“

Ich Depp. „Natürlich, die Hütte im Wald, in der Noah gewohnt hat. Er hat mir auch erzählt, dass er durch die Wand in seinem Schrank in die Parallelwelt gekommen ist.“ Ich war hellwach. Wenn es diese Hütte tatsächlich auch hier gab, könnte mich das zurückführen! „Los, zieh dich an, wir treffen uns hinter dem Schloss!“

Sie seufzte. „Alex, es ist mitten in der Nacht...hat das nicht bis morgen Zeit?“

Ich hatte meine Hose schon an. „Nein, die Zeit vergeht dort ganz anders! Hier war ich vielleicht vier Stunden weg, dort waren es fast zwei Tage!!“ Ich hörte wir ihr Bett knarzte. „Ich bin gleich da.“

8.

Zehn Minuten später bog ich mit meinem Fahrrad auf den Schlosshof, Sarahs Fahrrad stand schon an die Wand gelehnt. Ich sprang ab, stellte meins daneben und rannte um das Schoss herum. Sarah stand mit zwei Taschenlampen bewaffnet auf der Terrasse und wartete. Puh, gut, dass sie daran gedacht hatte... Wir nahmen uns fest in die Arme.

„Mir kamst du ja den ganzen Abend so vor, als wäre etwas passiert, aber an so etwas hätte ich im Leben nicht gedacht...“

Ich seufzte. „Danke, dass du gekommen bist! Du bist die beste Freundin, die man sich wünschen kann!!“

„Ist ja wohl Ehrensache! Dann zeig mir mal den Weg.“ Wir stapften gemeinsam um den See herum. An der Weide vorbei, wo in der anderen Welt eine Hollywoodschaukel stand. Mit den Taschenlampen suchten wir die Büsche dahinter ab. Zuerst sah es so aus, als wäre unsere Suche erfolglos.

„Müsstest du den Weg nicht ganz leicht finden? Du bist ihn ja schließlich schon gegangen...“

Ich zuckte die Schultern, genau der Gedanke war mir auch schon gekommen. „Aber da war es auch dunkel und ich war ziemlich in Eile...Außerdem wissen wir doch beide, dass man sich auf meinen Orientierungssinn nicht wirklich verlassen kann...“

Doch da rief Sarah mich zu sich. „Ich glaub, ich hab was!“ Ich ging zu ihr. Im Schein der Taschenlampe war wirklich ein Weg zu erkennen. Mein Herz schlug bis zum Hals, als wir ihm in den Wald hinein folgten. Er kam mir seltsam vertraut vor. Hinter der nächsten Kurve müsste eigentlich...

Ich schnappte erschrocken nach Luft. Auch Sarah hielt den Atem an. „Ist sie das?“ flüsterte sie.

Ich konnte nur schwach nicken. Sie sah noch genauso aus, nicht um einen Tag gealtert. Aber warum hätte sie das auch sollen...ich glaube, weil die Menschen dort so gelebt hatten, wie vor 200 Jahren, hatte ich angenommen, dass alles in der Vergangenheit stattgefunden hatte...

„Sollen wir reingehen?“

Ich sah sie an. „Ist das nicht Einbruch?“

Sie zuckte mit den Schultern. „Sieht nicht wirklich bewohnt aus, oder? Und wir wollen ja nichts klauen.“

Ich straffte die Schultern, drückte die Türklinke herunter und war irgendwie nicht überrascht, dass die Tür offen war. Ich stieß sie auf und blieb im Rahmen stehen. Sarah fasste mir an die Schulter. „Was ist los?“ Enttäuscht ließ ich die Schultern sinken. Der Raum war ein ganz anderer. Er war im Gegensatz zu seinem rustikalen Äußeren ganz modern und in hellen Tönen eingerichtet. Ein großer, cremefarbener Teppich lag auf dem Holzboden, darauf stand ein nussbraunes Ledersofa. Die Küche sah aus, wie die in einem professionellen Restaurant. Nichts erinnerte an das Haus, in dem ich Noah aufgesucht hatte, außer eine Treppe aus durchgesägten Baumstämmen, die nach oben führte.

„Es sieht so anders aus."

Sie zuckte die Schultern. „Wieso auch nicht, die Stallungen sind hier ja auch nicht in Betrieb... komm, lass uns wenigstens noch oben in den Schrank gucken." Sarah grinste mich an und sah sich noch einmal im Raum um. Ihr Blick blieb an einem Bild auf einem Beistelltisch, neben dem Sofa, hängen. „Also, wer auch immer hier lebt, man, der sieht echt hammer aus...und hat leider die passende Frau im Arm..."

Ich ging zu ihr, sah mir auch das Bild an und mir sackten die Knie weg. Sarah fasste mich unter den Arm und führte mich zur Couch. „Was hast du? Du bist ja kreidebleich!! Sag was, du machst mir Angst..."

Ich sah sie an. „Das ist er... das ist Noah... und in seinem Arm ist die Königin..."

Sarah schnappte nach Luft und sah mich fassungslos an. Die Gedanken rasten in meinem Kopf. Mir wurde klar, dass ich eigentlich nicht mehr damit gerechnet hatte, hier einen Hinweis auf ihn zu finden – erst recht nicht so einen – dann hätte ich damit abschließen können, es unter *verrückter Traum* abhaken und fertig, aber so?? Was sollte ich denn jetzt machen? Ich musste zurück und Noah helfen, das Königspaar zu überzeugen ihn in Ruhe zu lassen. Aber vielleicht war es eine Falle, er und die Königin schienen sich mehr als nahe zu stehen... und sie sehen glücklich aus... Es ärgerte mich, wie sehr mich das störte! War alles nur gespielt? Hat er mich deswegen nie geküsst? Aber warum das ganze? Er wollte unbedingt, dass ich ging, das kann ich noch verstehen, klar ich nervte ihn mit meinem Geschmachte, aber warum wollten die anderen, dass ich blieb? Oder war es doch echt gewesen, so eine Spannung hatte ich noch nie gespürt, das konnte er nicht spielen, oder? War er denn dann überhaupt in Gefahr? Wenn ich mir die beiden auf dem Foto so ansah, konnte ich mir nicht vorstellen, dass sie ihm etwas antat... In dem Augenblick hörte ich oben Schritte und als ich mich umsah, war ich froh, dass ich schon saß.

In Jeans und Pulli hätte ich ihn fast nicht erkannt.

„Alex, gut, dass du hier bist, ich hatte schon Angst ich müsste dich in der ganzen Stadt suchen! Ich hätte keine Ahnung gehabt, wo ich hätte anfangen sollen...“

„Hallo Caleb...“

Sarahs Griff an meiner Schulter wurde fester.

„Aua, Sarah, lass mich los!“ Der Schmerz hatte aber auch etwas Gutes – mein Kopf wurde etwas klarer. „Sarah, das ist Caleb, von dem ich dir erzählt habe – Caleb, das ist Sarah.“ Ich schüttelte den Kopf. Irre, dass manche Sachen automatisch passierten, ich hätte ihm viel dringendere Sachen zu sagen, als den Namen meiner besten Freundin. Caleb verneigte sich sogar kurz in ihre Richtung, was uns beiden ein hysterisches Kichern entlockte. „Du musst mitkommen, sie will ihn einsperren, wenn die Hochzeit nicht stattfindet!" Ich war immer noch froh, dass ich saß. Das, was er sagte, war genau das, was ich befürchtet hatte. „Wie kann ich das glauben, wenn ich hier ein Foto von ihm in inniger Umarmung mit der Königin sehe?" Caleb sah das Foto an und schüttelte den Kopf.

„Es ist komisch, die zwei so zu sehen, aber mir steht es nicht zu, deren dreckige Wäsche – und glaub mir, sie ist sehr dreckig - zu waschen. Du musst mir vertrauen, das Foto ist in einem anderen Leben entstanden. Noah ist wirklich in Gefahr, wenn sie ihn in ihre machthungrigen Finger bekommt, weiß ich nicht, was sie tun wird…"

Ich schaute ihn an. „Weiß Noah, dass du hier bist?"

Er lachte trocken. „Er würde mich umbringen, wenn er wüsste, dass ich dich um Hilfe bitte…"

Das brachte meine Zweifel zum Schweigen. Hätte er gesagt, dass er von Noah geschickt worden war, hätte ich ihm kein Wort geglaubt, aber dass er mich aus allem raus halten wollte, war mal wieder typisch. Ich rappelte mich auf. „Wann geht es los?"

Erleichtert atmete er aus. „Sofort, die Zeit drängt."

Sarah hatte sich auch aus ihrer Erstarrung gelöst, sie sprang auf und hielt Caleb am Arm. „Wenn ihr etwas passiert, werde ich dich finden und dann kannst du was erleben!"

Er sah aus, als würde er gleich loslachen, aber dann sah er ihren Blick und unterdrückte es – zu seinem Besten, ich kannte den Blick, Gott sei Dank, hat sie mich erst einmal damit angesehen, aber das reichte...

„Wie kommen wir denn wieder zurück? Wieder mit diesem Konzentrations-Ding?"

Er schüttelte den Kopf. „Nein, so kommt man hierhin. Um dahin zu gelangen, wo wir hinwollen, brauchen wir ein Portal, so eines, wie du zufällig im Weinkeller des Schlosses gefunden hast, das sind dann aber Einbahnstraßen."

Logisch, sonst wäre ich ja selbst wieder zurückgekommen. „Also nehmen wir das Portal im Wandschrank?"

Er sah mich verblüfft an.

„Noah hat mir davon erzählt." Zu dritt gingen wir nach oben, Caleb öffnete den Kleiderschrank. Außer Kleidung war darin nichts zu sehen. Sarah und ich sahen ihn abwartend an. Er verdrehte die Augen. „Man kann es nicht sehen, man muss es fühlen und dann geht man einfach durch."

„Kann das jeder?" Diese Frage hatte ich mir gerade auch gestellt. Er wandte sich Sarah zu.

„Nein. Warum manche Menschen durch die Portale gehen können, und andere nicht, weiß ich auch nicht..." Sarah seufzte enttäuscht. Ich sah sie entgeistert an, ich wäre froh, wenn mir das nicht passieren würde! Sie grinste entschuldigend.

„Ich würde es ja nur mal gerne sehen...aber du hast recht, nichts zum neidisch sein...“

Ich legte meine Handfläche gegen die Rückwand des Schrankes und spürte eine starke Vibration. „Hier ist es Sarah. Halt mal deine Hand drüber.“

Sie tastete die Wand ab, schüttelte aber den Kopf.

„Es kann halt nur einen Freak geben.“ sagte ich und nahm sie in den Arm. „Ich komme wieder, vielleicht merkst du gar nicht, dass ich weg bin. Sonst denk dir bitte etwas für meine Eltern aus, sie sollen sich keine Sorgen machen.“

„Ich lass mir was einfallen, pass auf dich auf.“ Sie drückte mich. Dann ging Caleb einfach durch die Wand und war verschwunden. 'Krass!!' Sarah nickte mir aufmunternd zu, ich drückte sie noch einmal und ging ihm hinterher.

Es fühlte sich an, als würde man unangeschnallt Achterbahn fahren, gar nicht gut. Ich wurde diesmal aber wenigstens nicht ohnmächtig. Jemand fing mich auf und als ich die Augen öffnete, wünschte ich mir, ohnmächtig zu sein. Ich hing mal wieder hilflos in seinen Armen und er funkelte mich wütend an. Mit einem Ruck stellte er mich aufrecht hin. „Was habt ihr beiden euch dabei gedacht? Ich mein, Alex, du warst zu Hause, Caleb, du bringst sie hier in Gefahr!! Ich habe gesagt, dass ich das auf meine Art lösen werde, sie kann hier nicht helfen!"

„Ich glaube, du hast in letzter Zeit die Geduld der Hexe zu sehr strapaziert, mein Informant im Königshaus ist sich sicher, dass das beste, was du zu erwarten hast, das Gefängnis ist, sollte die Hochzeit nicht stattfinden!"

„Das ist meine Sache, warum ziehst du Unbeteiligte mit rein??"

Wie bitte, *Unbeteiligte*? Das tat weh, ich zuckte zusammen. Caleb schüttelte den Kopf.

„Unbeteiligte, dass ich nicht lache, ich habe euch beide gesehen! Und nicht nur ich! Was meinst du, warum sie so auf

Rache aus ist?" Noah ging auf und ab.

„Noch ein Grund mehr, sie herauszuhalten!"

„Aber wenn Alex es tatsächlich ist?"

Noah blieb mitten in der Bewegung stehen und sah Caleb, wenn möglich, noch finsterer an. „Halt bloß den Mund." zischte er und warf mir einen raschen Blick zu.

Ich verdrehte die Augen. „Ach, ist dir eingefallen, dass ich hier bin." Ich legte so viel Spott in meine Stimme, wie ich konnte, und ließ mich möglichst elegant auf dem Sofa nieder. „Wieso erzählt ihr mir nicht endlich alles und dann kann ich selber entscheiden, ob ich helfen möchte oder nicht."

„Gute Idee!" Das kam natürlich von Caleb. Dankbar sah ich ihn an. Erst jetzt fiel mir auf, dass er wieder Strümpfe und Schnallenschuhe mit passender Hose und Jacke trug. Verwirrt blickte ich an mir herunter. Ich hatte wieder mein gelbes Kleid an. Ich fasste mir an den Kopf – ja, auch die Haare waren wieder lang. Noah warf entnervt die Arme in die Luft.

„Ich brauch' deine Hilfe nicht, geh nach Hause!" er sah mich wütend an. Meine Verwirrung verflog. Ich starrte zurück. Ich verstand ihn einfach nicht. Wieso stieß er mich so von sich? Aber auch mich verstand ich nicht – was hielt mich hier? Warum ließ ich ihn nicht seinen Scheiß selber aufräumen? Ich verschränkte meine Arme und funkelte ihn an. Auf einmal wurde sein Blick weich und er hockte sich vor mich. Er nahm meine Hände in seine. Seine plötzliche Nähe brachte mich aus dem Konzept, mein Herz holperte und ich hielt den Atem an. Seine Hände waren so groß, dass sie meine umschlossen. Ich fixierte sie, wenn ich ihm ins Gesicht geschaut hätte, keine Ahnung, was ich gemacht hätte. Ok, das war gelogen, ich weiß ganz genau, was ich gemacht hätte, nur seine Reaktion darauf war nicht ganz klar...er gab mir widersprüchliche Signale... „Alex, versteh doch, wenn ich zulasse, dass du hierbleibst, um mir zu helfen, zieh ich dich in einen Kampf hinein, in den du nicht hineingezogen werden möchtest.“

Ich schüttelte kurz den Kopf, um diesen wieder frei zu bekommen, und seufzte. „Darf ich vielleicht selbst entscheiden, was ich möchte? Du hast mir geholfen, hier weg zu kommen, warum sollte ich dir dann nicht auch helfen?“

Er stand abrupt auf. „Weil es falsch ist!“

Ich sprang ebenfalls auf und zuckte entnervt mit den Schultern. „In Ordnung, Caleb hat gesagt, du brauchst Hilfe und ich war so bescheuert zu glauben, dass du in der Lage bist, dir helfen zu lassen, aber wenn es dich so stört, dass ich hier bin, geh ich halt wieder, viel Glück.“ Mir traten die Tränen in die Augen. 'Jetzt reiß dich mal zusammen, und bewahr dir wenigstens ein bisschen Würde!!' Ich starrte ihn an. Er machte einen Schritt auf mich zu und sein Blick hatte fast etwas Flehendes, doch dann verschloss er sich wieder.

„Du kapierst es einfach nicht!“

„Verdammt, dann erklär' es mir!!“ Wütend starrten wir uns an.

Caleb trat zwischen uns. „Jetzt hört euch doch erst mal meinen Plan an!" Wir sahen Caleb überrascht an und warteten. „Ich habe eine Einladung zum Ball der Wahl, Alex wird mich wählen, ich lasse sie nach der Hochzeit entkommen, du hast damit nichts zu tun, alle sind glücklich." Noahs Anspannung ließ spürbar nach. Er blickte nachdenklich zwischen mir und Caleb hin und her.

„Das könnte klappen."

„Natürlich. Und es ist der einzige Weg, sie von deiner Spur abzulenken!"

Moment, ich verstand das Ganze nicht wirklich. „Ich soll Caleb heiraten??"

Dieser winkte ab. „Nur, um der Hexe ihren Willen zu geben. Sie ist zufrieden und lässt dich, und vor allem Noah, in Ruhe." Ich sah Noah an, in seinen Augen war keine Regung zu erkennen.

„Was sagst du dazu?" Er zuckte mit den Schultern.

„Wie gesagt, es könnte klappen, so kannst du am schnellsten wieder nach Hause..." Ich presste die Lippen aufeinander und versuchte, möglichst unbeteiligt zu erscheinen.

„Dann machen wir es so und du bist mich wieder los..." Er versteifte sich und seine Augen brachen, aber er hatte sich schnell wieder im Griff, so schnell, dass ich nicht wusste, ob ich es mir eingebildet hatte.

Ich wandte mich an Caleb. „Also, was jetzt?"

Caleb grinste breit „Jetzt verbreiten wir die frohe Kunde, dass die Prinzessin wieder aufgetaucht und bereit ist, sich einen Gemahl auszusuchen." Noah fuhr sich mit den Händen durch die Haare. Er sah mich an und sein Blick fuhr mir bis in den kleinsten Zeh. Er sah verzweifelt aus. Die Hände auf seinem Kopf verschränkt beugte er sich zu mir. Ich machte automatisch einen Schritt auf ihn zu. Er wich zurück, ließ sein Arme sinken und sein Blick wurde hart. „Bring sie am besten so schnell wie möglich zum Schloss, damit der Spuk ein Ende hat." Er drehte sich um und verließ die Hütte. Mir schossen die Tränen in die Augen, Caleb hakte sich bei mir unter. „Komm, er hat recht, lass es uns hinter uns bringen."

Betäubt ließ ich mich mitschleifen. „Du erzählst ihnen, du hättest dich im Wald verirrt, versuch ein bisschen angeschlagen auszusehen – wobei, das fällt dir jetzt wohl nicht schwer..." Ich nickte. „Wir sehen uns heute Abend auf dem Ball. Und Alex, Dankeschön, dass du uns hilfst, er ist ein guter Kerl, auch wenn er sich manchmal..."

„Wie ein Arschloch aufführt? Schon ok, du brauchst ihn nicht in Schutz zu nehmen. Ich komm schon klar." Ich ließ ihm etwas Vorsprung, damit wir nicht unnötig Verdacht erregten. In der Zeit riss ich das Kleid an einigen Stellen ein und verteilte noch ein wenig Schmutz darauf. Auch mein Gesicht machte ich dreckig und verstrubbelte meine Haare, ich war schließlich für zwei Tage im Wald verschollen. Ich richtete mich auf und ging zum Schloss.

10.

Ich war überrascht, dass sie mir die Geschichte ohne große Diskussion abkauften. Sie wunderten sich zwar, warum sie mich bei ihrer Suche im Wald nicht gefunden hatten, ließen es dann aber auf sich beruhen, weil Estelle zusammen mit der Schneiderin darauf bestand, mich für den Abend fertig zu machen. Die beiden redeten ununterbrochen davon, dass jetzt alles gut werden würde und wie weise die Königin doch gewesen war, die Planungen für die Feierlichkeiten voranzutreiben, obwohl ich vermisst wurde. Die Erwähnung der Hexe versetzte mir einen Stich – ich ärgerte mich, als ich merkte, dass ich eifersüchtig war. Auf einmal wurde nicht mehr an mir rumgezupft und ich hörte, wie Estelle schniefte. Ich blickte sie irritiert an und erkannte Rührung in ihren Augen.

„Du siehst zauberhaft aus!" Sie drehte mich zum Spiegel und mir blieb der Mund offen stehen. Ich erkannte mich zuerst gar nicht wieder. Ich sah wirklich wie – nun ja, wie eine Prinzessin aus. Das Kleid war fliederfarben, hatte kleine Fledermausärmel und – mir blieb die Luft weg – einen wirklich verbotenen Ausschnitt. Durch den Reifrock hatte es am Saum fast einen

Meter Durchmesser, war aber Gott sei Dank nicht schwer. Die Haare waren hochgesteckt, nur einzelne Strähnen lockerten das Ganze auf. Sie hatten mir eine goldene Kette mit hellblauen Saphiren umgelegt, außerdem Ohrringe mit den gleichen Edelsteinen. In dem Augenblick kam die hagere Schreckschraube in den Raum geplatzt. „Gut, dass ihr endlich fertig seid, es muss noch geprobt werden und die ersten Gäste treffen ein."

Auf dem Weg zum Ballsaal vermied ich es, aus den Fenstern zu sehen, ich hatte Angst, er könnte draußen sein. Ich musste gefühlt 50-mal durch die große Doppeltür gehen. Der Saal sah wirklich beeindruckend aus. Von der Decke hingen riesige Kronleuchter. Auf der linken Seite befanden sich zimmerhohe Fenster, durch die die Nachmittagssonne fiel. Rechts waren fast nur Spiegel, hier war auf jeden Fall Versailles das Vorbild gewesen. Auf einer Empore probte ein kleines Orchester für den Abend. Während ich immer wieder den Saal hoch und runter ging, keifte die Schreckschraube ohne Unterlass. „Gerade laufen! Lächeln! Watschle nicht so, du bist eine Prinzessin, lächeln!!" Ich bekam fast Krämpfe in den Wangen. Als sie in die Hände klatschte atmete ich erleichtert auf, aber zu früh gefreut, es eilte ein Mann auf mich zu.

„Doug wird dir die wichtigsten Tanzschritte für heute Abend zeigen, damit es keine völlige Blamage wird!"

Ich sah sie giftig an. „Ich kann tanzen..." Zum Glück hatten

Sarah und ich im letzten Sommer einen Tanzkurs besucht.
Solange Standardtänze verlangt wurden, kam ich klar. Sie gab
dem Orchester ein Zeichen und dieses begann mit einem
langsamen Walzer, wechselte dann in den Wiener Walzer und
wieder zurück. Komplizierter wurde es, als Doug versuchte, mir
einen Gruppentanz zu zeigen, die hatte ich bislang lediglich im
Fernsehen gesehen. Eine tiefe Verbeugung, die jeweils rechten
Handflächen berührten sich. Man drehte sich erst in die eine,
verbeugte sich nochmal und drehte sich dann in die andere
Richtung. Anschließend umfasste Doug meine Taille, hob mich
hoch und setzte mich nach einer Drehung wieder ab. Dann
meine linke an seine rechte Handfläche, drei Schritte geradeaus
und von vorne. Nachdem wir das einige Male durchgespielt
hatten, war er zufrieden. Auch die Schreckschraube schaute
nicht mehr ganz so sauertöpfisch. Estelle kam aufgeregt zu mir
getrippelt. „Das hat ja wunderbar geklappt, jetzt bringe ich dich
in dein Zimmer, ich habe dir einen Tee und ein paar Kekse
bereitgestellt. Dort wartet noch eine Überraschung auf
dich." Sie zwinkerte mir doch tatsächlich zu! Aber Tee und
Kekse klang gut, also folgte ich ihr.

Ich hatte gerade den ersten Keks im Mund, da platzte es aus
ihr heraus. „Der Ball heute Abend wird ein Maskenball." Es
fehlte nicht viel und sie hätte vor Aufregung in die Hände
geklatscht. Fast hätte ich mit den Augen gerollt. Kurz überlegte
ich, wie ich dann Caleb erkennen sollte, aber ich ging davon aus,

dass er mir wohl ein Zeichen geben würde. „Das klingt ja spannend..." Ihrer Miene nach zu schließen gelang es mir nicht wirklich, den, ihrer Meinung nach nötigen, Enthusiasmus an den Tag zu legen, aber da konnte ich ihr auch nicht helfen. Sie überreichte mir eine goldene Maske, die, wie ich erleichtert feststellte, nur die Augenpartie bedeckte.

11.

Es klopfte. Meine Nicht-Eltern traten ein - in farblich passenden Roben. Sie sahen toll aus. Sie nahmen mich in ihre Mitte und wir gingen schweigend zum Ballsaal. Estelle hatte mir in groben Zügen erklärt, was auf mich zukommen wird. Ich musste mit meinen Eltern am anderen Ende des Ballsaales sitzen und die eintretenden Prinzen begrüßen. Wenn sich alle vorgestellt hatten, musste ich mir einen ersten Tanzpartner aussuchen. Wenn ich einige Stunden getanzt hatte, musste ich meine Wahl verkünden, alle würden ihre Masken abnehmen und zum Tisch gehen, um zu essen. Zum Abschluss würde die Hochzeit für den nächsten Tag angekündigt werden. 'Hoffentlich geht alles gut...'

Die Vorstellungszeremonie war mehr als langweilig. Ich lächelte die ganze Zeit so gezwungen, dass ich mich wunderte, warum mich keiner darauf ansprach. Ein-, zweimal dachte ich, Caleb hinter einer der Masken erkannt zu haben, war mir aber nicht sicher. Das machte mich doch etwas nervös. Schließlich waren endlich alle Prinzen an uns vorbeigekommen und meine Nichtmutter erhob sich und klatschte zweimal in die Hände:

„Jetzt soll getanzt werden, die Prinzessin wird ihren ersten Partner wählen, dann dürfen alle anderen sich auch auf die Tanzfläche begeben." Erst jetzt fielen mir die anderen Frauen im Saal auf, aber es war ja nur logisch, was sollten sonst die anderen Männer machen, während ich mit einem tanzte. „Los, geh schon." zischte die Hexe und gab mir sogar einen leichten Schubs. 'Das ist ja wie in *Drei Haselnüsse für ein Aschenbrödel.* ' Fast hätte ich gekichert. Mit geschlossenen Augen ging ich die Reihe der Männer entlang und blieb einfach irgendwann stehen. Der Prinz grinste selbstgefällig, verbeugte sich knapp und zog mich auf die Tanzfläche.

Er redete ununterbrochen von sich, aber das war nicht das Schlimmste – er zog mich mit den Augen aus und seine Hand verirrte sich mehrmals unter den Äquator. Als es mir zu bunt wurde machte ich mich los und wollte zurück zu meinem Stuhl. Da traf mich der eisige Blick der Hexe und ich suchte mir eilends einen neuen Tanzpartner. Der behielt seine Hände bei sich, was aber schon das Beste war, was ich über ihn sagen konnte. Er hatte übelsten Mundgeruch. Sobald das Lied zu Ende war, suchte ich das Weite. Ich hätte fast ein schüchternes Hühnchen umgerannt, das sich etwas linkisch vor mir verneigte. Reflexmäßig machte ich einen Knicks. Es war sehr angenehm, mit ihm zu tanzen. Er berührte mich kaum und wagte es nicht, mich anzusehen. Außerdem tanzte er außerordentlich gut.

„Wie heißt Ihr?"

„Lionel." Ich lächelte ihn an. Zum ersten Mal an diesem Abend entspannte ich mich.

„Das ist ein schöner Name."

„Danke." Das Lied war zu Ende und Lionel wollte sich mit einer Verbeugung verabschieden, ich aber hielt ihn fest.

„Ich würde mich freuen, wenn Ihr weiter mit mir tanzen würdet, Lionel."

Er grinste mich an. „Sehr gerne, Prinzessin." und so tanzten wir durch den ganzen Raum, ich hielt Ausschau nach Caleb, aber ich konnte ihn nirgendwo entdecken. Er müsste sich doch längst schon zu erkennen gegeben haben, damit unser Plan funktionierte. Nach dem nächsten Lied fragte mich Lionel, ob ich etwas trinken wolle.

„Gerne." Er eilte davon, um uns die Gläser zu holen.

„Habt Ihr Eure Wahl etwa schon getroffen, Prinzessin, oder warum tanzt ihr nur mit diesem Hemd?" flüstere eine Stimme hinter mir. Ich fuhr herum, um dem Flegel eine passende Antwort zu geben, doch ich brachte keinen Ton raus. Er war es, auch mit Maske und dem höfischen Gewand hatte ihn sofort erkannt.

„Noah..." Ein spöttisches Lächeln umspielte seine Lippen, als er sich verneigte.

„Darf ich um diesen Tanz bitten?" Ohne meine Antwort abzuwarten zog er mich an sich. Ihm so plötzlich so nahe zu sein, seine Hand an meinem Rücken - ich brauchte ein paar

Drehungen um meinen Kopf wenigstens halbwegs klar zu kriegen. Wieso reagierte ich so auf ihn, obwohl er sich wie ein Arsch verhielt?

„Was machst du hier? Wo ist Caleb? Wegen dieser dämlichen Masken habe ich ihn noch nicht entdeckt."

„Er wird nicht kommen, er ist vom Pferd gefallen."

„Ist er schwer verletzt?" Noah schüttelte den Kopf.

„Der wird schon wieder."

So viel zu unserem tollen Plan „Und jetzt?" Er zuckte die Schultern.

„Für's Erste übernehme ich den Part von Caleb und dann müssen wir es irgendwie hinbekommen, dass ein zweiter Ball stattfindet..." Ich starrte ihn fassungslos an.

„Aber wie? Wäre es nicht einfacher, wenn ich irgendjemanden hier nehme, und nach der Hochzeit direkt abhaue?" Seine Augen weiteten sich und sein Griff um meine Taille wurde fester.

„Das geht nicht." Ich sah ihn fragend an.

„Du hast dieses Buch nicht ganz gelesen..." flüstere er. Ich zuckte die Achseln. Er kniff die Augen zusammen. „Schon mal was von einer Hochzeitsnacht gehört?" Ich zuckte zusammen. Daran hatte ich gar nicht gedacht, da bislang nur die Scheinhochzeit mit Caleb im Raum stand. Ich sah ihn verzweifelt an – ich bekam Angst.

„Kann ich denn dann nicht einfach dich wählen und wir verschwinden von hier? Wenn Gras über die Sache gewachsen ist, verschwinde ich." Er versteifte sich.

„Ich kann dich nicht heiraten..." Ich rückte von ihm ab, doch er hielt mich fest. „Du weißt, warum das nicht geht..."

„Nein, bitte, klär mich auf. Hat es damit zu tun, was zwischen dir und der Hexe läuft?" Er sah mich entgeistert an. „Ach komm schon, ich habe die Fotos in deinem Haus von euch beiden gesehen. Und auch im Stall, wie sie dich betatscht hat!" Ich konnte es nicht fassen, er grinste mich an.

„Du bist ja eifersüchtig."

„So ein Blödsinn, jetzt lenk nicht ab. Warum kann ich dich nicht einfach zum Schein heiraten?"

„Weil die Königin das nicht zulassen würde, ich bin nur ein Stallbursche... Außerdem geht es ihr ja genau darum, dich von mir fern zu halten."

Ich verdrehte die Augen. Mist, das klang logisch. „Aber warum?"

„Du verstehst es nicht..."

Ich schnaubte. „Da hast du wohl recht!" Ich riss mich los und stürmte nach draußen. Auf dem Weg lief ich Estelle in die Arme. Ich beschloss, alles auf eine Karte zu setzen, nahm ihren Arm und zog sie mit. Irritiert sah sie mich an.

„Estelle, besteht die geringste Möglichkeit, einen zweiten Ball stattfinden zu lassen?"

„Aber warum?"

Ich versuchte verlegen zu schauen. „Ich habe gestern

jemanden anreisen sehen, der mir gut gefallen hat, aber der ist heute nicht da."

Sie schüttelte den Kopf. „Es sind alle da. Bestimmt hast du ihn mit Maske nur nicht erkannt…"

„Mag sein, aber was nützt es? Ich muss ihn finden, denn ihn will ich wählen! Kannst du dich vielleicht mal umhören? Ich bitte dich, Amme." Ich ergriff ihre Hände und sah sie flehend an. Sie zögerte.

„Gestern, sagst du? Gestern ist nur Lord Caleb angereist…" Auf ihrem Gesicht breitete sich ein Lächeln aus. „Er ist ein gern gesehener Gast, ich glaube, da kann ich etwas möglich machen. Jetzt geh aber wieder rein und tanze ein bisschen, bevor sich die Leute wundern."

Ich folgte ihr zurück in den Ballsaal. Am Rande der Tanzfläche stand Lionel mit zwei Gläsern und schaute sich etwas verloren um. „Ist der für mich?"

Erschrocken fuhr er herum. Als er mich erkannte, reichte er mir das Glas, das ich lächelnd annahm. „Ich konnte Euch nicht finden…"

„Ich war kurz an der frischen Luft…"

Es kam Unruhe auf. Als Lionel meinen fragenden Blick sah, lächelte er. „Es stellen sich alle zum gemeinsamen Tanz auf. Möchtet Ihr auch?" Ach, warum nicht? Ich trank mit einem Zug mein Glas aus und stellte es ab. Wir suchten uns einen Platz in der Reihe. Dann spielte die Musik auf. Ich müsste lügen, wenn ich behaupten würde, es hätte keinen Spaß gemacht. Lionel taute ein wenig auf und erzählte mir von seinem Schloss und seinen Pferden. Er bekam ganz verträumte Augen, als er von seinem Stallburschen erzählte, der sich so hervorragend um die Tiere kümmerte. Ich hätte fast losgelacht, riss mich aber zusammen und grinste ihn an. „Ja, was würden wir nur ohne die Stallburschen machen."

Er guckte mich erst erschreckt an, musste dann aber auch grinsen. „So offensichtlich, ja?"

„Euer Geheimnis ist bei mir sicher." Der Tanz war zu Ende und wir stellten uns etwas abseits. 'Wenn das mit Caleb nicht klappt, wähle ich einfach Lionel, der wird es mit der Hochzeitsnacht nicht so eng sehen...'

„Genauso, wie Eures bei mir."

Ich sah ihn verdutzt an.

„Ich habe Euch auf der Tanzfläche gesehen, bevor Ihr nach draußen gestürmt seid. Er ist Euch gefolgt, musste dann aber abdrehen, weil Ihr mit dieser Frau auf die Terrasse gegangen seid. Er muss Euch sehr lieben..." Ich schnaubte verächtlich. „Doch, ich bin mir sicher. Er lässt Euch nämlich keine Sekunde aus den Augen." Er deutete mit dem Kinn in eine Ecke des Ballsaales. Als ich die gewiesene Richtung blickte, sah ich, dass er recht hatte. Noah stand da und guckte zu uns hinüber.

„Aber das macht doch keinen Sinn..."

Lionel lachte auf. „Wann macht es das je?" Als sich unsere

Blicke trafen, stieß Noah sich von der Wand ab und kam zu uns hinüber. Ich hielt die Luft an.

„Tief durchatmen, Prinzessin." Als Noah näher kam beugte sich Lionel zu mir. „Ich kann Euch gut verstehen, aber macht es ihm nicht zu leicht." Grinsend verschwand er.

Ich wartete auf die nächste Konfrontation. Noah verneigte sich tief. „Bitte, tanz mit mir." Er hielt mir seine Hand hin und sah mich an. Diesmal lag kein Spott in seinem Blick. Er wirkte tatsächlich unsicher, als hätte er Angst, ich würde ihn zurückweisen. Ich seufzte. 'Ach was solls...' Ich machte einen Knicks und ergriff seine Hand. Er atmete erleichtert aus und wir gingen zur Tanzfläche. Vorsichtig legte er den Arm um meine Taille und wir drehten uns im Einklang mit der Musik. Unverwandt sah er mir in die Augen. Es war, als wären wir alleine und die Musik würde nur für uns spielen. Während wir tanzten zog er mich näher an sich heran. Mit seinem Daumen strich er mir über den Rücken. Ich atmete tief ein und musste unwillkürlich die Augen schließen. Er roch so unglaublich gut... Ich zwang mich, meine Augen wieder zu öffnen und blickte zu ihm hoch. Sein Blick war brennend und verfing sich in meinem. Ich spürte, dass sein Herz genauso schnell schlug wie meines und drückte mich an ihn. 'Hast du denn gar keinen Stolz!' ätzte es in meinem Kopf. 'Warum lässt du dich so von ihm hin und her schubsen?' Ich schaffte es, meinen Blick von seinem zu lösen, es tat fast körperlich weh. „Noah, ich..."

Er seufzte tief und legte mit geschlossenen Augen seine Stirn auf meine. „Ich weiß...“

Lionel tauchte außer Atem neben uns auf. „Die Königin sucht nach Euch Prinzessin, sie ist in Begleitung der Frau, mit der Ihr auf der Terrasse wart.“

„Noah, du musst verschwinden, bevor sie dich erkennt.“ Ich sah ihm an, dass er nicht gehen wollte. Erst als Lionel ihm zusicherte, bei mir zu bleiben, ging er. Er beugte sich noch rasch zu mir hinunter. „Wir sehen uns später, versprochen.“ Lionel reichte mir ein Glas.

„Trinkt das und versucht, ein unbeteiligtes Gesicht zu machen, ihr strahlt wie ein Honigkuchenpferd...“ Er hatte recht, sogar ich spürte das dümmliche Grinsen in meinem Gesicht... Ich nahm einen großen Schluck und hätte die Flüssigkeit fast wieder ausgespuckt. „Lionel, das ist ja Essig.“

Er nickte grinsend. „Vertreibt alle Verklärtheit aus dem Gesicht. Achtung, sie sind direkt hinter Euch.“ Hinter mir räusperte sich jemand. Ich zählte bis drei und drehte mich um. Die Königin stand mit Estelle vor mir und sah mich abwartend an. Ich machte einen tiefen Knicks.

„Estelle hat mir gesagt, du hättest eine Wahl getroffen, nur leider sei ausgerechnet dieser Mann heute nicht da?“ Ich sah Estelle an, die mir aufmunternd zunickte.

„Das stimmt, Frau Königin.“

„Ich habe einen Pagen losgeschickt um Erkundigungen

einzuholen. Lord Caleb ist heute vom Pferd gestürzt und erst vor einer halben Stunde aus der Ohnmacht erwacht. Er war untröstlich, als er erfuhr, dass der Ball der Wahl schon ohne ihn begonnen hatte, versprach aber so schnell wie möglich zu kommen, damit Ihr Eure Wahl verkünden könnt."

Ich hatte vor Erleichterung Tränen in den Augen. „Ich danke Euch, Frau Königin." und machte wieder einen tiefen Knicks. Als ich mich von diesem wieder erhob, war die Königin schon wieder verschwunden.

Estelle strahlte mich an. „Jetzt wird alles gut mein Kind! Darauf werde ich mir ein Likörchen genehmigen."

Ich grinste ihr nach. „Das wird bestimmt nicht ihr erster sein." Lionel gluckste. Ich setzte mein Glas an, besann mich aber schnell, als mir der scharfe Essiggeruch in die Nase stieg. „Ich glaube das ist Euer Glas, Lionel." Er nahm es und stellte es bei einem vorbeieilenden Pagen auf das Tablett.

„Dankeschön Lionel."

Er verneigte sich kurz. „Jederzeit Prinzessin, jederzeit. Ich glaube, hinter Euch kommt der verschwundene Lord." Er beugte sich zu mir hinunter. „Was immer hier vorgeht, es scheint eine spannende Geschichte zu sein. Ich hoffe für Euch, sie nimmt ein gutes Ende." Das hoffte ich auch. Ich drehte mich um und sah einen Mann auf mich zu humpeln. Er verneigte sich knapp und führte meine Hand zu seinen Lippen.

„Verzeiht die Verspätung, Prinzessin, aber mir scheint, Ihr

habt Euch auch ohne mich amüsiert." Er zwinkerte Lionel zu.

„Das habe ich. Lionel, darf ich vorstellen, Lord Caleb, Eure Lordschaft, das ist..." Ich stockte. „Verzeiht, ich kenne Euren Titel gar nicht." Er winkte ab.

„Das ist meine Schuld, ich habe ihn Euch nicht genannt."

„Das tut Seine Hoheit, König Lionel aus dem Königshaus Balzac, nie." Caleb verneigte sich tief. Ich starrte ihn ehrfurchtsvoll an.

„Und genau deswegen stelle ich mich nicht mit Titel vor, die Menschen werden dann so reserviert." Er grinste uns breit an. „Sollten Sie nicht tanzen, jetzt wo die zwei Liebenden endlich vereint sind?" Er hatte Recht. Caleb und ich gingen zu Tanzfläche.

„Zum Glück spielt die Kapelle einen langsamen Walzer, zu mehr bin ich ehrlich gesagt nicht in der Lage."

„Bin ich froh, dass du es noch geschafft hast! Hast du starke Schmerzen?" Er grinste breit.

„Ach, das geht schon. Gut, dass der Tanzteil gleich vorbei ist, dann können wir uns setzen und essen." Als er essen erwähnte meldete sich tatsächlich mein Bauch und ich nickte zustimmend. Wie auf Kommando kam ein Page zu uns geeilt und zog uns mit zum Königspaar. Die Menge verstummte. Die Königin klatschte wieder zweimal in die Hände. „Unsere Tochter hat gewählt. Sie dürfen nun ihre Masken abnehmen und sich uns anschließen, die Verlobung zwischen Lord Caleb und Prinzessin Alexandra zu feiern.“

Brennender Applaus ertönte. Alle nahmen ihre Masken ab und warfen sie in die Luft. Auch Caleb und ich nahmen unsere ab. Als ich sein Gesicht sah, sog ich erschrocken die Luft ein. Sein linkes Auge war zugeschwollen und über dem rechten Auge hatte er eine Platzwunde. Er musste bei dem Sturz Glück im Unglück gehabt haben. Er lächelte mir aufmunternd zu und reichte mir die Hand. Ich ergriff sie. Wir gingen in den Nachbarsaal und setzten uns an die reich gedeckte Tafel. Es gab gebackenen Truthahn mit verschiedenen Soßen und Gemüsen. Es war köstlich. Gegen Ende des Essens klopften plötzlich alle Gäste an ihre Gläser. Ich sah Caleb irritiert an. Er lächelte verlegen: „Die Meute verlangt einen Kuss...“ Ich riss die Augen auf und sah mich verlegen um. Alles sah uns erwartungsvoll an. Ich drehte mich wieder zu Caleb und zuckte mit den Schultern.

„Na dann.“ Er beugte sich zu mir runter und gab mir einen schnellen Kuss. Die Menge jubelte. Wir grinsten uns an. Wir mussten dieses Schauspiel noch einige Male über uns ergehen lassen, bis die Königin sich erhob und verkündete, dass die Feierlichkeiten beendet seien.

„Wir freuen uns, Sie alle morgen Nachmittag bei der Hochzeit wieder zu sehen.“ Alles erhob sich und verließ nach und nach den Saal – Königin müsste man sein! Caleb und ich blieben an unseren Plätzen und atmeten tief durch. „Das war glaube ich das anstrengendste Essen meines Lebens. Die ganze Küsserei tut mir leid.“

Ich winkte ab. „Ich hab schon wesentlich schlechter geküsst. Ich hoffe, für dich war es auch erträglich.“ Ich zwinkerte ihn an. Er sah mich überrascht an und fing an zu lachen. Er griff in seine Rocktasche und reichte mir eine Schachtel.

„Wir sind zwar nicht echt verlobt, aber morgen wird dich jeder danach fragen, also …“ Ich öffnete die Schachtel und mich funkelte ein schmaler Ring mit einem Saphir an, passend zu meiner Kette.

„Dankeschön.“ flüsterte ich und steckte mir den Ring an. Mir traten die Tränen in die Augen. Er streichelte sanft meinen Rücken.

„Ich weiß, dass du jetzt lieber ihn bei dir hättest und glaub mir, das würde mir mein Leben auch einfacher machen. Lass uns die Scharade zu Ende spielen.“ Ich sah ihn an. Er hatte recht. Ich nahm seine Hand und stand auf. „Kommt, Verlobter, bringt mich zu meinem Schlafgemach, morgen ist ein aufregender Tag.“ Ich schaffte es sogar zu grinsen. In meiner Zimmertür umarmten wir uns kurz, dann war ich allein.

Ich verschloss die Tür und wollte mich auf mein Bett fallen lassen. Das war mit dem Ungetüm von Reifrock allerdings nicht möglich. Ich fluchte leise und wollte gerade Caleb oder Estelle rufen, als ich hinter mir einen Luftzug bemerkte. Erschrocken fuhr ich herum. Noah stand bei der Balkontür und sah mich an.

Ich konnte mich nicht rühren. „Brauchst du Hilfe?" Er lächelte mich warm an. Ich überlegte, ob ich ihn nicht wegschicken müsste, aber die beißende Stimme in mir hatte sich wohl schon schlafen gelegt. Ich ließ die Schultern sinken und lächelte zurück.

„Ja, diese Kleider sind die Hölle." Er blickte grinsend auf meinen Ausschnitt und kam auf mich zu.

„Da kann man durchaus geteilter Meinung sein." Gegen meinen Willen musste ich lachen.

„Ich bin eigentlich nur gekommen, um zur Verlobung zu gratulieren. Alle sind ganz aufgeregt und schwärmen von dem süßen Paar. Man hat angeblich die Funken fliegen sehen, als ihr euch beim Abendessen geküsst habt." Ich merkte, dass ich rot wurde, dabei hatte ich gar keinen Grund dazu. Herausfordernd sah ich ihn an. „Eifersüchtig?"

Er stand jetzt direkt vor mir und sein Blick war dunkel. „Und wenn es so wäre?" Seine Stimme klang rau.

Ich nahm all meine Kraft zusammen und starrte mit gerecktem Kinn zurück. „Dann würde es mich sehr interessieren, mit welchem Recht! Außerdem willst du mich schnellstmöglich loswerden." Er presste die Lippen aufeinander und man sah ihm an, dass er innerlich kämpfte. Schließlich zuckte er scheinbar unbekümmert die Schultern.

„Das stimmt, ich habe kein Recht dazu, eifersüchtig zu sein. Jetzt dreh dich um, damit ich dir aus dem Kleid helfen kann." Er öffnete die vielen Knöpfe, schob mir dann das Kleid von den Schultern und hob mich kurzerhand aus dem Kleiderberg. In meinem Unterkleid fühlte ich mich seltsam nackt, obwohl es zu Hause wahrscheinlich noch sehr gut als Sommerkleid zu tragen gewesen wäre.

„Caleb hat erzählt, er hätte dir einen Ring geschenkt."

Verlegen zuckte ich die Schultern. „Wohl eher geliehen, damit die Mägde morgen nichts zu lästern haben..." Er griff nach meiner linken Hand und sah sich den Ring an. Ich konnte unmöglich erkennen, was in ihm vorging.

„Sehr schön..." Ich nickte zustimmend. Er ließ meine Hand los und strich mir über die Wange.

„Du siehst todmüde aus, wann hast du das letzte Mal geschlafen?" Ich musste überlegen. 'Zu Hause hatte ich nicht geschlafen, hier hatte ich in der Nacht, bevor ich bei ihm zu Hause gewesen bin auch nicht geschlafen...' „Ich schätze vor drei Tagen..." Wie auf Kommando taumelte ich leicht.

„Komm, ich bring dich ins Bett." Er hob mich hoch, legte mich auf mein Bett und deckte mich sogar zu.

„So habe ich es mir nicht vorgestellt, wenn wir das erste Mal im Bett landen." brummelte ich.

Er lachte leise auf. „Glaub mir, ich mir auch nicht."

12.

Viel zu früh zerrte mich Estelle aus dem Bett. „Aufstehen, heute ist der große Tag! Und es ist noch viel zu tun, damit du eine strahlende Braut wirst." Sie sah mich skeptisch an. „Ich glaube, als erstes brauchst du einen Kaffee..." Ich nickte und sie verschwand. Ich musste gestern sofort eingeschlafen sein, ich habe nicht mal mitbekommen, dass Noah verschwunden ist. Estelle kam schon mit dem Kaffee wieder.

Ich fügte mich meinem Schicksal. „Estelle, was wird eigentlich nach der Hochzeit passieren?"

Sie wurde rot.

„Nein, ich meine nicht die Hochzeitsnacht als solche, das ist mir durchaus klar!" Ich musste lachen und sie stimmte erleichtert ein. „Werde ich mit meinem Mann hier wohnen oder ziehen wir zu ihm und wenn ja, wo ist das?"

Sie kicherte immer noch. „Die heutige Nacht werdet ihr Turteltäubchen hier verbringen, morgen geht es dann zum Schloss von Lord Caleb." Ich hatte meinen Kaffee gerade zur Hälfte getrunken, da flog die Tür auf und die Schneiderin samt Gefolge platzte in mein Schlafzimmer.

„Los, los, los, los, keine Zeit zu verlieren, wir haben einiges zu tun." Diesmal dauerte es noch länger, bis sie endlich mit mir fertig waren. Doch das Ergebnis war wieder einmal verblüffend. Im Gegensatz zu dem Kleid gestern, zeigte es kein Dekolletee. 'Der Gaul ist schließlich schon verkauft...' Es hatte einen U-Boot Ausschnitt, der unterhalb der Schlüsselbeine verlief, die Schultern aber wieder mit Stoff bedeckte. Bis zur Taille war es ein enger Schnitt, dann fiel er weit auseinander. Natürlich durfte die Schleppe nicht fehlen. Zu guter Letzt hatte ich einen Schleier auf, der mit einem Diadem befestigt war. „Los geht es, mein Kind, die Kutsche wartet, um dich zur Kirche zu bringen."

Estelle fasste mich unter den Arm und brachte mich nach draußen. Auf dem Schlosshof stand eine wunderschöne Kutsche und daneben wartete natürlich Noah. So langsam dürfte ich mich eigentlich daran gewöhnt haben, dass er immer irgendwo auftauchte, aber es brachte mich immer noch jedes Mal aus der Fassung. Er öffnete die Tür und bot mir helfend seine Hand an. Notgedrungen ergriff ich sie, alleine hätte ich es mit diesem Kleid nie in die Kutsche geschafft.

„Du hättest mich ruhig vorwarnen können." zischte ich.

„Und auf diesen Gesichtsausdruck verzichten? Niemals."

Er lächelte mich an. „Du siehst wundervoll aus." raunte er mir noch zu, bevor er die Kutsche hinter mir schloss. Die Fahrt dauerte nicht lange. Er öffnete wieder die Tür und half mir aus der Kutsche.

Ich traute meinen Augen nicht. Ich hatte schon königliche Hochzeiten im Fernsehen gesehen und nun war ich tatsächlich in eine hineingestolpert. „Mund zu, Alex, bald ist es vorbei.“ Ich starrte ihn an. Er hatte recht, es half nichts. Ich setzte ein Lächeln auf und ging zu meinem Nichtvater, der am Eingang auf mich wartete. Ich hörte die Orgelmusik, als wir den Gang hinab schritten. Ich schaute kurz nach rechts und links, bereute es aber sofort, die Kirche war riesig und bis auf den letzten Platz gefüllt. Am Ende wartete Caleb auf mich, der mir aufmunternd zulächelte. Mein Nichtvater legte meine Hand in die von Caleb und setzte sich neben meine Nichtmutter. Caleb drückte meine Hand und wir setzten uns auf die für uns vorgesehenen Stühle. Um mich herum wirbelten ein paar Frauen aus dem Gefolge der Schneiderin, um mein Kleid zurecht zu rücken. Von der Zeremonie bekam ich nicht viel mit, bis der Pastor uns aufforderte aufzustehen. Caleb zog ein kleines Beutelchen aus seiner Tasche und gab es dem Pastor. Fragend blickte ich Caleb an, doch er zwinkerte mir nur zu. Ich musste aber nicht lange warten, bis ich erkannte, worum es sich handelte. Beim Eheversprechen öffnete der Pastor den Beutel und zwei schmale, goldene Eheringe kamen zum Vorschein. Auch wenn ich wusste, dass es nur gespielt war, war es ein feierlicher Moment. Meine Hand zitterte leicht, als Caleb mir den Ring über den Finger schob. Zu allem Überfluss sagte der Pastor die magischen Worte. „Sie dürfen die Braut jetzt küssen." Caleb legte einen Arm um meine Taille, ich umfasste seine Arme und schloss die Augen. Es musste ja echt aussehen. Er beugte sich zu mir herab und gab mir einen sanften Kuss. Die Kirche bebte. Hand in Hand verließen Caleb und ich die Kirche, wo natürlich Noah mit der Kutsche auf uns wartete. Er öffnete die Tür und hielt mir wieder seine Hand hin. Ich wollte sie ergreifen, aber Caleb war schneller. „Ich helfe meiner Frau gerne selber in die Kutsche." Noah sah ihn erbost an, ließ die Hand aber sinken. Ich versuchte seinen Blick einzufangen, aber er hatte sich schon auf den Kutschbock verzogen. Caleb schloss hinter uns die Tür.

„Was sollte das?" Er zuckte die Schultern.

„Alle haben uns angestarrt, ich konnte doch nicht zulassen, dass ein anderer Mann meiner frisch Angetrauten hilft, wo wir doch angeblich die Finger nicht voneinander lassen können." spöttisch hob er eine Augenbraue. Ich seufzte, er hatte recht. Wir standen unter Beobachtung. „Morgen ist es vorbei, dann kannst du wieder nach Hause..." Ich nickte. Die Hochzeitsfeierlichkeiten waren ein noch größeres Fest, als der Ball der Wahl. Der einzige Lichtblick war, dass Lionel mit uns am Tisch saß, aber reden konnte ich doch nicht wirklich mit ihm, da auch meine Nichteltern mit am Tisch saßen. Nach dem Essen ging das elende Gläserklingeln wieder los und andauernd mussten Caleb und ich uns küssen. Nach einer gefühlten

Ewigkeit erklärte die Königin die Feier für beendet. Caleb und ich mussten an einer Reihe von Gratulanten, die mich teilweise mehr als anzüglich angrinsten vorbei um zu meinem Schlafzimmer zu kommen. Ich wollte mich in der Tür wie gestern von ihm verabschieden, als er mich plötzlich auf den Arm nahm, über die Schwelle trug und die Tür nachdrücklich hinter uns schloss. Ich sah ihn verwirrt an.

„Wir sind jetzt offiziell verheiratet. Hinter jeder Ecke steht ein Posten, um dein Zimmer zu beobachten, wir dürfen nicht auffallen."

„Stimmt, außerdem brauche ich dann nicht Estelle zu rufen, um mir aus dem Kleid zu helfen."

Er lachte. „Als treusorgender Ehemann komme ich dieser Pflicht gerne nach, ich verspreche auch, es nicht zu sehr zu genießen." Ich fiel in sein Lachen ein. Es war befreiend. Als er die Knöpfe geöffnet hatte, ging ich in das Ankleidezimmer und stieg aus dem Kleid. Ich zog mir einen Morgenmantel über und ging zu Caleb zurück. Er sah mich zerknirscht an und legte den Finger auf die Lippen. Er deutete zum Schlüsselloch. Als ich hindurchsah fuhr ich erschrocken zurück. Mindestens zehn Leute standen vor dem Zimmer.

„Die erwarten eine Show..." flüsterte er. Ich tippte mit dem Finger an meine Stirn.

„Ich werde nicht mit dir schlafen!!"

Er hob die Hände. „Natürlich nicht! Es muss sich nur so

anhören..."

Ich starrte ihn immer noch fassungslos an. „Wie stellst du dir das vor, sollen wir hier fünf Minuten laut rumstöhnen, damit die Leute da draußen denken, wir hätten unsere ehelichen Pflichten erfüllt?"

Er zuckte die Schultern. „Na ja, etwas länger als fünf Minuten darf es ruhig dauern, ich habe schließlich einen Ruf zu verlieren..."

Bei seiner beleidigten Miene musste ich schon wieder lachen. „Mein geliebter Ehemann, ich habe Durst, holst du mir etwas von dem köstlichen Champagner?"

Er grinste erleichtert. „Natürlich, Teuerste. Ich bin sofort wieder da." Er wartete kurz, bis das Getrappel draußen verebbte, dann lief er schnell eine Flasche Champagner holen. Während wir die tranken, kamen die Lauscher ganz auf ihre Kosten und den Ruf von Caleb hatten wir gründlich aufpoliert. Als wir 'fertig' waren setzten wir uns auf mein Bett und redeten.

„Wie bist du eigentlich hier gelandet?"

Er zuckte die Schultern. „Genauso wie du, schätze ich. Bin durch ein Portal gestolpert und schwupps..."

Ich sah ihn an. „Und warum bleibst du?"

„Da, wo ich herkomme, hat mich nichts gehalten. Außerdem war es am Anfang anders. Für alle war es ein Freizeitvergnügen, einfach mal in eine andere zu Rolle schlüpfen. Man konnte damals auch noch durch die Portale zurückreisen und sich so auch gegenseitig zu Hause besuchen. Alle wussten, dass das hier nicht die echte Welt war." Ich hob überrascht die Augenbrauen.

„Aber jetzt kommt man durch die Portale nicht mehr raus und keiner redet offen über sein zu Hause oder weiß noch nicht mal davon? Was ist passiert?"

Er atmete tief ein und sah mich zögernd an.

„Ich vermute, es hat einiges mit der schmutzigen Wäsche zu tun, die du nicht waschen willst."

Er nickte. Ich schaute ihn abwartend an. Schließlich gab er sich geschlagen. „Wehe du sagst ihm, dass du das von mir hast!" Ich nickte schnell.

„Anfangs sind Noah und Leonor zusammen von hier nach dort gereist. Da sie das Portal im Schloss entdeckt hatte, schlüpfte sie in die Rolle der Königin und er in die Rolle des Königs." Sein Blick wurde etwas verklärt. „Wir haben echt tolle Partys gefeiert, auch auf dem Schloss von Lionel. Doch das wurde ihr irgendwann zu langweilig. Sie wollte nicht nur Königin spielen und wirklich hofiert wurde sie tatsächlich nicht. sie war halt sehr beliebt, daher versuchten viele ihr zu gefallen, aber das reichte ihr nicht. Sie wollte tatsächlich Königin werden und ihr eigenes Land errichten. Doch daran hatte Noah kein Interesse. Zunächst machte er ihr zuliebe mit und sprach nicht mehr über zu Hause. Aber sie wurde immer abgedrehter. Behandelte die Menschen, die in die Rolle der Mägde geschlüpft waren, tatsächlich so und kommandierte sie rum. Diejenigen, die in ihrem Dunstkreis waren, erhielten in ihrem Hofstaat gute Positionen in der Wachmannschaft oder tolle Häuser mit viel Land. Sie hat sehr viel Energie in die Suche nach Portalen gesteckt, so dass sie auf einige Grundstücke Anspruch erheben konnte. Oder sie kaufte sie denjenigen ab, die sie gefunden hatten. Da hatte sich Noah bereits von ihr getrennt." Ich schüttelte fassungslos den Kopf. „Und irgendwie, frag mich nicht wie, hat sie es geschafft, die Portale zu Einbahnstraßen umzumodelieren. Diejenigen, die Kraft ihrer Gedanken reisen konnten, flohen zurück nach Hause, die anderen waren gezwungen hier zu bleiben und arrangierten sich. Es dauerte gar nicht lange und viele hatten tatsächlich vergessen, wo sie ursprünglich herkamen. Noah fühlt sich verantwortlich, da er sie nicht direkt am Anfang aufgehalten hat..." Ich starrte ihn fassungslos an. Es klang erschreckend logisch.

„Kann man die Portale wieder öffnen?"

Er zuckte die Schultern. „Keine Ahnung."

Mir fiel etwas ein. „Was hat es mit der Geschichte von 'Der Einen' auf sich?"

Er lachte leise. „Davon hast du also gehört? Im Königshaus hat man Angst, dass es sich bei der Einen um dich handeln könnte, dass du ihre Macht brechen könntest." Jetzt klang es alles andere als erschreckend logisch...

„Aber wie?"

Er lachte wieder, nur diesmal klang es freudlos. „Das ist ja das

Schwierige bei diesen Mysterien, sie können alles und nichts bedeuten..."

Ich horchte auf. „Es gibt mehr als eine dieser Geschichten?"

„Ja natürlich, angeblich ist so etwas wie hier schon einmal passiert. Dort soll es gelungen sein, die Portale wieder zu öffnen, aber ich habe noch mit keinem gesprochen, der das aus erster Hand berichten kann. Es heißt, dass das herrschende Paar für immer in einem weiteren Paralleluniversum eingesperrt ist, zu dem es keinerlei Zugänge gibt." Unglaublich...

„Gibt es noch mehr solcher Bewohner wie dich? Die zwar wissen, was hier abgeht, aber trotzdem bleiben um den Unwissenden zu helfen?"

Caleb nickte. „Na klar, wir laufen nur nicht rum und verteilen Visitenkarten. Dieser Lionel ist zum Beispiel einer." Wirklich überrascht war ich nicht.

„Und Noah bleibt hier, um Leuten wir mir zu helfen? Könnte er denn selber auch zurück?"

Er fühlte sich bei der Frage sichtlich unwohl. „Er war einmal weg. Hat ehemalige Bewohner gesucht, um mit ihnen zusammen vielleicht eine Idee zu entwickeln, die Hexe aufzuhalten...sie hat es nicht gut aufgenommen, dass er verschwunden war. Hat der Reihe nach Leute verhaftet, von denen sie entweder wusste, dass sie Gedankenreisen konnten und von denen sie annahm, dass sie mit Noah befreundet waren. Einer von Ihnen schaffte es noch zu reisen und hat Noah verständigt. Der kam natürlich sofort zurück. Sobald er wieder der Stallbursche war, hat sie alle freigelassen und so getan als wäre nichts passiert..."

Jetzt verstand ich ihn endlich. Ich war erleichtert und gleichzeitig überkam mich eine Traurigkeit. „Er wird nie hier weggehen, selbst wenn 100 andere Helfer kämen..." Caleb schüttelte den Kopf. Wenn man nur einen Weg fände, ihre Macht zu brechen... irgendjemand musste es doch wissen...

„Wie kann man denn Gedankenreisende in der anderen Welt aufspüren, um mehr herauszufinden?"

„Wie hast du gemerkt, dass Lionel einer ist?"

„Ok, wenn ich mich mit jemanden unterhalte merke ich es bestimmt, aber für eine Unterhaltung muss ich sie ja erst mal finden!"

Er zuckte die Schultern. „Es handelt sich ja nicht um einen Verein, aber ein paar kenn ich halt aus ihrer Zeit hier. Von einigen weiß ich, wo sie drüben gelebt haben..."

Ich zog das Zeichenpapier und die Kohle unter meinem Bett hervor. „Schreib alles auf, was du über die Gedankenreisenden weißt und wenn du schon dabei bist, auch den Namen von deinem Schloss und dem von Lionel. Schreib mir eine Liste mit den Portalen, von denen du weißt..."

Er sah mich mit großen Augen an. „Was hast du vor?"

Ich grinste. „Da weitermachen, wo Noah aufhören musste und du hilfst mir dabei! Du pflegst hier weiter deinen guten Ruf bei Hofe und ich reise zurück nach Hause und suche

Gedankenreisende, die uns helfen.“

Er fing an zu schreiben,
1. Cody Grün
2. Adam Kerkeling
3. Charlotte Töpfer

Als er fertig war, faltete ich ihn vorsichtig zusammen und versteckte ihn in meinem Mieder. Zufrieden grinste ich ihn an. „So und jetzt lass uns schlafen, holder Gemahl.“ Er grinste zurück und löschte das Licht.

13.

Am nächsten Morgen klopfte es an die Tür und ein
Zimmermädchen brachte uns das Frühstück. Als sie Caleb
ansah, wurde sie rot. Eilig verließ sie das Zimmer. Ich grinste ihn
an. „Ich glaube, unsere gestrige Darbietung hat für
Gesprächsstoff gesorgt." Er nickte und biss in ein Croissant.
Nach dem Frühstück machten wir uns frisch und ich ging in
mein Ankleidezimmer. Ich klingelte nach Estelle. Sie eilte herbei
und half mir beim Anziehen. Mein gelbes Kleid war ja leider
zerstört, daher wählte ich ein hellblaues.

„Deine Kleidung wird gleich nach eurer Abreise
zusammengepackt und ist dann morgen bei dir. Gleich nimmst
du nur einen Koffer mit dem Nötigsten mit und, wie ich hörte,
wirst du nicht viel Kleidung brauchen." Die ganze Zeit
zwinkerte sie mir zu, sie hatte also auch die Gerüchte
vernommen.

Der Abschied von meinen Nichteltern fiel, wie erwartet, kühl
aus. Auf dem Schlosshof sah ich mich die ganze Zeit um, ich
konnte Noah jedoch nirgends entdecken. Enttäuscht stieg ich in

die Kutsche. Caleb nickte mir aufmunternd zu. „Heute Abend bist du zu Hause." Während der Fahrt erklärte er mir, dass ich, als neue Schlossherrin, nach der Ankunft die Bediensteten kennenlernen würde. Er schlug vor, deutlich zu machen, dass man mich in meinem Zimmer niemals stören dürfte, da ich unter unglaublich schlimmer Migräne litte. Essen und Trinken einfach vor die Tür stellen und sich dann vom Acker machen.

„Sie werden mich für komplett durchgeknallt halten."

Er sah mich überrascht an. „So merken sie nicht, dass du gar nicht da bist."

Ich nickte schnell, da hatte ich gar nicht mehr dran gedacht, heute Abend bin ich wieder zu Hause! „Wo lande ich eigentlich nach meiner Gedankenreise?"

„Man landet immer dort, wo man gestartet ist." Das hätte ich mir eigentlich denken können. Von Noah aus, bin ich ja im Weinkeller wieder aufgewacht.

Das Schloss, in dem Caleb lebte, war ein schönes, kleines Wasserschloss mit Zugbrücke und allem, was dazu gehört. Seine Angestellten schienen sich aufrichtig zu freuen, dass er wieder da war. Ich begrüßte alle und machte ihnen die mit Caleb besprochenen Regeln klar. Sie guckten zwar etwas irritiert, sagten aber nichts. Caleb brachte mich in mein Zimmer. Es war wesentlich kleiner als das andere, aber ich sollte mich hier ja auch nicht tatsächlich aufhalten. „Hier ist auch ein Portal, direkt neben dem Kamin. Ab und zu solltest du dich hier mal blicken lassen, aber jetzt ist es Zeit, zu verschwinden." Er nahm mich in die Arme. „Mach's gut und bis hoffentlich bald. Und wer weiß, vielleicht bist du ja wirklich 'Die Eine'." Ich grinste ihn an und verdrehte die Augen.

„Bis bald, pass auf dich auf und grüß Noah von mir, wenn du ihn siehst." Er nickte. Ich schloss die Augen und konzentrierte mich auf all die Dinge, die ich vermisste. Diesmal klappte es viel einfacher, als beim ersten Mal.

Ich stand wieder im Kleiderschrank von Noah's Hütte. Es kostete mich Überwindung, nicht direkt zurück zu gehen, aber erst mal musste ich zu meinen Eltern und Sarah Bescheid sagen, dass alles in Ordnung war. Auf dem Couchtisch lag mein Handy. Es war noch immer der Tag nach meinem Geburtstag, halb elf morgens. Ich war nur etwas mehr als sechs Stunden weg gewesen. Ungläubig schüttelte ich den Kopf und rief Sarah an, wir mussten ja unsere Geschichten abgleichen. Beim ersten Klingeln nahm sie ab.

„Alex?? Bist du es? Du musst mir alles erzählen!"

Ich lachte. „Was hast du meinen Eltern erzählt wo ich bin?"

„Überraschungsbrunch mit mir."

„Danke, Sarah, von diesen Ausreden werden wir viel mehr brauchen."

Während ich zu meinem Fahrrad zurückging erzählte ich, was

passiert war.

Wie gebannt hörte sie zu. „Bring mir die Liste, ich seh mal, was ich herausfinde." Ich versprach, sie ihr auf dem Weg zu meinen Eltern zu bringen, sie war viel besser im Recherchieren als ich. Sie war Feuer und Flamme für die Idee, die Gedankenreisenden zusammen zu trommeln und auszuquetschen. „Irgendwie vertreiben wir die Hexe schon und du bekommst deinen Noah."

Zu Hause ging ich erst mal Duschen, dann gab es Familienmittagessen. Wir waren gerade beim Nachtisch, als das Telefon klingelte. Mama seufzte „Das ist bestimmt Sarah, ihr habt euch ja auch schon drei Stunden nicht gesehen." Aber sie grinste dabei, sie und ihre beste Freundin waren nicht anders.

Ich ging mit dem Telefon in mein Zimmer. „Hast du schon was raus gefunden?"

„Sonst würde ich wohl nicht anrufen. Also, diese Charlotte Töpfer stand ganz einfach im Telefonbuch. Sie wohnt bei dir in der Nähe, da solltest du zuerst hinfahren, ich schick dir gleich die Adresse. Bei den beiden anderen warte ich noch auf einen Rückruf. Ich hab auch mal dieses Schloss Neunkirchen gegoogelt, in dem dieser Lionel wohnt. Man, das nenn ich Palast."

Mein Handy vibrierte mit den Nachrichten. „Danke Sarah, du bist ein Schatz. Ich mach mich sofort auf den Weg!" Ich spürte ihr Zögern und grinste in mich hinein. „Wir sehen uns dann da."

„Ich dachte schon, du willst mich nicht mitnehmen.“ Wir lachten beide und legten auf.

119

14.

Fünf Minuten später trafen wir uns vor der angegebenen Adresse. Mein Herz klopfte, als ich die Klingel betätigte. „Was, wenn sie nicht da ist?"

Sarah verdrehte die Augen. „Dann kommen wir später wieder..." In dem Augenblick öffnete eine Frau um die fünfzig, mit grauem Bob und bunter Kleidung die Tür.

Neugierig sah sie uns an. „Wie kann ich euch helfen?"

Ich beschloss, mit der Tür ins Haus zu fallen. „Ich bin auch eine Gedankenreisende und möchte versuchen, der Königin Einhalt zu gebieten und die Portale wieder in beide Richtungen zu öffnen." Sie starrte uns mit offenem Mund an. Ich befürchtete schon, wir hätten uns in der Person geirrt oder sie würde uns gleich die Tür vor der Nase zuschlagen, da trat sie einen Schritt zurück und bat uns herein. Wir setzten uns an den Wohnzimmertisch.

„Und jetzt erzähl von Anfang an." Das tat ich dann auch, wobei ich den Herzschmerz ausließ. Als ich fertig war, lehnte sie sich zurück. Sie atmete tief durch dann klatschte sie in die Hände.

„Zeit, der Hexe in den Allerwertesten zu treten. Ich habe noch einige Kontakte zu Gedankenreisenden, ab und zu treffen wir uns, um in alten Zeiten zu schwelgen. Wie können wir helfen?“

Ich seufzte. „Da wir nicht die leiseste Ahnung haben, wie wir gegen die Hexe vorgehen sollen und wie man die Portale wieder öffnet, brauchen wir zunächst alle Informationen, die vielleicht nützlich sein könnten. Insbesondere wäre es toll, wenn jemand etwas über das Mysterium der Parallelwelt wüsste, in dem das Selbe schon mal passiert ist...“ Kurz wirkte sie enttäuscht, fing sich aber schnell wieder.

„Ok, ich ruf die anderen zusammen, könnt ihr heute Abend ins Wölfchen kommen? Cody Grün ist dort der Wirt und wird auf jeden Fall dabei sein und der kennt die Mysterien in und auswendig.“

Ich atmete erleichtert aus. „Natürlich, wir kommen gerne!“ Sie brachte uns zur Tür und nahm uns zum Abschied in den Arm. Wir gingen zu unseren Fahrrädern.

„Ist es ok, wenn du alleine zum Schloss fährst? Dann kann noch was nachsehen...“

Ich guckte Sarah verdutzt an. „Woher...“

Sie winkte ab, gab mir einen Kuss auf die Wange und schwang sich auf ihr Fahrrad. Ich schüttelte den Kopf und fuhr zum Schloss.

Diesmal parkte ich nicht an der Schlossterrasse, sondern fuhr direkt zur Hütte. Mein Herz klopfte mir bis zu Hals, als ich den Kleiderschrank öffnete und durch das Portal ging. Es wurde mit jedem Mal leichter.

Vorsichtig öffnete ich die Schranktür. Im Schlafzimmer war es dunkel, nur der Mond erhellte das Zimmer. Ich sah zum Bett, es war leer. Unten ging die Tür auf und wurde zugeknallt. „Dieses Riesenarsch, wenn auch nur ein Wort von der Geschichte war ist, bring ich ihn um. Eine Stunde, pah, ich habe mit seinen Liebschaften gesprochen, alles erstunken und erlogen."

Ich linste über den Treppenvorsprung. Noah saß alleine auf dem Sofa und fuhr sich mit den Händen in die Haare. Ich stieg leise die Treppe hinunter, er war so damit beschäftigt in seinen nicht vorhandenen Bart zu meckern, dass er mich nicht bemerkte.

Ich räusperte mich. „Nichts davon ist wahr Noah. Caleb und ich haben eine Flasche Champagner getrunken und Krach gemacht."

Er sprang auf und sah mich entgeistert an. „Du bist wieder da..."

Ich lächelte ihn an. „Offensichtlich." Ich konnte seinen Gesichtsausdruck nicht deuten. Ich sah Schmerz, Überraschung aber ich glaubte auch Freude zu erkennen.

„Aber warum?" Er sah mich an, als würde er etwas in meinen Augen suchen.

„Ich glaube, du weißt ganz genau, warum ich hier bin." sagte ich, meine Stimme war nur ein Krächzen. Ich befürchtete schon, dass er mich wieder wegschicken würde, da ging ein Ruck durch ihn, mit drei großen Schritten war er bei mir. Seinen rechten Arm legte er um meine Taille mit der linken Hand zog er mein Gesicht zu seinem. Mein Herz schlug bis zum Hals. Er hatte die Lippen leicht geöffnet und sah mit brennendem Blick zu mir runter.

„Du bist wirklich zu mir zurückgekommen...“ flüstere er mit rauer Stimme. Ich nickte und stellte mich auf Zehenspitze, um ihm noch näher zu sein. Ich konnte seinen Atem auf meiner Haut spüren, sog seinen Duft nach Holz und Sonne ein. Er kam mir immer näher. Die Intensität seines Blickes war zu viel für mich, die Spannung zwischen uns vibrierte bis in meine Fingerspitzen, ich vergaß zu atmen, schloss meine Augen, legte meine Arme um seinen Hals und zog ihn zu mir. Endlich fanden seine Lippen meine. Er berührte sie erst ganz vorsichtig, als ich den Kuss erwiderte, stöhnte er auf. Er vergrub seine linke Hand in meinen Haaren, seine rechte drückte mich noch fester an sich. Dieser Kuss ließ alles verschwinden, es gab nur noch uns beide. Ich streichelte über seinen Rücken, über die Schulterblätter, spürte, wie er die Muskeln anspannte und mich mit beiden Armen fest umschlang. Ich weiß nicht wie, aber irgendwie sind wir die Treppe zu seinem Schlafzimmer hochgekommen. Als ich mit den Kniekehlen gegen die Bettkante stieß, fiel ich nach hinten. Er zog sich in einer raschen

Bewegung sein Hemd aus und kam zu mir ins Bett.

Keine Ahnung, wann ich wieder klar denken konnte, aber irgendwann merkte ich, dass ich ein dringendes Bedürfnis hatte. Ich löste mich aus seiner Umarmung. Er sah mich fragend an.

„Wo ist den dein Badezimmer?" Er grinste breit und deute mit dem Daumen hinter sich. Aber da war die Wand und dahinter der Wald.

„Oh nein, ist das dein Ernst??"

„Den Luxus einer Toilette im Haus können sich nur Könige leisten." Ich stand auf, zog sein Hemd über und schlüpfte schnell nach draußen. Als ich wiederkam lag er noch genauso auf dem Bett. Er hatte die Augen geschlossen. Ich hatte ihn noch nie so entspannt gesehen. Ich zog schnell sein Hemd wieder aus und kuschelte mich an ihn.

„Weiß dein Ehemann eigentlich, dass du hier bist?" Ich kicherte.

„Nein, aber ich gehe davon aus, dass er zu beschäftigt ist, den Ruf, den ich ihm gestern verschafft habe wieder zu ruinieren..." Noah lachte laut.

„Bevor ich es vergesse," ich boxte ihm gegen den Arm, „wie konntest du auch nur eine Sekunde glauben, dass an den Gerüchten etwas dran ist?" Er drückte mich an sich.

„Tut mir leid, aber zu meiner Verteidigung: Die Schilderungen waren sehr anschaulich, ihr habt euch ganz schön ins Zeug gelegt..." Ich grinste, als ich an den Abend dachte.

„Der Champagner war dabei sehr hilfreich. Ach und übrigens, Caleb und ich haben beschlossen, diese Welt zu retten. Ich habe heute schon mit einer Gedankenreisenden gesprochen, wir treffen uns nachher mit noch mehr Gleichgesinnten um Informationen zu sammeln."

Er erstarrte und setzte sich abrupt auf. „Ihr habt was? Alex, dass ist zu gefährlich! Du weißt nicht, wozu sie fähig ist."

Ich setzte mich auch auf. „Doch, Caleb hat es mir erzählt. Auch davon, wie sie deinen Versuch, sie aufzuhalten, vereitelt hat. Aber die Hexe merkt nicht, dass ich weg bin. Wir haben den Dienstboten eine Geschichte aufgetischt, damit sie nicht nach mir suchen und einmal in der Woche lasse ich mich in dem Schloss blicken und erschrecke sie mit verrückten Forderungen."

„Das ist Wahnsinn..." flüsterte er.

Ich sah ihn ernst an. „Ich lasse es nicht zu, dass die Hexe dich hier als Geisel hält."

Er zuckte bei den Worten zusammen. „So hart hat das noch niemand ausgedrückt..." Er beugte sich zu mir und gab mir einen zärtlichen Kuss. „Wen hast du denn schon getroffen?"

„Charlotte Töpfer, sie ist mit dabei und wollte Cody Grün verständigen. Heute Abend treffen wir uns, oder für dich morgen früh."

Er seufzte. „Ich wünschte, ich könnte helfen. Wie wäre es, wenn ich hier ein paar Gedankenreisende aufspüre..."

Das hatte ich befürchtet. „Du musst dafür sorgen, dass sich die Hexe in Sicherheit wiegt, sie darf keinen Verdacht schöpfen. Ich werde Lionel irgendwie einweihen, er wird hier die Basis sein. Sein Schloss ist etwas außerhalb, niemand bekommt mit, wenn dort auf einmal viele Gedankenreisende landen und abreisen. Außerdem hat sie an ihm kein persönliches Interesse." Mir fiel das Foto von den beiden wieder ein.

„Hey. Was hast du?" Er nahm mein Gesicht in die Hände und sah mir in die Augen.

„An dir hat sie ein sehr persönliches Interesse..."

Er strich mit seinem Daumen über meine Wange. „Sie ist Vergangenheit."

Ich zuckte mit den Schultern. „Ich weiß, aber es war trotzdem nicht schön, euch zwei so glücklich zu sehen, auch wenn es nur auf einem Foto war."

Er verzog das Gesicht. „Wir waren auch glücklich, mit der Betonung auf *waren*. Es war ein anderes Leben, sie ist nicht mehr der Mensch von damals, aber auch ich habe mich sehr verändert," er lachte bitter „so ein Leben als Stallbursche verändert einen..." Dieser Satz tat mir weh. Ich wusste erst nicht warum, aber dann wurde es mir klar. Wenn sie nicht zu dieser Hexe geworden wäre, dann würde ich jetzt hier nicht mit Noah liegen...Ich schüttelte den Gedanken von mir ab, wenn Max und ich nicht komplett verschieden Vorstellungen von einer Beziehung gehabt hätten, würde ich jetzt auch nicht hier liegen.

Jeder hat eine Vergangenheit. Als hätte er meine Gedanken erraten, zog er mich an sich. „Aber etwas Gutes ist dadurch doch passiert: du.“ Und dann zeigte er mir, was dadurch noch Gutes passieren kann.

Ich band meinen zweiten Schuh zu. „Ich will gar nicht gehen...“

Auch er hatte sich wieder angezogen und grinste mich an. „Denk an die schöne Dusche, die auf dich wartet und andere Annehmlichkeiten eines Badezimmers.“ Ich musste lachen. Auf so ein Plumpsklo konnte ich wirklich gut und gerne verzichten. „Außerdem kennst du ja jetzt den Weg und kannst mich bei Gelegenheit wieder besuchen.“

Ich grinste ihn an. „Das stimmt. Bei mir ist gerade später Nachmittag, gleich treffen wir uns mit den anderen Gedankenreisenden, das dauert bestimmt zwei, drei Stunden... dann ist hier schon übermorgen Mittag, ... oh Mann...“ Ich war kurz davor zu Hyperventilieren...ich war fast vier Stunden hier, wenn ich zurück zu Hause bin, ist noch nicht einmal eine halbe Stunde vergangen. Er nahm mich in den Arm.

„Ganz schön verrückt, oder?“ Er lächelte mich an. „Das ist doch praktisch, so musst du wenigstens keine Erklärungen finden, warum du so lange von zu Hause wegbleibst.“

Ja so gab es auf jeden Fall weniger Scherereien mit meinen Eltern. „Aber für dich wird es ewig dauern, bis wir dir helfen können…“

Er gab mir einen Kuss. „Umso wichtiger, dass du dich endlich auf den Weg machst, bestell Charlotte und Cody bitte liebe Grüße von mir.“

Ich nickte. „Bis später…“ Ich schloss die Augen und konzentrierte mich auf zu Hause. Die fast schon vertraute Achterbahnfahrt verlief wieder ohne Sturz meinerseits.

15.

Nur fünf Minuten zu spät stellte ich mein Fahrrad beim Wölfchen, einer berühmt berüchtigten Kneipe in der Düsseldorfer Altstadt, ab. Drinnen war es nicht schwer, die Gedankenreisenden zu finden, sie saßen mit Sarah direkt neben der Theke, Charlotte entdeckte ich auch. Beide schloss ich zur Begrüßung in die Arme. Charlotte stellte mir Cody vor, ein typischer Köbes, eine Schürze, strähniges Haar und ein offenes, breites Grinsen. Er war mir sofort sympathisch. „Ich soll euch beide von Noah grüßen."

Codys Grinsen wurde noch breiter. „Daher also die Verspätung."

Ich wurde rot. „Es waren doch nur fünf Minuten..."

Jetzt lachte er laut. „Ja, hier fünf Minuten, was ich in dieser Zeit dort alles anstellen könnte, erzähl ich euch besser nicht!"

Charlotte räusperte sich. „Das halte ich auch für besser, Cody..."

Ich setzte mich und wandte mich an Cody. „Also, Charlotte sagte, du wüsstest über die Mysterien Bescheid?"

Er wurde ernst. „Na ja, Bescheid wissen ist vielleicht ein

bisschen viel gesagt, aber ich hörte das ein oder andere."

„Da wir absolut keine Ahnung haben, womit wir es zu tun haben, reichen für den Anfang ein paar Geschichten."

Er lehnte sich zurück. „Menschen haben schon immer gerne Geschichten gehört und erzählt. Vor allem in Zeiten, in denen es einem nicht so gut geht, erzählt man sich natürlich Geschichten über jemanden, der kommen wird, um alles zu richten..."

Sarah setzte sich auf. „Du glaubst also gar nicht an diese Mysterien?"

Er schüttelte den Kopf. „So habe ich das nicht gemeint, außerdem kommt es darauf gar nicht an. Wir sitzen jetzt hier, weil Alex beschlossen hat, Noah wieder hierher zurück zu holen oder ihm zumindest die Freiheit zu geben, hier hin zu kommen, wenn er es möchte. Ich bin bereit zu helfen, weil ich wieder reisen möchte und den Menschen, die dortbleiben mussten, die Möglichkeit geben will es auch zu tun. Darauf kommt es an, nicht ob irgendeiner irgendwann mal gesagt hat, dass jemand kommen wird, um die Hexe zu vertreiben, verstehst du?"

Der Gedanke gefiel mir, er machte unser ganzes Unterfangen weniger geheimnisvoll, dadurch erschien es weniger kompliziert.

„Die Mysterien aus der anderen Parallelwelt sind ähnlich, wie die von der einen. Nur dass dort keine Frau die Welt gerettet hat, sondern ein Mann."

„Den Mann müssen wir finden. Aber wir können nur gegen die Königin ankommen, wenn zumindest ein Teil der Bewohner mitzieht...nach Möglichkeit ein großer Teil. Kennt ihr noch jemanden außer Noah, Caleb und Lionel, der uns helfen würde?" Charlotte nickte langsam.

„Mir fallen da schon einige ein, aber sie kennen dich nur als Prinzessin. Ich glaube, du wirst es schwer haben, ihr Vertrauen zu gewinnen." Ich presste die Lippen aufeinander und sah sie abwartend an. Sie sog tief die Luft ein und riss die Augen auf.

„Oh... Du willst, dass Cody und ich selber wieder rüber gehen und mit unseren Freunden reden." Ich war froh, dass sie es selbst sagte. Sarah und ich hatten auf meinem Weg vom Schloss hierhin telefoniert und waren zu dem Schluss gekommen, dass es nicht viel gebracht hätte, wenn ich dort alleine an fremde Türen klopfte, es würde vor allem zu sehr auffallen. Ich würde den Kontakt zwischen unseren Leuten, Lionel und Caleb koordinieren oder es jedenfalls versuchen, denn es war schließlich meine erste Revolution. Ein großes Wort, aber wenn man es objektiv betrachtete, war es nichts anderes.

Die Mienen der beiden hätten nicht unterschiedlicher sein können. Charlotte wirkte tatsächlich verängstigt. In Codys Augen funkelte die Abenteuerlust. Ich sah Charlotte besorgt an. „War es so schlimm, bevor du zurückgekommen bist?"

Sie nickte. „Sie hatten mich eingesperrt, weil sie mitbekommen hatten, dass ich eine Gedankenreisende bin."

„Wie konnten sie dich denn gefangen nehmen, wenn du doch Kraft deiner Gedanken reisen kannst?"

Charlotte lachte bitter. „Ja, aber man muss sich konzentrieren können. Ich wurde nie aus den Augen gelassen und immer, wenn ich auch nur den Anschein machte, zu versuchen zu entkommen, haben sie alles daran gesetzt meine Konzentration zu stören... Die ganze Zeit haben die Wachen unerträglich lauten Krach gemacht oder uns geschüttelt... Und plötzlich ließen sie uns ohne ein Wort der Erklärung gehen...keine Ahnung, was sie dazu veranlasst hat...“

„Es war wegen Noah. Er war hier in der echten Welt und hat versucht Informationen über die Parallelwelt zu sammeln, in der sich auch die Portale geschlossen hatten, um zu erfahren, wie man sie wieder öffnen kann. Deswegen hat sie euch gefangen genommen. Sie wollte, dass er damit aufhört und zurückkommt. Als er mitbekam, was die Hexe mit den Bewohnern machte ist er zurückgekehrt und war wieder der Stallbursche. Die Hexe war zufrieden und hat alle freigelassen...“

Cody und Charlotte sahen mich entgeistert an. Cody fand als Erster die Sprache wieder. „Also, dass sie eine gewisse Fixierung auf Noah hat, war mir schon klar, aber dass sie so weit geht, ihn an sich und ihre Welt zu binden, hätte ich nicht gedacht. So ergibt es tatsächlich einen Sinn.“ Er wandte sich an Charlotte. „Wenn das der Grund war, weshalb wir eingesperrt wurden, ist die Gefahr wieder zurück zu gehen, um mit alten Freunden zu sprechen, glaube ich gar nicht so groß...“

Sie sah ihn an, ich hatte keine Ahnung, wie sie sich

entscheiden würde. Cody zwinkerte ihr zu und sein Optimismus schien sie angesteckt zu haben, denn sie nickte. „Ich bin dabei.“

Sarah und ich atmeten erleichtert aus. Jetzt ging es an die Planung, das war eindeutig Sarahs Metier. „Alex, zuerst musst du dich bei Caleb wieder blicken lassen, damit es kein Gerede gibt. Dann gehst du am besten zu Lionel. Ihn brauchen wir auf jeden Fall auf unserer Seite, um sein Schloss als Reisestützpunkt zu nutzen. Wenn diese Eckpunkte geklärt sind, reist ihr, Cody und Charlotte, in Lionels Schloss und von da aus besucht ihr eure Freunde.“

„Und dann?“

„Dann sammelt ihr so viele Informationen, wie ihr könnt. Irgendjemand muss doch irgendetwas wissen oder irgendjemanden kennen, der weiß, wie man die Portale wieder öffnen kann... Ich bin ja eh hier und trage die Informationen zusammen und mache die Gedankenreisenden ausfindig, die hier sind. Je mehr wir befragen, desto besser.“

Cody rieb sich die Hände. „Es müsste mit dem Teufel zugehen, wenn wir nicht irgendwas herausfinden könnten. Ich mach direkt eine Liste mit Gedankenreisenden, die ich noch kenne, von manchen habe ich sogar eine Adresse!“ Auch Charlotte schrieb noch ein paar Namen auf und gab sie Sarah. Sie machte sich sofort an die Arbeit.

„Wenn wir bei denjenigen, die nicht Gedankenreisen können, die Erinnerung an ihr Leben hier wecken, dann wären wir noch besser aufgestellt. Gibt es denn irgendeinen Hinweis, wie man die Erinnerung an diese Welt hier wieder finden kann?"

Cody nickte. „Man muss den Betroffenen mit Dingen aus deren Vergangenheit konfrontieren. Das sollte man aber sehr behutsam machen, immerhin wird den Leuten plötzlich klar, dass sie die letzten Jahre eine Lüge gelebt haben. Nicht wenige werden hier Familie und Freunde haben, das kann ein schwerer Schritt sein. Manche möchten ihn vielleicht auch gar nicht gehen, weil sie sich in ihrem Leben dort wohl fühlen." Oh man, bei den Worten wurde mir die Tragweite erst so richtig bewusst.

Sarah drückte meine Hand. „Erstmal trommeln wir die zusammen, die jetzt schon freiwillig mitmachen, vielleicht reicht es. Wir möchten ja auch keine offene Konfrontation..." Wir sahen uns alle an und es war klar, dass das tatsächlich keiner wollte, aber keiner wirklich daran glaubte, dass man die Königin einfach überreden konnte, uns zu sagen, wie man die Portale wieder öffnen konnte.

Ich straffte die Schultern. „Lasst uns einen Schritt nach dem anderen machen. Ich muss erst mit Lionel sprechen, wenn er nicht mitspielt, müssen wir eh nochmal neu überlegen."

Sarah nickte. „Genau, es wird der einfachste Weg sein, dass du zu Caleb reist und ihr zusammen zu Lionel fahrt. Dann gibt es auch kein Gerede, dass sich eine verheiratete Frau alleine mit einem ledigen Mann trifft..."

Ich verdrehte innerlich die Augen, über diese altertümlichen

Vorschriften. Noch ein Grund die Hexe zu stürzen. „In Ordnung, dann mache ich mich auf den Weg. Das Schloss, in dem Caleb wohnt, heißt heute Schloss Moyland. Er hat mir die Adresse gegeben und ich weiß, wo das Portal ist. Ich werde gleich meine Eltern anrufen und mir ihr Auto ausleihen." Charlotte stand so abrupt auf, dass ihr Stuhl umfiel.

„Papperlapapp, ich fahre dich jetzt sofort." Ich sah sie verdutzt an, stand dann aber auch auf, sie hatte ja recht, wir sollten keine Zeit verplempern. Ich versprach Sarah, mich zu melden, wenn ich wieder hier wäre und dann machten wir uns auf den Weg.

16.

„Machst du das alles nur für Noah?“

Ich überlegte, was ich auf diese Frage sagen sollte „Nein, aber er ist natürlich der Auslöser gewesen und ehrlicherweise auch meine Hauptmotivation. Ohne ihn wüsste ich ja nicht, dass viele Menschen nicht freiwillig dort so leben – und wenn ich schon mal dabei bin, ihn zu befreien, warum dann nicht alle, die nicht mehr nach dem Willen der Hexe leben möchten? Und warum hilfst du mir? Nur um wieder reisen zu können, so wie Cody?“

Sie lachte bitter. „Das ist eine lange Geschichte...“

„Ich hab Zeit...“ Ich sah sie abwartend an.

„Der König ist mein jüngerer Bruder. Wir sind immer zusammen gereist, haben sogar öfter etwas mit der Königin und Noah unternommen, bevor sie sich so verändert hat...“

Ich sah sie überrascht an. „Wie waren die beiden?“

Sie lachte. „Sie waren das Glamourpaar, mit ihnen war es immer spannend. Wir haben zusammen versucht, weitere Portale zu finden, aber irgendwann hat ihr das nicht mehr gereicht. Sie ging immer seltener nach Hause, hat angefangen auch alleine nach Portalen zu suchen und eines Tages war sie ganz verändert. Sie war eine der bekanntesten und beliebtesten Reisenden. Anfangs hielten wir es für ein neues Abenteuer, als sie sich zur Königin krönte. Sie erschuf sich einen Hofstaat aus Leuten, die ihr Leben auch nur dort verbringen wollen. Sie dachte sich immer mehr Regeln aus, zuerst durfte man auf Bällen nicht mehr von der Welt hier sprechen, irgendwann wurden die Reisenden, die noch zurück in diese Welt reisten nicht mehr ins Schloss gelassen. Sie wurden immer mehr ausgegrenzt, wir fingen an uns heimlich zu treffen, bei Lionel oder Caleb. Bei diesen Treffen war auch Noah schon dabei. Er hatte versucht, sie davon zu überzeugen, aufzuhören die Reisenden auszugrenzen, aber er hatte keinen Erfolg. Sie wollte ihn unbedingt zum König machen, aber er weigerte sich. Das hat dann endgültig dazu geführt, dass die beiden getrennte Wege gingen. Als Noah in die Hütte gezogen war, nahm die Königin Kontakt zu meinem Bruder auf. Der Holzkopf war schon immer in sie verschossen und ließ sich nur zu gerne von ihr zum König machen. Am Anfang dachten wir noch, er hätte das gemacht, um uns als Insider mit Informationen zu helfen, um die Hexe zu schwächen. Es stellte sich schnell heraus, dass er ihr absolut hörig geworden war. Noah und einige andere Reisende fingen an, Neuankömmlinge vor ihr zu warnen. Die Hexe wollte ihren Machtbereich ausdehnen, daher brauchte sie eine größere Gefolgschaft. Die blieb aber aus. Viele, die wie du zufällig in diese Welt gestolpert waren, sind gar nicht mehr wieder gekommen. Diejenigen, die bewusst reisten, hielten sich von ihr fern. Irgendwie schaffte es die Hexe dann, die Portale zu schließen. Wir können nur von Glück sagen, dass es nicht zu einer Panik unter den Reisenden kam, da es unter denen, die nicht auf Seiten der Königin standen, seit geraumer Zeit bekannt war, dass man auch mit der Kraft der Gedanken reisen konnte. Wie du aber gemerkt hast, geht das nicht automatisch, nur weil man sich wünscht wieder zu Hause zu sein. Man muss sich bewusst konzentrieren und vor allem glauben, dass es möglich ist, sonst klappt es nicht. Je länger man dortbleibt, ohne zu wissen, dass es eine Parallelwelt ist, und man sich sein vorheriges Leben nicht eingebildet hat, wie einem dort jeder einredet, desto stärker glaubt man, dass es die Wahrheit ist. Daher sollten Neuankömmlinge möglichst wenig Bindung aufbauen und keine positiven Erfahrungen dort machen, sonst kann der Wille zurückzukehren zu schwach sein. Und wie ich jetzt durch dich weiß, hat Noah angefangen, hier nach Informationen zu suchen, die Portale wieder zu öffnen und ihr hat seine Abwesenheit gar nicht gepasst. Jetzt verstehe ich auch, warum er am Hof als Stallbursche beschäftigt ist, obwohl alle anderen Gedankenreisenden – jedenfalls von denen sie weiß, dass sie solche sind – dort nicht geduldet werden." Ich war sprachlos.

„Auch wenn mein Bruder ein Holzkopf ist, so hoffe ich, dass er wieder zur Besinnung kommt, wenn wir die Hexe stürzen ..."

Ich nickte. „Ja, kleine Brüder können echt Holzköpfe sein, aber ihr Glück ist, dass sie große Schwestern haben, die ihnen aus der Patsche helfen." Wir mussten beide lachen. Kurze Zeit später standen wir vor dem Schloss.

„Am besten komme ich mit rein und halte vor dem Zimmer Wache, durch die unterschiedliche Zeit wird es für mich ja nicht lange dauern. Außerdem musst du ja auch irgendwie wieder nach Hause kommen"

„Danke, das wäre super." Wir stiegen aus und gingen ins Schloss. Ich kaufte für uns die Eintrittskarten.

„Sind Sie sicher, dass Sie noch ins Schloss möchten? Es ist schon halb sechs und wir schließen in einer Stunde ..."

„Das reicht, wir kommen rechtzeitig wieder raus." Wir liefen durch die Gänge bis zu dem Zimmer, in dem das Portal war. An der Tür war eine rote Kordel, der Bereich dahinter war nicht öffentlich zugänglich. Ich blickte mich rasch um und schlüpfte dann eilig ins Zimmer.

Ich atmete tief ein und ging durch das Portal. Mein Zimmer war sonnendurchflutet und, wie erwartet, leer. Ich sah an mir herab. Ich trug ein knöchellanges Nachthemd. Ich schüttelte fasziniert den Kopf und sah mich um. Auf dem Bett lag ein hellblaues Leinenkleid. Ich hob es hoch und runzelte die Stirn. 'Natürlich mit tausend Knöpfen...' Ich zog mein Nachthemd aus und das Leinenkleid über. Dann zog ich an der Klingel neben dem Bett und kurze Zeit später klopfte es zaghaft an die Tür. „Herein."

Ein Dienstmädchen trat ein. Sie traute sich kaum, mich anzusehen. Sie knickste. „Sie haben geläutet?"

„Ja, ich möchte heute ausnahmsweise mein Zimmer verlassen und brauche Hilfe beim Ankleiden."

Sie eilte zu mir und knöpfte das Kleid zu. „Der Herr des Hauses ist in der Halle und nimmt das Mittagsmahl zu sich."

Ich lächelte sie an. „Sehr schön, dann will ich ihm Gesellschaft leisten."

Ich muss es Caleb hoch anrechnen, dass er nicht mit der

Wimper zuckte, als ich die Halle betrat. Er stand lächelnd auf und kam auf mich zu. „Geliebte Gemahlin, ich freue mich, dass Ihr mir heute Gesellschaft leistet." Er drückte mir einen Kuss auf die Wange. „Was haltet Ihr von einem Ausritt nach dem Essen?"

„Welch entzückender Einfall, Geliebter."

Caleb musste mir in den Damensattel helfen, aber ich war froh, als wir alleine durch die Felder ritten. Ich berichtete ihm, was ich bislang herausgefunden hatte – was zugegebenermaßen nicht viel war - aber er war begeistert, dass ich schon zwei Gedankenreisende gefunden hatte, die uns helfen wollten und sogar bereit waren, wieder hier hin zu reisen, um Informationen zu sammeln. Als er sein eigenes Schloss als Ausgangspunkt anbot, schüttelte ich den Kopf. „Das geht nicht. Wir sind hier zu nah am Königshaus und auch wenn vielleicht nicht auffällt, dass ich nicht immer da bin, wird es dein Personal merken, wenn immer wieder andere Leute aus meinem Zimmer stolpern."

„Ja, da hast du recht." Wir ritten eine Zeitlang schweigend weiter.

„Hast du schon mit Noah über unsere Pläne gesprochen?"

„Ja, habe ich." versuchte ich so unbefangen wie möglich zu sagen – was kläglich misslang.

Caleb lachte. „Na endlich! Man, das wurde auch Zeit!"

Ich wurde rot. „Ja, ja ist gut, hast du fertig gelacht?"

Er räusperte sich. „Entschuldigung, ich freue mich wirklich für euch. Die Spannung war ja nicht auszuhalten. Was sagt er denn zu unseren Plänen?"

Ich zuckte die Schultern. „Anfangs war er nicht so begeistert, er hielt es für zu gefährlich, aber als ich ihm von Charlotte und Cody erzählte, war er etwas beruhigt. Er möchte auch mithelfen, ich habe ihm gesagt, dass er am besten hilft, wenn er so tut, als wäre alles beim Alten, aber ehrlich gesagt bezweifle ich, dass er sich daranhält. Vielleicht kannst du ja mal mit ihm reden?"

Er schnaubte. „Klar, weil er ja immer auf mich hört!" Wir mussten beide lachen. An einem kleinen See stiegen wir von den Pferden und setzten uns ins Gras.

„Wie schaffe ich es, mit Lionel zu reden?"

„Das ist leicht, wir geben einen Ball. Das wäre sowieso angebracht, um dich als meine Ehefrau in meinem Schloss willkommen zu heißen. Dazu würden wir allerdings auch die Hexe und den König einladen müssen..." Mir lief ein kalter Schauer den Rücken runter. Ich versuchte das Unbehagen zu verdrängen und atmete tief durch.

„Umso besser, dann können sie mit eigenen Augen sehen, wie gut ich mich hier eingelebt habe. Wie schnell kann man so einen Ball organisieren?" Er lachte.

„Hier warten alle immer auf den nächsten Ball. Wenn ich heute Boten ausschicke, kann die Party morgen steigen."

Ich grinste ihn an. „Das klingt gut! Je schneller, desto besser!"

„Dann kannst du am besten hierbleiben und wir spielen ein

bisschen das verliebte Paar. Es würde sich eh nicht lohnen zurückzureisen..."

An diesen Zeitunterschied musste ich mich echt gewöhnen...zwar konnte ich mich dank ihm stundenlang hier aufhalten, ohne dass es zu Hause auffiel, andererseits musste ich mich da dann immer beeilen, damit ich hier nicht alles verpasste...

„Da hast du recht, aber kurz muss ich zurück. Charlotte wartet im Flur auf mich, ich möchte ihr kurz von unseren Plänen berichten und ich muss auch meinen Eltern Bescheid sagen..." Wir rappelten uns hoch und ritten zurück zum Schloss. Beim Absteigen brach ich mir fast den Hals und Caleb fing mich gerade noch rechtzeitig auf.

„Das muss aber eleganter werden." prustete er.

'So eine beknackte Erfindung!' Ich schimpfte vor mich hin. Caleb hakte sich bei mir unter, brachte mich in mein Zimmer und verschloss die Tür.

„Wenn du fertig gemeckert hast, geh kurz zu Charlotte, ich warte hier auf dich."

Nun musste ich lachen. Ich schloss die Augen, alles drehte sich und ich war wieder auf der anderen Seite. Ich schlüpfte schnell unter der Kordel durch.

„Da bist du ja schon wieder!" Ich erzählte ihr von dem Ball, der in unserer Zeit in zwei Stunden stattfinden würde. Sie war begeistert, dass wir so schnell weiterkamen und bot an, auf

Abruf bereit zum Abholen zu stehen.

„Danke, das wäre toll. Ich ruf noch eben meine Eltern und Sarah an und gehe dann wieder zu Caleb, er wartet dort auf mich."

Meine Eltern wunderten sich nicht im Geringsten, dass ich bei Sarah schlafen wollte und wünschten mir viel Spaß. Sarah war voll und ganz mit Recherchen beschäftigt, versprach aber, mich zu decken. „Viel Erfolg mit Lionel und lass dich nicht von der Hexe einschüchtern." Charlotte nahm mich zum Abschied in den Arm und ging dann zum Ausgang. Ich suchte ein Versteck für mein Handy und ging dann wieder zurück.

Caleb stand am Fenster und sah hinaus. Er zuckte zusammen, als ich neben ihn trat, fing sich aber schnell wieder. „Alles geklärt?"

Ich nickte.

„Ich habe schon Boten mit den Einladungen losgeschickt. Hier hat man immer Blanko-Einladungen vorrätig, so ohne Fernseher, Kino und Clubs vertreibt man sich die Zeit anders." erklärte er grinsend.

Ich muss wohl so verblüfft geguckt haben, wie ich war, dass er das schon in die Wege geleitet hatte.

„Hast du Hunger? Das Abendessen wird gleich aufgetragen."

„Was machst du eigentlich, wenn die Hexe wirklich verbannt wird und hier alle Leute wissen, was gespielt wird?"

Er zuckte mit den Schulten. „Vermutlich wieder selber kochen und öfter nach Hause reisen. Das ist im Moment ja etwas schwierig, schließlich muss ich die Fassade aufrechterhalten." Er lächelte, aber es erreichte seine Augen nicht.

„Vermisst du dein zu Hause?"

„Eigentlich nicht, mir fehlt nur die Möglichkeit zu reisen, wann ich will. Du merkst ja jetzt schon, dass es aufgrund der unterschiedlichen Zeit sehr leicht ist hier zu sein, es aber schnell auffällt, wenn man dort ist. Bevor die Königin zur Hexe geworden ist, war es hier wie auf einem Historienmarkt. Man konnte ihn besuchen, in verschiedene Rollen schlüpfen, Freunde treffen und wieder gehen. Es gab auch damals schon die, die immer hier waren, aber es war nicht so ein festes Gesellschaftsbild wie jetzt. Jeder war mal die Magd oder der Graf, man war auf jeden Fall nicht auf eine Rolle festgelegt. Vor allem sprach man über sein normales Leben, das tut man heute gar nicht mehr, viele glauben wirklich, dass dieses Leben hier real ist . Die frühere Unbeschwertheit fehlt mir..."

Ich sah ihn erstaunt an. Er war mir bislang so unbekümmert vorgekommen. In dem Augenblick wurde mir erst richtig bewusst, worum es hier tatsächlich ging. Mir war auch vorher klar, dass wir eine Herrscherin stürzen wollten, die die Menschen hier unterdrückte, aber ich hatte es nicht gefühlt. Die meisten Menschen hier kannten wahrscheinlich die Wahrheit nicht, hatten vielleicht Familie, bestimmt Freunde, die sie zu Hause vermissten... Ich nahm ihn in die Arme. „Wir machen die Hexe fertig!" Er nickte und erwiderte meine Umarmung.

„Kommt, geliebtes Weib, lasst uns speisen und trinken, danach liefern wir wieder eine unserer bekannten Vorführungen ab." Bei der Erinnerung an unsere Hochzeitsnacht musste ich grinsen. Gemeinsam gingen wir in den Speisesaal.

Das Essen war köstlich. Caleb besprach mit dem Personal einige Details für den Ball und ich dachte an – seien wir ehrlich und bekennen das Offensichtliche – Noah. Gerne hätte ich ihn heute noch gesehen, aber mir war klar, dass das nicht ging...ich vermisste ihn so...Ich war so in Gedanken versunken, dass ich fast mein Weinglas fallen ließ, als Caleb sich neben mir räusperte und sich zu mir hinab beugte. „Ich weiß ja, dass du lieber bei jemand anderem wärst, aber hier vor Publikum wäre ich dir sehr dankbar, wenn du versuchen würdest, die Rolle der verliebten Ehefrau aufrecht zu erhalten." sagte er leise.

Mist, ich musste mich zusammenreißen. Ich wandte mich ihm zu und schenkte ihm mein strahlendstes Lächeln. „Geliebter, verzeiht, wenn ich so abwesend war, ich habe nur überlegt, welches Kleid ich morgen auf dem Ball tragen möchte."

Er grinste. „Natürlich verzeihe ich Euch, aber nun kommt mit mir, damit ich Euch aus diesem Kleid helfen kann." Er nahm meine Hand und zog mich mit sich in sein Schlafzimmer. Lachend lief ich mit. Schnell hatte er die Schnüre an meinem

Kleid gelöst. „Ich geh jetzt kurz ins Bad. Im Kleiderschrank
hängt ein Morgenmantel, den kannst du überziehen." Und weg
war er. Ich schlüpfte aus dem Kleid und holte den
Morgenmantel aus dem Schrank. Ich folgte Caleb ins
Badezimmer. Ich musste mir ja auch die Zähne putzen. Im
Türrahmen blieb ich abrupt stehen, er streifte sich gerade sein
Schlafanzugoberteil über. Als er meinen Blick im Spiegel
bemerkte grinste er mich schief an. „Gefällt Euch, was Ihr seht,
holde Gattin?" Ich verdrehte die Augen.

„Bild dir nichts ein, ich will mir nur die Zähne
putzen." Natürlich sah Caleb nicht schlecht aus, aber das wusste
er nur zu gut. Immer noch grinsend ging er zurück ins
Schlafzimmer. Es fühlte sich merkwürdig an, hier etwas so
normales wie Zähneputzen zu machen... Caleb lag schon im Bett
und las. Ich schlüpfte auch unter die Decke. „Was liest du?"

„Höchst verbotene Lektüre. Ein Buch von zu Hause, Stephen
King."

Ich musste kichern. „Die Geschichte, in die ich hier gestolpert
bin, könnte auch von ihm sein..." Auch Caleb musste lachen.

„Wie wird es eigentlich morgen ablaufen?"

Er legte sein Buch weg und setzte sich auf. „Ab dem späten
Nachmittag werden die Gäste eintreffen. Die werden sich dann
schon mal in den Ballsaal begeben, um zu gucken, wer alles so
da ist. In der Zeit ziehen wir uns um und wenn alle da sind,
kommt unser großer Auftritt. Die Gäste bilden einen Gang und

wir gehen an allen vorbei, nicken huldvoll nach links und rechts." Das hörte sich grauenvoll an. Caleb lachte, als er meinen Gesichtsausdruck sah. „Das ist nicht so schlimm, wie es klingt. Außerdem gibt es direkt danach gut gekühlte Getränke. Und wir tanzen die ganze Nacht."

Ich nickte, klang schon besser. „Muss ich morgen noch irgendwas machen oder auf irgendetwas achten?"

„Nein, außer, dass du dich für den Abend aufpolierst musst du nichts machen."

Hmm, das könnte ein langer Tag werden. „Dann reite ich morgen aus..." 'Wer weiß wohin es mich trägt. Wenn ich mich recht erinnere ist der Weg zum Schloss der Königin nicht weit...'

Caleb sah mich eindringlich an. „Du darfst nicht zu ihm reiten. Denk dran, wir müssen der Welt hier das verliebte Ehepaar vorspielen, die Hexe darf keinen Verdacht schöpfen." 'Konnte der Gedanken lesen?' Aber ich musste ihm zustimmen. Ich seufzte resigniert.

„Versprochen..." Er nickte zufrieden.

„Jetzt lass uns schlafen." Da hatte ich nichts gegen. Ich rollte mich unter der Decke zusammen und war sofort weg.

18.

Völlig ausgeruht wachte ich wieder auf. Ich reckte mich und sah mich um. Caleb schlief noch tief und fest. Leise stand ich auf, schlüpfte aus seinem Zimmer und ging in meines. Dort läutete ich nach dem Zimmermädchen. Diesmal trat sie direkt nach dem Klopfen ein. „Guten Morgen." sie machte einen Knicks.

„Guten Morgen. Könntest du mir beim Anziehen helfen?"

Sie nickte und wir gingen zusammen in mein Ankleidezimmer. Ich entschied mich für ein dunkelblaues Kleid mit hellblauem Gürtel. Sie steckte mir mit geübten Griffen die Haare hoch. „Möchtet Ihr jetzt frühstücken?"

„Zu einem Kaffee sage ich nicht nein. Ich würde heute Vormittag gerne einen Ausritt machen, könntest du mir dafür vielleicht ein Brötchen einpacken?"

„Gerne, ich bereite alles vor." Eilig verließ sie das Ankleidezimmer.

Es war ein komisches Gefühl, dass hier alles für mich erledigt wurde. 'Wie die ganzen Dienstboten reagieren würden, wenn sie herausfanden, dass die Hexe ihnen ihren freien Willen genommen hatte? Ob sie auch wütend auf Caleb und andere Wissenden seien werden, weil sie das Spiel, zumindest teilweise, mitgespielt hatten? Oder einfach erleichtert, dass sie frei wären... Ich wäre auf jeden Fall stinksauer... ' Unten im Speisesaal stand schon der Kaffee bereit und auch ein Beutel, mit einem herrlich duftenden Brötchen.

Plötzlich hörte man aufgeregte Stimmen in der Eingangshalle. Ich überlegte, ob ich mal nachschauen sollte, als schon die Tür aufgestoßen wurde und ein Dienstbote mit einem Brief auf mich zueilte. „Mylady, diesen Brief hat gerade ein Bote der Königin gebracht." Ich guckte ihn verwirrt an und nahm den Brief entgegen. Er war an Caleb und mich adressiert. Neugierig brach ich das Siegel und begann zu lesen. Als ich ihn durchgelesen hatte klopfte mein Herz bis zum Hals und ich hatte schweißnasse Hände. Sie würden schon am Vormittag anreisen um Zeit mit ihrer, wie sie es ausdrückte, geliebten Tochter und ihrem Schwiegersohn zu verbringen.

Wieso machte mir das Angst? Es ist doch eigentlich das, was wir wollten. Die Möglichkeit, die Hexe in Sicherheit zu wiegen. Was wäre besser geeignet, als ein gemeinsamer Tag? Ich zwang mir ein Lächeln ab. „Meine Eltern reisen schon eher an, welch ein Glück. Bitte sagt in der Küche Bescheid, dass wir schon zu Mittag Gäste haben und zwar das Königspaar. Ich gehe jetzt meinen geliebten Ehemann wecken um ihm die frohen

Neuigkeiten zu überbringen.“

Mit diesen Worten stand ich auf und eilte in Calebs Schlafzimmer. Vorsichtig stupste ich ihn an der Schulter. Als er nicht reagierte schüttelte ich etwas fester. Endlich regte er sich. Langsam öffnete er die Augen. „Wach auf, deine Schwiegereltern kommen gleich, um den Tag mit uns zu verbringen.“

Das schien besser zu wirken, als ein Eimer Wasser ins Gesicht. Er setzte sich abrupt auf. „Oh, dann beginnt das Theaterstück wohl eher als geplant...in Ordnung, ich mache mich schnell frisch, dann gehen wir zusammen runter und werden unsere Überraschungsgäste empfangen.“

Er verschwand im Badezimmer und ich wartete nervös. Kurze Zeit später gingen wir zusammen in die Eingangshalle. Keine Minute zu früh, wir hörten draußen schon die Kutsche vorfahren. Caleb legte beide Hände auf meine Schultern und sah mich eindringlich an. „Denk dran, dass wir beide verliebt sind. Ich werde meinen Arm um dich legen und du musst die Umarmung erwidern. Ab und zu sollte das auch von dir ausgehen, also, nimm meine Hand, berühre meinen Arm, zuck nicht zusammen, wenn ich dir einen Kuss auf die Wange gebe.“

Ich richtete mich auf und nahm seine Hand. „Ganz, wie Ihr wünscht, geliebter Gatte und nun lasst uns meine Eltern begrüßen.“ Wir traten vor die Tür und Caleb zog mich wie erwartet in seine Arme. Ich erwiderte die Umarmung und lächelte der ankommenden Kutsche entgegen.

Mein Herz setzte aus und es war gut, dass Caleb mich in den Armen hielt, denn ich musste all meine Willenskraft aufbringen, um mich nicht von ihm loszumachen und zur Kutsche zu laufen. Er merkte das und hielt mich fester. „Spiel weiter." zischte er mir zu. Ich lächelte matt. Auf dem Kutschbock saß niemand anderes als Noah und er starrte uns mit versteinerter Miene an. In der ersten Sekunde hatte ich mich gefreut ihn wieder zu sehen, doch dann hatte ich seine Augen bemerkt und mir wurde klar, wie der Tag verlaufen würde. Ich musste in seiner Gegenwart die verliebte Ehefrau spielen. Er würde jede Umarmung, jede Berührung, jeden Kuss mitansehen.

Die Kutsche hielt an, Noah sprang vom Kutschbock und öffnete die Tür. Die Hexe hielt ihm abwartend die Hand entgegen. Er griff danach und half ihr aus der Kutsche. 'Als hätte die elende Schlampe das nicht alleine geschafft!' Auch als sie schon vor der Kutsche stand, ließ sie seine Hand nicht los und sah in auffordernd an. Calebs Griff verstärkte sich, als Noah sich nach vorne beugte und einen Handkuss andeutete. Ich knirschte mit den Zähnen. Dann traf mich ihr Blick und der ließ mich frösteln und bestätigte meine Vermutung. Sie hatte Noah mitgenommen um mich zu prüfen.

Von Estelle und der Schreckschraube wusste sie wahrscheinlich, dass ich ihn angeschmachtet hatte. Sie lächelte falsch von einem Ohr zum anderen, als sie auf uns zukam. „Tief durchatmen, Alex, du wirst ihr noch früh genug in den Arsch treten..."

Das half, bis sie vor uns stand hatte ich noch zwei Atemzüge Zeit. „Ich hab mich wieder im Griff." flüsterte ich Caleb zu. Der Hexe werde ich die verliebteste Ehefrau vorspielen, die sie je gesehen hat. Ich legte meinen Arm um Calebs Taille und er lockerte seinen Griff und ließ nur einen Arm um meine Schulter. Wir gingen zusammen auf das Königspaar zu. Kurz vor ihnen blieben wir stehen. Ich löste mich von Caleb und machte einen leichten Knicks. „Frau Mutter, Herr Vater, ich freue mich, Euch auf unserem Schloss als Gäste begrüßen zu dürfen." Beide nickten leicht.

Caleb verbeugte sich. „Wollen wir vielleicht zuerst in den Salon gehen.? Gebäck und Tee stehen schon bereit"

„Gute Idee." Sie wandte sich Noah zu. „Versorg die Pferde und halte dich bereit, vielleicht möchte ich noch ausreiten, dann kann mir meine Tochter die Umgebung zeigen." Während sie mit ihm sprach, legte sie ihm die Hand auf den Unterarm. In mir brodelte es. 'Finger weg von ihm, du elende...' Ich biss die Zähne aufeinander, als ich sah, dass Noah leicht nickte und dann die Pferde samt Kutsche in Richtung Stallungen führte. Beruhigend legte Caleb den Arm um mich.

„Kommt, Teuerste, lasst uns mit unseren Gästen hineingehen." Um die Show zu vervollständigen, drückte er mir einen Kuss auf die Stirn. Ich lächelte ihn so herzlich an, wie ich konnte und wir gingen Arm in Arm ins Schloss zurück.

Bei Tee und Gebäck führten wir das belangloseste Gespräch, dass ich je gehört hatte. Wetter, Farbe und Stoffe der Kleider, Geschmack des Tees und - ach ja, das Wetter. Zwischendurch berührte ich immer mal wieder Calebs Arm, lehnte mich gegen ihn, wenn er den Arm um mich legte und hing an seinen Lippen, als er davon sprach, welches seiner Pferde ihm das Liebste sei und warum. Wir schienen recht überzeugend zu sein, denn das überhebliche und gehässige Grinsen aus dem Gesicht der Hexe erlosch langsam. Erst sah sie fast enttäuscht aus, aber bei der dritten Tasse Tee und dem vierten, vermeintlich heimlichen, Kuss entspannte sie sich.

Sie glaubte, mich gebrochen zu haben und war zufrieden. Mir lief es kalt den Rücken hinunter. Caleb schien mein Erschauern zu bemerken, denn er griff nach meiner Hand und strich mit dem Daumen über meinen Handrücken. Ich lächelte ihm dankbar zu.

Plötzlich erhob sich die Hexe. „Ich möchte Ausreiten.“ Der König sprang auf und auch Caleb und ich erhoben uns. Es war klar, dass dieser Satz nichts anderes bedeutete, als dass wir alle ausritten, ob wir wollten oder nicht. „Wo kann ich mein Reitkostüm anziehen?“ Caleb läutete. Es dauerte keine Sekunde und ein Dienstmädchen stand mit gesenktem Kopf im Salon.

„Eva, zeig bitte der Königin unseren Gästeflügel und ihr Zimmer.“ Sie nickte.

„Das Gepäck lasse ich nach oben bringen." Er läutete erneut, diesmal kam ein livrierter Page herein. Caleb schickte ihn los, die Koffer des Königspaares zu holen und in den Gästeflügel zu bringen. Er eilte davon. Auch das Königspaar und das Dienstmädchen verließen den Salon.

Ich atmete erleichtert aus und ließ mich auf den Stuhl sinken. „Hast du einen Schnaps für mich?"

Caleb lachte. „Den bekommst du heute Abend vor dem Schlafen gehen. Jetzt ist ein klarer Kopf wichtig. Im Moment kauft sie uns das verliebte Pärchen ab, aber ich fürchte der Ausritt wird noch etwas schwieriger..." Ich sah ihn fragend an, er hob zur Erklärung an, doch ich winkte ab.

„Sie wird darauf bestehen, dass er mitkommt...glaubt sie immer noch, ich würde wieder anfangen ihn anzuschmachten? Will sie mich noch mehr auf die Probe stellen?" Er schüttelte den Kopf.

„Es geht hier nicht nur um dich. Sie hat mitbekommen, wie er dich angesehen hat, als du noch bei ihr gewohnt hast..."

„Aber was kann ihr ein Blick denn gesagt haben? Zwischen uns ist nichts passiert, bevor du und ich verheiratet waren..."

„Ach, man musste nur eine Sekunde in eurer Nähe sein, um es zu spüren. Aber auch wenn du nicht dabei warst, bemerkte man deutlich eine Veränderung an ihm. Bevor du gekommen bist, hat er heimlich und ohne viel Wind Unwissenden nach Hause geholfen. Er hatte seine Routine und schien sich damit abgefunden zu haben, für immer hier zu bleiben oder besser so lange hier zu bleiben, bis die Hexe keinen Spaß mehr hätte, ihn zu quälen. Aber seit er dich gesehen hat, war wieder Wut in seinen Augen. Sie brannten endlich wieder. Das ist allen aufgefallen und wer eins uns eins zusammenzählen konnte, hat sich ausrechnen können, dass es fast zeitgleich mit deinem Erscheinen passiert ist."

Das musste ich erst mal verdauen. „Sie will ihn quälen... so eine herzlose..."

Caleb sah mich eindringlich an. „Bekommst du das hin, vor seinen Augen mit mir auf verliebtes Ehepaar zu machen? Sonst täusche ich schlimme Übelkeit vor und du reitest mit den dreien alleine..."

Da musste ich nicht überlegen. „Der blöden Schlampe werden wir es zeigen"

Caleb grinste. „Das ist die richtige Einstellung. Und jetzt komm mit mir nach oben, wir müssen uns für einen Ausflug umziehen."

In meinem Zimmer wartete schon Eva auf mich und half mir, das Kleid zu wechseln.

19.

Der Ausflug war noch viel schlimmer, als ich ihn mir vorgestellte hatte. Ich konnte seine Anwesenheit so deutlich spüren, als würde er mich tatsächlich berühren. Aber ich schlug mich ganz gut. Nur einmal, als ich ihn aus Versehen ansah und er genau in der Sekunde zufällig zu mir blickte, fiel ich kurz aus der Rolle. Als ich ihm in die Augen sah, blieb mir fast das Herz stehen. Sie brannten, aber er fing sich schneller als ich und verschloss sich. Gott sei Dank bemerkte nur Caleb meinen Stimmungswechsel. Er nahm meine Hand, küsste sie und sagte so laut, dass es noch als Flüstern durchgehen konnte: „Seht mich nicht so erwartungsvoll an Geliebte, wir müssen uns auf den Weg konzentrieren."

Ich schüttelte mich kurz und hatte mich wieder im Griff. „Dann müsst ihr auf den Weg sehen und nicht mich anstarren, Geliebter." Irgendwann hatte die Hexe uns offenbar genug gequält und wir ritten zurück zum Schloss.

„Bis gleich beim Mittagessen. Ich möchte mich noch kurz frischmachen. Begleitest du mich hinein mein Kind?"

Mit diesen Worten stieg sie vom Pferd und sah mich

erwartungsvoll an. Ich brauchte ein paar Sekunden, dann hatte ich mich wieder gefangen. „Natürlich, Frau Mutter." Scheiße, wie komme ich von diesem beknackten Damensattel runter? Ich sah mich hilfesuchend nach Caleb um, er hatte mir schließlich auch hoch geholfen, doch der führte gerade sein Pferd in die Box. Aus dem Augenwinkel sah ich, wie Noah sich verspannte. Er wusste genau, dass ich ohne Hilfe keine Chance hatte, unbeschadet vom Pferd zu kommen. Oh nein, ich wusste, dass ich die Scharade nicht würde aufrechterhalten können, wenn er mir so nahekäme. „Herr Vater, wäret Ihr so freundlich, mir vom Pferd zu helfen, mir ist ein wenig schwindelig." Der König guckte überrascht, kam dann aber sofort zu mir und half mir runter.

Die Hexe hakte sich tatsächlich freundschaftlich bei mir unter und dirigierte mich ins Schloss. „Es ist eine wahre Freude, dich und deinen Mann so glücklich zu sehen. So langsam glaube ich, dass die Gerüchte von eurer Hochzeitsnacht doch nicht übertrieben sind."

Hatte sie mir gerade zugezwinkert? Ich brachte ein verlegenes Lächeln zustande. „Ich habe großes Glück mit meinem Ehemann." Jetzt kicherte sie auch noch. Ich war fassungslos. Man konnte nur hoffen, dass mir das nicht ins Gesicht geschrieben stand.

Als ich endlich alleine in meinem Zimmer war, atmete ich tief durch. Etwas ruhiger machte ich mich auch frisch und ging dann in den Salon, wo schon für das Essen gedeckt war.

Ich brachte das Essen ohne besondere Vorkommnisse hinter mich, wobei ich mich beherrschen musste, nicht den Kopf zu schütteln, als die Hexe sich grinsend zur Ruhe begab und mir und Caleb eine schöne Zeit wünschte. Caleb sah mich irritiert an. „Was hat die denn geraucht?"

Ich verdrehte die Augen. „Sie fängt an die Gerüchte, die unsere Hochzeitsnacht betreffen zu glauben und denkt wir würden es in jeder freien Sekunde treiben."

Er lachte. „Dann haben wir unsere Rollen ja gut gespielt." Wir grinsten uns zufrieden an. Er bot mir seinen Arm an. „Wie wäre es, wenn wir dem Publikum geben, was es verlangt?" Ich hakte mich unter und wir gingen lachend in sein Zimmer.

Ohne den Champagner wurde unsere Darstellung nicht ganz so hemmungslos, aber für den Nachmittag musste das mal reichen.

„Was machst du eigentlich sonst so den ganzen Tag hier? Ich meine, wenn du nicht gerade an einer Revolution arbeitest?" Er lehnte sich im Bett zurück.

„Ich bin für die Wälder und die Tiere rund um das Schloss zuständig. Zu Hause würde man mich wohl als Förster oder so betiteln. Aber da das hier nicht wirklich viel Arbeit ist, reite ich viel durch das Land und besuche andere Bewohner." Ich lehnte mich auch zurück.

„Kannst du mit jemandem über das reale Leben sprechen?“ Caleb schüttelte den Kopf. „Wenn überhaupt, werden Andeutungen gemacht. Die Meisten, die noch hier sind, halten das reale Leben für einen Traum, aus dem sie hier erwacht sind. Deswegen will ich ja, dass die Hexe verschwindet, damit die Menschen hier wieder frei darüber reden können, was sie denken. Denn selbst wenn sie sich unsicher sind, ob ihnen hier wirklich die Wahrheit erzählt wird, traut sich niemand etwas zu sagen. Die, die sich hier vorher aufgehalten haben und öfter gereist sind, kommen schon lange nicht mehr, weil es sich hier so verändert hat, aber irgendwie hat sich Noah und mir bislang keiner angeschlossen. Du scheinst gute Überzeugungsarbeit geleistet zu haben.“

Ich zuckte die Schultern. „Die Zeit war wohl einfach reif, ...“

„Ich glaube, das ist nicht alles. Selbst, wenn ich genauso wie du bei Charlotte auf der Türschwelle gestanden hätte, ich weiß nicht, ob sie mitgezogen hätte. Du hast wirklich etwas an dir, dass die Leute dir vertrauen und daran glauben, dass wir es schaffen. Wir haben endlich jemanden in der Schlüsselposition bei der Hexe, von der sie glaubt, dass sie sich einfügt, die aber auch Kontakt zu dem anderen Königreich aufnehmen kann, da sie sich beim Ball der Wahl tatsächlich mit dessen König angefreundet hat. Dadurch haben wir viel mehr Platz zum Agieren und fallen der Hexe mit unserem Tun nicht so schnell auf.“

Als wir es uns auf seinem Bett gemütlich machten musste ich wohl tatsächlich eingeschlafen sein, denn irgendwann weckte mich Caleb. „Los, steht auf, holde Gattin. Wir müssen uns für den Ball fertig machen."

Mühsam erhob ich mich und ging in mein Ankleidezimmer. Auf dem Weg strich ich mir abwesend über die Stirn. 'Hat er mich wach geküsst??' Ich schüttelte den Kopf, weil ich so abstruse Gedanken hatte und läutete nach dem Dienstmädchen. Sie half mir in das Kleid und flocht mit anschließend Bänder in meine Haare. Als ich in den Spiegel sah, war ich sprachlos. Es klingt zwar immer sehr unbescheiden, wenn man sich selber Komplimente macht, aber ich sah umwerfend aus.

Es klopfte. „Kommt rein, geliebter Ehemann, ich bin fertig!"

„Ich bin nicht dein Ehemann." Mein Herz setzte aus. Seine Stimme hätte ich unter tausenden erkannt. Ich hörte seine Schritte und drehte mich um. Er war schon bei mir. Ohne ein Wort zu sagen zog er mich an sich und küsste mich. Dieser Kuss war nicht zärtlich. Er war alles verschlingend. Ich brauchte einen Moment, um die Überraschung zu verdauen, dann schlang ich meine Arme um seinen Hals und erwiderte den Kuss. Er stöhnte auf und drückte sich an mich. Ich stolperte rückwärts, bis ich an der Wand etwas Halt fand. Noah drängte sich noch näher an mich. Ich konnte seinen Herzschlag spüren, er schlug so feste wie meiner.

Plötzlich erinnerte ich mich daran, dass man Sauerstoff zum

Überleben braucht und schnappte nach Luft. Er lachte leise und küsste zärtlich meine Mundwinkel. Dann lehnte er seine Stirn gegen meine. „Ich weiß, dass zwischen dir und Caleb heute alles nur gespielt war, aber es hat mich trotzdem wahnsinnig gemacht zu sehen, wie er dich berührt und noch schlimmer, wie du seine Berührungen erwidert hast, ihn angesehen hast...“ Seine Stimme war kaum mehr als ein Flüstern.

„Ich fand es auch furchtbar. Ich hätte der Hexe ins Gesicht springen können, als sie dich einfach so angefasst hat... und als du fast ihre Hand geküsst hast... Ich konnte dich nicht ansehen, sie hätte sofort gemerkt, dass die Verliebtheit zu Caleb nicht echt ist. Aber es hat sich gelohnt, sie kauft uns das glückliche Ehepaar ab.“

„Na dann...“ seufzte er. „Heute Abend muss ich mir das Theater wenigstens nicht mitansehen. Apropos heute Abend, habt ihr einen Plan, wie es am besten ablaufen wird?“ Ich löste mich vorsichtig von ihm und sah ihn verlegen an.

„Ich würde es nicht Plan nennen, aber ich werde mit Lionel über unser Vorhaben sprechen und ihn bitten, sein Schloss als Basis in der Welt hier nutzen zu können.“

Noah guckte skeptisch. „Glaubst du, er lässt sich darauf ein?!“

Das war natürlich der Knackpunkt. „Ich glaube schon. Er hat beim Ball durchblicken lassen, dass sein Herz unglücklich für einen Stallburschen entbrannt ist, darauf kann er sich als König natürlich nicht einlassen, aber wenn hier alle wieder die Wahrheit kennen, steht den Zweien nichts im Wege."

Er grinste mich an. „Mir scheint, ohne uns Stallburschen würde alles so bleiben, wie es jetzt ist." Ich stellte mich auf die Zehenspitzen und gab ihm einen Kuss.

„Was würden wir nur ohne euch machen? Welchen Job hattest du eigentlich im realen Leben?" Er zuckte verlegen mit den Schultern.

„Ich war zwar kein Stallbursche, aber ich arbeitete mit Tieren, ich studierte Tiermedizin. Da lag es nahe, dass ich mich hier um die Pferde kümmere. Das war Glück, sonst wäre ich nachher auch noch als Page eingeteilt worden oder so...Cody zum Beispiel war hier der Koch, die Hexe kannte ihn aus seiner Zeit als Köbes in Düsseldorf, dort war er ja auch für die Küche zuständig."

„Teilt die Hexe die Leute hier ein?"

„Wer denn sonst? Als du in den Weinkeller gestolpert bist, wurde sie direkt informiert. Wenn du älter gewesen wärst, wärst du vielleicht in irgendeiner kleinen Kammer unter einer kratzigen Decke aufgewacht. Und hätte direkt die Gehirnwäsche begonnen Wenn du mich nicht gefunden hättest, wärst du vielleicht irgendwann überzeugt gewesen, dass du dir dein anderes Leben nur eingebildet hättest."

Mir lief es kalt den Rücken runter, denn er hatte Recht. Wenn ich die Notiz meiner Vorgängerin nicht gefunden und Noah mir nicht geholfen hätte, wer weiß wo ich dann jetzt wäre... „Du hast mich ja rechtzeitig gefunden." Raunte er und beugte sich wieder zu mir hinunter und küsste mich nochmal. Diesmal langsamer und behutsamer. Trotzdem blieb mir fast dir Luft weg. Viel zu schnell löste er sich von mir. „Ich muss leider wieder los, bevor jemand meine Abwesenheit bemerkt." Ich seufzte. Wir hörten Schritte im Flur und Noah verschwand über den Balkon. Genau rechtzeitig, denn es klopfte, aber es war nur Caleb.

Er grinste mich an. „Na, hat Noah sein Territorium abgesteckt?" Ich konnte es nicht verhindern , ich wurde rot. Caleb legte den Arm um meine Taille. „Kommt geliebte Gattin, die Gäste werden denken, dass du den verklärten Ausdruck wegen mir in den Augen hast, also lasst die Spiele beginnen." Ich straffte die Schultern und ließ mich von ihm in den Ballsaal führen, vorbei an den Gästen, die uns alle neugierig anstarrten.

Ich bemühte mich, lächelnd in alle Richtungen zu nicken und hielt dabei Ausschau nach Lionel. Wo war er? Wenn er nicht auftauchte, war die ganze Scharade umsonst.

„Beruhig dich Prinzessin, Lionel steht hinter der Blumendeko, deswegen kannst du Zwerg ihn nicht sehen, hör also auf, nervös den Raum abzusuchen..." Erleichtert schloss ich die Augen, jetzt fiel mir das Lächeln leichter. Caleb hielt eine kurze Rede, dann ging das Fest los und wir mischten uns unter die Gäste. Ich bahnte mir einen Weg zu Lionel. Er lächelte mir herzlich zu, deutete einen Handkuss an und ich erhob mich aus meinem

Knicks.

„Es freut mich, Euch wieder zu sehen Prinzessin, auch wenn ich ehrlich gesagt überrascht bin Euch auf so einem illustren Ball zu sehen. Mir ist zu Ohren gekommen, die Ehefrau des Lords sei sehr menschenscheu und verließe kaum das Zimmer..." Er zwinkerte mir zu und ich musste grinsen.

„Eure Majestät sollte nicht auf das Geschwätz der Leute hören." Ein Page kam mit Getränken vorbei und wir nahmen uns jeder ein Glas. „Ich brauche Eure Hilfe, Lionel..."

Er sah mich abwartend an, ich beugte mich vor und erzählte ihm die Kurzfassung der Ereignisse. Er bekam große Augen. „Dann seid ihr doch die Eine..."

Ich machte eine abwehrende Handbewegung. „Nein, aber ich möchte etwas gegen die Hexe unternehmen."

Er kämpfte mit sich. Dann setzte er sein Glas an und leerte es in einem Zug. „Na endlich! Ich bin dabei."

Ich wäre ihm fast um den Hals gefallen. „Ich danke Euch, Lionel! Nach dem Fest werde ich zurückreisen und die Anderen verständigen, dass wir euer Schloss als Basis nehmen dürfen. Wo genau ist dort das Portal?"

„In der Küche, neben der Vorratskammer … drüben wohl eher der Kühlschrank." Er grinste breit. Vor Erleichterung hatte ich ganz weiche Knie.

Da trat Caleb hinter mich. „Darf ich dich zu einem Tanz entführen, geliebte Gemahlin?" Wir gingen gemeinsam zur

Tanzfläche und während er uns über die Tanzfläche wirbelte, erzählte ich ihm von dem Gespräch mit Lionel. Caleb war auch erleichtert.

„Ich habe vor, nach dem Ball den anderen Bescheid zu sagen…“

Er verzog das Gesicht.

„Die Hexe wird erwarten, dass du morgen zum Frühstück noch da sein wirst…“ Scheiße, daran hatte ich nicht gedacht, aber Caleb hatte recht.

20.

Am nächsten Morgen stellte ich grinsend fest, dass die Hexe total übernächtigt und tatsächlich verkatert aussah. Dementsprechend kurz fiel das Frühstück aus. Caleb und ich brachten sie und den König zu ihrer Kutsche. Von Weitem sah ich Noah, wie er die Koffer verstaute. Vorsichtshalber sah ich in eine andere Richtung und hakte mich bei Caleb unter. Dann waren sie weg.

„Das haben wir doch gut hingekriegt und jetzt, ab zurück." Wir gingen in mein Zimmer. Zum Abschied nahm ich Caleb noch mal in den Arm.

„Bis bald. Pass auf dich auf." Er drückte mich.

„Und du auf dich, Grüße an die anderen."

Als ich wieder in der realen Welt war, holte ich mein Handy aus dem Versteck und schlüpfte wieder unter dem Band hindurch. Ich sah auf die Uhr und schlug mir mit der flachen Hand gegen die Stirn. Das Museum hatte seit zwei Stunden geschlossen. Dieser beschissene Zeitunterschied!! Was jetzt? Ich hatte keine Lust, mich die ganze Nacht hier zu verstecken. Was, wenn hier ein Nachtwächter rumlief und mich erwischte. Ich bekäme sicher Hausverbot und das wäre mehr als beschissen... Ich überlegte durch das Portal zurück zu gehen, ich komme hier erst in 14 Stunden raus – das bedeutet, ich müsste eine ganze Woche dort sein... Ich rief Sarah an und wir hielten Kriegsrat. Sie war begeistert, dass Lionel uns helfen wollte und versprach, gleich die anderen zu unterrichten. „Vielleicht ist eine Woche dort gar nicht so schlecht... Du könntest vielleicht die Umgebung schon mal erkunden, dich auf Soireen unter die Leute mischen und Freundschaften schließen, die für unsere Sache nützlich wären... Du kannst ja auch deine Eltern besuchen und dich im Schloss ein wenig umsehen, vielleicht entdeckst du etwas. Oder du versuchst Estelle noch ein bisschen auszuquetschen, sie hat dich doch schon mal gedeckt und dir mit Caleb geholfen...“

Das klang alles nach einem tollen Plan, außerdem schien Estelle zu wissen, dass es nicht alles mit rechten Dingen zuging im Schloss. Sie hatte mir ja vorgehalten, ich sollte froh sein, die Wahl zu haben... irgendwie schien sie unglücklich zu sein... hatte sie nicht irgendetwas von einem Koch erzählt??

„Das habe ich total übersehen!! Scheiße, Sarah, gib mir die Nummer von Cody oder der Kneipe.“

„Warum? Ich sag denen nachher gerne Bescheid, dass sie sich morgen auf den Weg ...“

„Nein, ich muss ihn sofort sprechen. Ich glaube, er und

Estelle waren ein Paar. Sie hat mir von einem Koch erzählt, der vor einigen Jahren gegangen ist. Charlotte hat mir heute im Auto erzählt, dass Cody im Schloss der Koch gewesen ist. Das hätte mir eher auffallen müssen!!"

Sie gab mir die Nummer und ich hatte Glück, Cody direkt an der Strippe zu haben. „Was kann ich für dich tun, Alex?"

„Warst du mal mit Estelle, der Amme, zusammen?"

Er lachte bitter. „Taktvoll bist du nicht gerade, oder? Naja, besser als stundenlang um den heißen Brei herumzureden. Ja, war ich. Sie kann aber nicht gedankenreisen... da hat sie mich irgendwann weggeschickt. Ich dachte, sie hätte mich vergessen..."

„Hat sie nicht, sie hat mir von dir erzählt, na ja, besser gesagt meinte sie, es habe in ihrem Leben einen Koch gegeben, der sei aber vor ein paar Jahren verschwunden..." „Für sie sind das ja auch schon Jahre..."

„Wieso hast du nichts davon erzählt? Sie hat Einfluss im Königshaus und kennt sich in dem Schloss gut aus. Was, wenn wir sie für unsere Seite gewinnen könnten?"

„Ich will sie nicht in Gefahr bringen..."

Ich stöhnte auf. „Sollten wir ihr nicht die Wahl lassen? Sie wirkte auf mich nicht zufrieden mit ihrem Leben als Amme...vermisst du sie denn nicht?"

„Das ist nicht fair, Alex!"

„Ach komm schon, was ist denn hier schon fair? Ihr Männer

mit eurem Beschützerscheiß auf jeden Fall nicht! Noah musste ich auch fast zwingen, sich helfen zu lassen, sonst würde er jetzt in irgendeinem Kerker schmoren und wir nicht telefonieren. Ich will ihr doch nichts tun, ich möchte nur nachbohren, wie viel sie noch weiß...Glaubst du nicht, sie würde helfen, wenn sie wüsste, es gäbe eine Chance wieder zu reisen?"

Es dauerte eine gefühlte Ewigkeit, bis er antwortete. „Doch, natürlich würde sie... aber bitte lass mich mit ihr reden. Ich mach mich gleich aus Noahs Hütte auf den Weg."

Oh man, er soll Noah da nicht mit reinziehen, jedenfalls nicht so unmittelbar in der Nähe der Hexe. „Nein, mach das nicht, lass uns außerhalb ein Treffen arrangieren. Ich werde irgendwie für morgen früh, eurer Zeit, einen Ball in Lionels Schloss abhalten lassen, dann könnt ihr euch außerhalb des Dunstkreises der Hexe treffen und ich kann vorher ein bisschen herumstochern...“

„Jetzt kommst du aber mit Beschützerscheiß, Alex! Ich werde Noah schon nicht in Gefahr bringen. Und je eher wir wissen, ob Estelle auf unserer Seite ist, umso besser...“

Ich seufzte resigniert. „Du hast ja recht... Dort ist es jetzt Mittag, ich geh gleich auch zurück. Pass gut auf dich auf und viel Glück.“

„Glück können wir beide gebrauchen.“

„Da bist du ja schon wieder.“ Caleb wollte gerade auf sein

Pferd steigen, hielt aber inne als er mich sah.

„Ja, das Schloss mit dem Portal hier hin hat schon geschlossen, ich komme dort erst in 14 Stunden wieder raus, dann sind wir hier aber schon eine Woche weiter...Ich habe übrigens mit Cody gesprochen..." Caleb war begeistert von der Vorstellung, jemanden im Schloss auf unserer Seite zu haben.

„Er wird noch drei andere Gedankenreisende, außer Charlotte, zu dem Schloss von Lionel schicken. Die werden so viele ihrer Freunde aus dieser Welt aufsuchen und versuchen sie zu überzeugen sich uns anzuschließen. Zusammen werden wir so viele Informationen sammeln, wie es geht, um dann einen Plan zu erstellen, die Hexe zu entmachten. Ich könnte mir vorstellen, dass Estelle wichtig dafür sein könnte. Sie kennt die Hexe und das Schloss in und auswendig."

„Das glaube ich auch. Was hast du denn jetzt vor, wo du eine Woche hier festsitzt?"

Er sah mich skeptisch an. „Keine Angst, ich werde schon nicht zu ihm gehen... Ich wollte Lionel besuchen, um mit ihm das weitere Vorgehen zu besprechen. Vielleicht kennt er ja noch andere, die uns helfen würden. Ich hatte auch daran gedacht, meine Eltern zu besuchen..."

„Ich dachte, du wolltest nicht zu ihm!"

Ich zuckte die Schultern. „Von nicht wollen kann keine Rede sein, aber ich dachte es wäre von Vorteil, wenn ich die Hexe noch ein bisschen in Sicherheit wiege und vielleicht mit Estelle rede..."

„Bevor du mit Estelle redest, solltest du abwarten, bis Cody
mit ihr gesprochen hat. Deine Eltern sollten wir erst wieder
besuchen, wenn wir eingeladen werden. Mach es dir und Noah
doch nicht unnötig schwer. Ihr würdet euch zwar sehen, müsstet
euch aber voneinander fernhalten und wir beide müssten wieder
auf verliebtes Paar machen...In einer Woche kannst du ja wieder
nach Hause und dann durch das Portal in seinem Haus direkt zu
ihm reisen..."

'Scheiße, er hat recht...' „Na gut, begleitest du mich zu
Lionel?"

Er grinste. „Gerne. Ich schicke einen Boten los, um unseren
Besuch anzukündigen. Und du solltest du dich umziehen. Bis
der Bote wiederkommt, kannst du das Auf- und Absitzen mit
Damensattel üben."

Ich verdrehte die Augen, aber es war eine gute Idee zu üben,
es konnte nicht schaden, wenn ich alleine aufs Pferd kam und
auch wieder runter, ohne mir den Hals zu brechen... Nach
einigen Anläufen klappte es schließlich.

Nachdem der Bote uns einen Brief von Lionel überbrachte, in
dem er uns mitteilte, dass er uns zum Nachmittagskaffee
erwartet, machten wir uns auf den Weg. Beim Anblick von
Lionels Schloss blieb mir die Luft weg. Es war ein riesiger Palast,
der mich an Versailles erinnerte. Der Park war traumhaft schön

und mehrere Springbrunnen waren zwischen den Beeten verteilt. „Mund zu, holde Gattin."

Lionel erwartete uns in der großen Eingangstür. Er begrüßte uns herzlich. Sofort eilten zwei Pagen auf uns zu und brachten die Pferde in die Stallungen. „Willkommen Freunde, kommt bitte rein, die Tafel ist bereits gedeckt." Das Innere des Palastes war fast noch beeindruckender als das Äußere. Lionel lächelte mich an. „Hat es Euch die Sprache verschlagen, Prinzessin?"

Ich sah ihn verlegen an. „Ein wenig. Wie kommt es, dass ihr ein prächtigeres Schloss habt, als die Hexe?"

Er zuckte die Achseln. „Ich bin eigentlich der Kurator dieses Schlosses, so habe ich auch das Portal entdeckt. Es gibt hier die ungeschriebene Regel, dass der, der das Portal entdeckt, in dem Gebäude wohnen darf... Als die Portale noch offen waren, war hier so was wie ein Hotel, da ich so viel Platz habe..."

'Stimmt, dass hatte Noah mir ja erklärt, so war die Königin ja erst Königin geworden...' Wir setzten uns an die reich gedeckte Tafel und tauschten zunächst Belanglosigkeiten aus. Nach dem Kaffee zogen wir uns in den Park zurück.

Als wir an einer versteckten Bank ankamen, sah Lionel mich abwartend an.

„Ich habe zu Hause mit einigen Leuten gesprochen. Nächste Woche werden Charlotte und zwei andere Gedankenreisende kommen und von hier aus ihre Freunde aufsuchen. Cody ist gerade schon bei Estelle und versucht, sie auf unsere Seite zu bekommen.“

Er riss die Augen auf. Ich zuckte die Schultern. „Zwischen den beiden lief wohl mal was und er glaubt, sie überzeugen zu können...“

„Ich weiß, dass die beiden zusammen waren... Dann hat sie hoffentlich einen guten Tag, es hat nicht gerade friedvoll mit denen geendet...“ Nun war es an mir die Augen aufzureißen. Das war mir neu... „Als die Portale sich schlossen, stellte sich schnell heraus, dass Estelle nicht gedankenreisen konnte. Zunächst ist Cody noch oft hier gewesen, aber die Welt hier veränderte sich und er kam immer seltener. Irgendwann ist er einfach weggeblieben...“ Nicht die feine Art. Hoffentlich ist sie nicht zu nachtragend...

„Und was habt ihr vor, wenn wir all die zusammengetrommelt haben, die wir finden können? Wie geht es dann weiter?“

Ich sah Caleb hilfesuchend an. Der zuckte auch nur die Schultern. „Wir hoffen, dass jemand unter den Leuten ist, der weiß, wie wir die Portale wieder öffnen können.“

Lionel sah etwas enttäuscht aus, ich konnte es ihm nicht verübeln. „Das hört sich aber alles sehr vage an.“

Ich zuckte mit den Schultern. „Wenn Ihr einen besseren Plan habt, ich bin für Vorschläge offen.“

Caleb räusperte sich. „Vergesst nicht, dass wir erst vor einer Woche überhaupt beschlossen haben die Hexe zu vernichten.“

Langsam breitete sich ein Grinsen über Lionels Gesicht aus. „Was für ein Glück, dass ich schon etwas länger auf eine solche Gelegenheit warte. Ich habe ein kleines, aber verlässliches Netzwerk an Gedankenreisenden, die immer mal wieder mein Schloss als Ausgangspunkt für ihre Besuche hier nutzen. Viele haben hier lieb gewonnene Freunde, die sich zwar nicht mehr an die Zeit vor der Schließung erinnern, aber es tut gut, sie trotzdem wieder zu sehen...“

Ich sah die Traurigkeit in seinen Augen und griff unwillkürlich nach seiner Hand. Caleb sah mich fragend an, aber ich schüttelte leicht den Kopf.

„Keine Hemmungen, Prinzessin, ich kenne Caleb schon lange und er kennt meine Geschichte. Alle, die ihr Gedächtnis nicht verloren haben, wissen von mir und Jonathan...“

Nach kurzem Schweigen räusperte sich Caleb. „Kannst du Kontakt zu den Gedankenreisenden aufnehmen?“

Lionel zuckte die Schultern. „Ich müsste selber reisen und einen von Ihnen anrufen... Aber ich kann erst reisen, wenn meine Küche auf der anderen Seite leer ist, es wäre vielleicht etwas schwierig zu erklären, wieso ich plötzlich vor ihnen stehe.“

Mir wurde vor Aufregung ganz kribbelig, es ging voran. „Ich werde versuchen sie zu erreichen und sie bitten, zu dem Ball zu kommen, dann können wir uns weiter abstimmen. Bis dahin hat Cody die Sache mit Estelle hoffentlich geklärt. Dann wären wir insgesamt zwölf Mitverschwörer, die hier auf die Suche nach

Antworten gehen können."

Das klang vielversprechend. Warum warf Lionel dann Caleb einen besorgten Blick zu, den dieser nickend erwiderte? „Was bekomm ich nicht mit? Raus mit der Sprache."

Caleb zögerte, ich sah ihn abwartend an. „Wenn wir einen so großen Ball geben, müssen wir auch die Königin wieder einladen. Da sich unser Schloss auf halbem Weg zu dem Schloss von Lionel befindet, werden wir wieder verliebtes Ehepaar spielen müssen und..."

Ich unterbrach ihn. „Und im schlimmsten Fall wird sie Noah wieder mitbringen..." Ich zuckte mit den Schultern. „Das haben wir schon mal hinbekommen, kein Problem." Ich versuchte ein Grinsen, aber die beiden sahen mich zweifelnd an. „Hört mal ihr zwei, ich bekomme das hin, es wird nicht schön, aber wenn du mir wieder so hilfst, wie beim letzten Mal, sehe ich da kein Problem."

Lionel klatschte in die Hände. „Na dann werde ich mal die Einladungen aufsetzen."

Caleb und ich ritten zu seinem Schloss zurück. „Was hältst du davon, wenn wir uns heute Abend mit ein paar Freunden von mir treffen? Ich habe noch eine Einladung zu einer Soiree." Ich war zwar jetzt schon müde, aber es war eine gute Idee - schließlich musste ich so schnell wie möglich Leute kennen lernen.

In Calebs Schloss machte ich mich schnell frisch. Caleb legte mir in der Zeit ein passendes Kleid für den Abend raus und Eva half mir beim Anziehen.

Kurze Zeit später ritten wir auch schon los. Ich war doch etwas nervös. Bei einem großen Ball kann man in der Menge untertauchen, aber in so kleiner Runde wird es sich wohl kaum vermeiden lassen, mit den anderen Gästen zu sprechen.

„Ich bin mal gespannt, wie es ist, dort in weiblicher Begleitung zu erscheinen. Bislang habe ich mich auf solchen Veranstaltungen immer unter die holde Weiblichkeit gemischt."

„Na dann wird es ja für uns beide eine Premiere."

Meine anfängliche Anspannung legte sich schnell, da ich sehr herzlich aufgenommen wurde, auch wenn die anderen anfangs etwas distanziert waren – ich war schließlich eine Prinzessin. Das gab sich aber mit vorgerückter Stunde und gesteigertem Alkoholkonsum. Caleb und ich spielten unsere Rollen und es machte sogar Spaß. Ich verstand nicht, warum er nicht schon längst in festen Händen war. Er war so ein herzlicher, lustiger und, wenn ich ehrlich war, gutaussehender Mann. Er muss sich wirklich mit Händen und Füßen gewehrt haben.

Der Morgen graute schon, als wir uns auf den Heimweg machten. Caleb musste mir auf mein Pferd helfen. Nüchtern in den Damensattel zu gelangen war ja das eine, aber leicht bis mittelschwer angeheitert war es mir unmöglich.

Vor dem Personal zogen wir wieder die verliebte Ehepaar

Show ab und gingen zu Bett. Nicht ohne etwaigen Zuhörern noch eine kleine Extraeinlage zu bieten.

21.

„Guten Morgen geliebte Gattin, die Sonne steht schon hoch am Himmel.“

Ich zog die Decke über den Kopf. „Komm wieder, wenn sie unter gegangen ist.“ Caleb versuchte doch allen Ernstes die Decke runter zu ziehen. „Wenn du keinen Kaffee dabeihast, spielst du mit deinem Leben!“

Er lachte. „Der steht schon auf deinem Nachttisch. Wenn du nicht so komatös von der Feierei wärst, hättest du das auch gemerkt!“

„Wieso bist du eigentlich so ekelig gut gelaunt?“ Er ließ sich neben mir auf das Bett plumpsen, während ich mich mühsam aufsetzte und nach der Kaffeetasse griff. Ich atmete tief den Duft ein und trank einen Schluck. Nach der halben Tasse blickte ich Caleb an. „Was spricht dagegen mich den ganzen Tag katern zu lassen? Ich hoffe, du hast einen guten Grund!“

„Cody sitzt in der Küche und hat spannende Neuigkeiten.“

Mit einem Schlag war ich wach. „Warum sagst du das nicht gleich?“ Ich stand auf und ging ins Ankleidezimmer. „Dann läute ich schnell nach Eva.“

„Sie ist nicht da, aber ich kann dir gerne helfen. Welches Kleid darf es denn sein?" Ich entschied mich für ein dunkelblaues Kleid im Empire-Stil, wie im Film *Sinn und Sinnlichkeit*. Als er mir die Knöpfe schloss kicherte er. Ich sah ihn fragend an.

„Bis jetzt habe ich bei solchen Kleidern immer nur die Knöpfe aufgemacht..."

Jetzt musste ich auch lachen. Beim Rausgehen stürzte ich noch den letzten Schluck Kaffee runter und ging mit Caleb in den Salon, wo Cody auf uns wartete. Er stand auf und verbeugte sich kurz vor mir. „Danke, Prinzessin, dass Ihr mich so kurzfristig empfangt."

Ich sah ihn irritiert an, bemerkte dann aber, dass sich noch zwei Bedienstete im Raum befanden. „Es ist mir eine Ehre Sir Cody, Euch im Schloss meines geliebten Mannes begrüßen zu dürfen, was kann ich für Euch tun?"

Er zögerte. Caleb wandte sich an die Bediensteten. „Ihr zwei, kümmert euch bitte um den Bestand im Weinkeller und lasst uns mit unserem Gast allein."

Ich hätte mir fast mit der flachen Hand gegen die Stirn gehauen. Wie sollte Cody mir sagen, was er von mir will, wenn wir ungebetene Zuhörer haben? Die Pagen verließen eilig den Salon und schlossen die Tür hinter sich. Augenblicklich entspannte Cody sich. Er grinste uns an. „Na, habt ihr zwei gestern schön gefeiert? Die Dienerschaft redet von nichts anderem als von dem verliebten Paar.“

Meine Kopfschmerzen wurden schlimmer. „Wie ist es mit
Estelle gelaufen, Cody? Kannte sie dich noch?“

„Tja, sie hat mich sofort wiedererkannt...“

„Das ist ja super!“ unterbrach ich ihn.

Er verzog das Gesicht. „Wie man's nimmt, sie hat mich mit
der Möhre beworfen, die sie gerade schälte...“ Ich sah ihn
abwartend an. „Dann hat sie die anderen Dienstboten aus der
Küche geschickt und mich zehn Minuten lang beschimpft. Das
war ok, ich hab's nicht besser verdient, aber als sie fertig war mit
Schimpfen, hat sie angefangen zu weinen... das war schlimm, sie
wollte sich auch nicht von mir trösten lassen. Irgendwann war
sie Gott sei Dank auch mit Weinen fertig und sie hat mich
einfach nur angesehen.“

„Oh Mann, die ist ja mal echt sauer auf dich!“ Ich versetzte
Caleb einen Stoß mit dem Ellbogen. „Vollkommen zurecht!“

Er rieb sich seinen Oberarm und sah mich empört an. „Das
habe ich ja auch gar nicht abgestritten!“

„Weiter im Text Cody, was ist dann passiert?“

„Na, wir haben lange geredet, sie hat von sich erzählt, ich von
mir. Bei mir ist ja nicht viel passiert, ist für mich ja nur etwas
mehr als ein Jahr vergangen... Ich hab Andeutungen gemacht,
dass es vielleicht bald möglich seien wird, wieder durch die
Portale zu reisen und was sie davon halten würde.“ Ich hielt die
Luft an und griff unwillkürlich nach Calebs Hand. Er drückte

sie. „Estelle reagierte zurückhaltend, aber ich glaube, sie freute sich.“

„Wird sie uns helfen?“ Cody machte eine abwehrende Handbewegung.

„Das hab ich sie natürlich nicht gefragt. Ich hab ihr auch nicht direkt gesagt, dass ich da mit drinstecke, wir müssen ja erst mal sicher sein, dass sie auf unserer Seite ist. Zwar hat sie mich Ich werde morgen wieder zu ihr reiten, danach werde ich mehr wissen.“ Ich seufzte erleichtert. „Ok, das sind doch ganz gute Neuigkeiten.“

Als Caleb mit seinem Daumen über meinen Handrücken streichelte, fiel mir auf, dass ich seine Hand immer noch hielt. Ich löste sie und lehnte mich zurück. 'Ist wohl immer noch in der Rolle des Ehemannes...' „Hast du Noah gesehen?“

Jetzt grinste er breit. „Ihm geht es gut, ich soll euch schön grüßen. Was gibt es heute zum Abendessen?“

Entnervt stöhnte ich auf und wünschte mich in mein Bett. Nein, eigentlich nicht in mein Bett. Es tat mir fast körperlich weh, dass Noah so nah war und ich nicht zu ihm konnte. Aber Caleb hatte recht, wenn jemand hier meine lange Abwesenheit bemerkte oder noch schlimmer, wenn mich jemand am Schloss der Hexe sah, war alles umsonst gewesen. Dann würde sie vermutlich uns beide einsperren.

Nach meinen gestrigen Eskapaden ging ich früh ins Bett. Caleb begleitete mich, um mir mit den Knöpfen zu helfen. Ich verschwand im Bad, zog mir mein Nachthemd an und ging zurück ins Schlafzimmer, um ins Bett zu gehen. Caleb stand am Fenster und blickte gedankenverloren in den Schlossgarten. Er sah sehr ernst aus. Ich trat neben ihn. „Alles in Ordnung?“

Er zuckte tatsächlich zusammen und drehte sich zu mir. „Aber sicher Alex.“ Ich war überrascht, dass er mich an sich zog und in die Arme nahm. Verwirrt erwiderte ich die Umarmung.

„Kommst du eigentlich mit dem ganzen Verliebtes-Ehepaar-Theater klar? Ständig fragt ihr mich, wie ich mich dabei fühle, aber du musst hier dein Leben auch total auf den Kopf stellen...fehlen dir deine Frauengeschichten?“ Ich löste mich ein wenig aus der Umarmung und sah ihn prüfend an.

Er schüttelte den Kopf. „Nein, es stört mich nicht im Geringsten den verliebten Ehemann zu spielen. Das Problem ist höchstens, dass es mir vielleicht zu viel Vergnügen bereitet...“

Ich sah ihn mit großen Augen an und machte einen Schritt zurück. Mir fehlten die Worte. Caleb lachte auf und zog mich wieder in seine Arme. „Keine Panik, Alex, ich weiß, dass du zu Noah gehörst. Ich meinte auch nicht dich im speziellen, sondern die Vorstellung, mein Leben tatsächlich mit jemandem zu teilen. Das erschien mir bislang total abwegig, ich konnte mir nicht vorstellen, mit einer Frau länger als eine Nacht Spaß zu haben, aber mit dir macht es sogar ohne die Nächte Spaß. Zum ersten Mal wünsche ich mir das auch.“ Erleichtert atmete ich aus.

„Du hast mir einen ganz schönen Schrecken eingejagt.“

Er gluckste immer noch.„Das habe ich gemerkt, dein Blick war Gold wert.“

„Na schönen Dank auch, freut mich, dass ich zu deiner Erheiterung beitragen kann. Ich geh jetzt schlafen, bleibst du noch auf?“

22.

Früh am nächsten Morgen kam ein Bote der Hexe, der uns einen Brief überreichte. Wenig überraschend kündigte sie ihr Kommen für den Abend vor dem Ball an. „Ich muss gleich einen Kontrollritt um mein Waldstück machen, hast du Lust mitzukommen?"

Erleichtert atmete ich aus und nickte. „Ich sterbe hier sonst vor Langeweile!"

„Wir kommen an einigen Häusern von Freunden von mir vorbei, dort können wir Halt machen und ich stelle dich den Bewohnern vor, die werden sich überschlagen, die Prinzessin zum Kaffee oder zu einer Soiree einzuladen."

Ich wurde unsicher, aber eigentlich war das ja genau der Sinn meines Aufenthaltes hier – Kontakte knüpfen. Da Eva immer noch nicht wieder da war, bat ich Caleb, mir mit den Knöpfen zu helfen. „Ich hätte nie gedacht, dass man Jeans so schmerzlich vermissen kann!! Diese Kleider sehen zwar toll aus, aber als Frau ist man komplett abhängig..."

„Ja, so einen netten Hintern in einer Jeans habe ich auch schon lange nicht mehr gesehen. Obwohl, deinen hab ich gesehen, als ich dich zurückgeholt habe."

„Genau das habe ich gemeint. Wir zetteln das ganze an, damit du wieder Jeanshintern sehen kannst." Ich boxte ihm gegen die Schulter und ging zu den Pferden. Caleb lief mir lachend hinterher.

Es gelang mir sogar schon beim ersten Versuch aufzusitzen und wir ritten los. Caleb behielt recht, als wir wieder im Schloss waren, hatte ich diverse Einladungen erhalten. Eine war schon für den Nachmittag zum Kaffee. Caleb half mir, dass passende Kleid für so einen Anlass auszuwählen und ließ die Kutsche fertig machen. Eine verheiratet Frau ritt hier wohl nicht alleine durch die Gegend. Mir war es recht, ich hätte den Weg eh nie gefunden.

Als ich aus der Kutsche stieg war ich etwas nervös. Worüber redet man bei derartigen Anlässen? Ich beschloss, am besten gar nichts zu sagen. Die Gastgeberin hieß Joanne und begrüßte mich herzlich. „Schön, dass Ihr gekommen seid, Prinzessin."

„Es ist mir eine Ehre, aber bitte nennt mich doch Alex." Sie führte mich in den Salon, wo schon sechs oder sieben Frauen saßen, die mich erwartungsvoll ansahen.

„Hallo, es freut mich Ihre Bekanntschaft zu machen." Die Frauen erwiderten meinen Gruß und ich setzte mich in die Runde. Jemand reichte mir eine Tasse Kaffee und ich hielt mich an ihr fest. Anfangs versuchte ich den Gesprächen zu folgen, doch irgendwann verschwammen die ganzen Namen und Bälle zu einem Summen. Plötzlich merkte ich, dass mich alle erwartungsvoll ansahen und es still geworden war.

Ich musste etwas verpasst habe. Nur was?? Ich sah von einem zum anderen, es half nichts. Da beugte sich die Frau neben mir zur Seite. „Sie warten auf die Bestätigung, was die Gerüchte über Eure Hochzeitsnacht angeht." Ich verschluckte mich an meinem Kaffee.

„Welche Gerüchte...?" hustete ich.

Allgemeines Gekicher. „Man berichtet, dass in der Nacht niemand im Schloss der Königin ein Auge zugemacht hat."

Oh Mann... „Ich werde bestimmt nicht in Details gehen, aber viel geschlafen wird immer noch nicht."

„Das kann ich Euch, bei einem Mann wie Caleb, nicht verdenken, er ist ja auch hinreißend." Ich ließ mir Kaffee nachschenken und nickte. Es folgten Berichte über die Vor- und Nachteile der Ehemänner der anderen Frauen und ich schaltete wieder ab, bis irgendetwas wieder meine Aufmerksamkeit erregte. Der Name Noah war gefallen. „...aber er ist doch nur ein Stallbursche."

„Das mag sein, aber hast du ihm mal in die Augen gesehen..."

„Und diese breiten Schultern..." Einige der Anwesenden seufzten. „Alex, wie ist er denn so?"

Um Zeit zu gewinnen trank ich einen Schluck Kaffee. „Ach,

tja, ich kenn ihn nicht wirklich...er ist sehr zurückhaltend...“

„Ach, jetzt erzählt schon, Ihr müsst ihn doch regelmäßig bei den Stallungen gesehen haben.“

Ich rutschte auf meinem Stuhl herum. „Natürlich ist mir aufgefallen, dass er nicht schlecht aussieht, aber meine Eltern haben Wert daraufgelegt, dass ich mich nicht mit ihm abgebe. Das war aber auch nicht schwer, er redet am Tag wohl kaum mehr als zehn Worte.“

„Das habe ich auch gehört, aber das macht ihn doch noch interessanter. Was sich unter dieser rauen Schale wohl verbergen mag.“

Eine der Gäste lachte auf. „Vergiss es, an dieser Schale haben sich schon ganz andere die Zähne ausgebissen. Angeblich hat er eine Affäre mit der Kö- Au, warum trittst du mich?“ Die Frau, die getreten hat, sah die andere streng an und ruckte mit dem Kopf in meine Richtung. Verlegen starrten alle Anwesenden irgendwohin, nur nicht in meine Richtung. Die Tasse in meiner Hand zitterte leicht und ich stellte sie ab. So ganz weit weg von der Wahrheit waren sie nicht...

'Los Alex, denk nach, irgendwas musst du jetzt zu diesen Frauen sagen!!' „Was zieht Ihr eigentlich zu dem Ball nächste Woche an? Ich habe meinen Kleiderschrank schon einmal komplett durchprobiert, ich kann mich nicht entscheiden.“ Erleichtertes Aufatmen, gefolgt vom hektischen Durcheinander, in welchem diskutiert wurde, welche Farbe die passendste für welchen Schnitt ist. Ich versuchte mich so gut es ging an der Diskussion zu beteiligen. Als jedoch zum dritten Mal die Frage durchgegangen wurde, ob nun mintgrün oder lindgrün für den Anlass angemessener wäre, kapitulierte ich und widmete mich meinem Kaffee. Ich war erleichtert, dass sich die Runde kurze Zeit später auflöste und ich zurück zu Schloss konnte.

„Wie war deine Einführung in die Gesellschaft der verheirateten Frauen?" Caleb grinste mich an und gab mir zur Begrüßung einen Kuss auf die Wange.

„Am interessantesten war es, als eine der Frauen beinahe meiner Hexen-Mutter unterstellt hat, eine Affäre mit Noah zu haben. Eine andere hat sie aber gestoppt, bevor sie es aussprechen konnte. Die Gesichter waren unbezahlbar. Ach ja, ich wurde auch bezüglich der Gerüchte über unsere Hochzeitsnacht ausgequetscht, also wundere dich nicht, wenn dir morgen Abend bei der Soiree lüsterne Blicke zugeworfen werden."

Lachend gingen wir ins Wohnzimmer, als es läutete. Es war Cody.

Er ließ sich seufzend auf den Sessel plumpsen und streckte die Beine von sich. Abwartend sahen wir ihn an. „Heute hat sie mich nicht angeschrien, heute hat sie mich nur angeschwiegen... aber zum Abschied habe ich einen Keks bekommen." Er schien zufrieden mit dem Nachmittag zu sein. „He, ich muss eure

Küche benutzen, um ihr etwas für morgen zuzubereiten." Mit diesen Worten verschwand er. In der Tür drehte er sich um. „Ach, Noah habe ich heute nur von Weitem gesehen. Er musste die Hexe bei einem Ausritt begleiten." Mein Magen krampfte sich zusammen. Die Vorstellung, dass sie ihn, wann immer es ihr passte, sehen konnte und dass sie ihn, was noch schlimmer war, dazu zwingen konnte das zu machen, was sie wollte... Caleb strich mir beruhigend über den Rücken.

„Nicht aufregen Alex, bald hat sie keine Macht mehr über ihn."

Ich nickte. „Du hast recht. Themenwechsel: Kannst du mir ein bisschen über die einzelnen Leute hier erzählen? Dann weiß ich morgen wenigstens von wem die Rede ist, wenn diskutiert wird, wer mit wem und warum getanzt hat und wieso das absolut unmöglich gewesen ist." Caleb erhob sich. „Für diesen Klatsch und Tratsch brauch ich definitiv einen Drink."

Er kam mit einer Flasche und zwei Gläsern zurück. „Den letzten Skandal haben Lady Jaqueline und Sir Grant hervorgerufen, als sie fünf Tänze hintereinander miteinander getanzt haben, obwohl beide noch andere Tanzpartner auf der Karte hatten, die dann teilweise warten mussten." Er lehnte sich zurück und nahm einen tiefen Schluck aus seinem Glas. Irritiert sah ich ihn an.

„Wie jetzt, das war der Skandal?" Kopfschüttelnd griff ich nach meinem Glas.

„Vielleicht sollte ich noch erwähnen, dass sie nach den Tänzen eine Runde spazieren gingen und nachher die Knöpfe ihres Kleides falsch geköpft waren. Solche Patzer sind mir nie passiert." Ich verschluckte mich fast an meinem Drink. Mit derartigen Geschichten ging es weiter. Nach zwei Stunden schwirrte mir der Kopf.

„Vielleicht wäre es einfacher mir zu merken, wer hier noch nicht mit wem geschlafen hat."

„Was erwartest du, so ganz ohne Fernseher?"

Da musste ich ihm recht geben. „Muss ich als deine Ehefrau eigentlich wissen, mit wem du alles was hattest? Und bleiben sich Eheleute hier treu oder..."

Er zog eine Augenbraue hoch. „Eifersüchtig?" Ein kleines Lächeln, dass ich nicht deuten konnte umspielte seine Lippen. Meine Wangen wurden heiß.

„Bild dir ja nichts ein, aber ich muss doch wissen, ob ich eifersüchtig sein sollte, wenn du morgen Abend zu lange mit irgendeiner Frau tanzt, von der alle wissen, dass ihr auch schon mal spazieren wart."

Er nahm meine Hand. „Solange wir hier die frisch Verliebten spielen, werde ich mich benehmen. Und mit wem ich hier zusammen war ist glaub ich egal, diese Damen neigen nicht zu einer Szene."

Ich seufzte und stand auf. „Na dann... ich geh jetzt ins Bett."
Caleb erhob sich auch und hielt mir seinen Arm hin.„Ich

begleite Euch, holde Gattin." Ich hakte mich ein.

Ich wälzte mich im Bett hin und her. Sobald ich die Augen schloss, sah ich die Hexe und Noah vor mir, wie sie durch die Wiesen rund um das Schloss ritten. Ich setzte mich abrupt auf und sah zu Caleb hinunter. Der war bereits tief und fest eingeschlafen. Entnervt stand ich wieder auf. Ich ging nach unten in den Salon und starrte nach draußen. 'Wenn ich wenigstens mir Sarah telefonieren könnte...aber bei ihr war es jetzt auch mitten in der Nacht...' Es war Vollmond und der Park war in ein silbernes Licht getaucht. Es sah alles so wunderschön friedlich aus. Ich zog mir einen Sessel vor das Fenster und kuschelte mich in eine Decke. Nach einiger Zeit entspannte ich mich. Ich konnte verstehen, warum man hier hinreiste. Hier lief alles ein bisschen langsamer.

Ich musste eingeschlafen sein, denn auf einmal stand Caleb neben mir. „Gott sei Dank, hier bist du. Komm, ich bring dich ins Bett." Er hob mich hoch und trug mich ins Schlafzimmer, ich war zu müde, um zu protestieren. Im Bett angekommen, schlief ich direkt wieder ein.

23.

Als ich am nächsten Morgen aufwachte, war ich trotzdem gerädert. Auch Caleb sah mich beim Frühstück mit müden Augen an. Erst bei meinem dritten Kaffee wachten meine Gehirnzellen auf und mir fiel Calebs Bemerkung von letzter Nacht wieder ein. „Was meintest du gestern mit 'Gott sei Dank, hier bist du.'?“

Er zögerte. „Ich dachte, du wärst vielleicht zu Noah geritten...“

Ich ließ meine Gabel fallen und funkelte ihn an. „Und alles, was wir geplant haben aufs Spiel setzten? Du hältst ja echt ne Menge von mir!“

„Ach komm, als hättest du nicht daran gedacht!“ Wütend sprang ich auf, dabei knallte der Stuhl um, doch das kümmerte mich nicht.

Aufgebracht lief ich durch den Salon. Nach der dritten Runde hatte sich mein Herzschlag wieder beruhigt. Ich hob den Stuhl wieder auf. Caleb hatte mich die ganze Zeit beobachtet, erst besorgt, doch jetzt wirkte sein Blick eher belustigt. „Gehts wieder?“

Ich atmete tief durch. „Nein. Du hast Recht, natürlich habe ich daran gedacht. Ich denke ständig daran! Es macht mich verrückt, dass er so nah ist und ich nicht einfach zu ihm kann und wenn Cody dann auch noch solche Kommentare von sich gibt, bekomme ich die Bilder von dieser Hexe einfach nicht aus meinem Kopf und ich fühle mich so machtlos, weil ich ihm nicht helfen kann und er immer noch das machen muss, was sie will. Und dann sehe ich dich und Lionel und die anderen Bewohner, die hier eigentlich gerne in Frieden leben möchten, denen sie das aber unmöglich macht. Oder noch schlimmer die, die hier sind, ohne zu wissen, dass es auch noch eine reale Welt gibt, in der ihre Familien auf sie warten, vielleicht glauben, sie hätten sie freiwillig verlassen oder sie wären tot... Wie könnte ich da einfach zu ihm reiten, wenn doch die Gefahr besteht, alles zunichte zu machen...bevor wir überhaupt richtig angefangen haben...“

Caleb grinste mich mit blitzenden Augen an, was mich völlig aus dem Konzept brachte. „Das ist die Wut, die du brauchst! Damit kannst du auch andere davon überzeugen, uns zu helfen.“ Erschöpft ließ ich mich auf den Stuhl sinken und fing an zu frühstücken. Auch Caleb widmete sich wieder seinem Brötchen.

Am Nachmittag kam Cody von seinem Besuch im Schloss zurück. Nach seinem dritten Besuch hatte Estelle anscheinend

Andeutungen gemacht, dass es nicht ganz unmöglich sei die Portale zu öffnen. Die Königin hätte wohl kurz nach meinem Verschwinden einen hysterischen Anfall bekommen und gekreischt, dass alles verloren wäre, wenn dieses dahergelaufene Flittchen *die* sein sollte, die alle rauslässt.

„Dahergelaufenes was...??" Meine Stimme überschlug sich.

Caleb legte mir die Hand auf den Arm. „Das ist gut, das heißt, es kann tatsächlich klappen."

Ich sah ihn empört an und ich sah, dass er sich ein Lachen kaum verkneifen konnte. Seufzend nickte ich. „Ja, wahrscheinlich..."

Ich wandte mich Cody zu. „Wird Estelle uns helfen?"

Cody zuckte die Achseln. „Sie vertraut mir noch nicht."

„Das kann ich ihr nicht verdenken."

„Natürlich weiß ich, dass es ihr gutes Recht ist, nicht mit offenen Karten zu spielen, aber mir liegt es nicht, mich einzuschmeicheln..." Da musste ich ihm zustimmen, als Charmeur konnte ich ihn mir auch nicht vorstellen.

„Das musst du doch auch gar nicht, zeig ihr, dass du noch der bist, in den sie sich mal verliebt hat." Entnervt stand Cody auf.

„Wie habt ihr denn letztes Mal zusammengefunden?"

„Ich habe für sie gekocht..."

„Nichts leichter als das, unsere Küche kennst du schon und ich werde die Hexe bitten, meine viel vermisste Amme mit zu bringen, dann kannst du hier etwas für sie zaubern."

Er sah mich skeptisch an, aber dann zuckte er mit den Schultern. „Auf einen Versuch kommt es an. Ich mach mal eine Liste mit Zutaten, die ich noch brauche, eure Küche ist denkbar schlecht ausgestattet." Mit diesen Worten machte er sich auf den Weg in die Küche.

Ich rief einen Pagen und setzte die Nachricht an die Hexe auf. Er verließ gerade den Salon, als Cody kopfschüttelnd wiederkam. „Das ihr hier überhaupt etwas zu essen bekommt wundert mich, es sind kaum Vorräte da!"

„Bevor du dich hier einquartiert hast, war die Küche noch gut gefüllt. Aber gib mir doch einfach die Liste, ich lass alles besorgen, was du brauchst." Er nickte.

„Ich habe auf meinem Weg zum Schloss heute noch einen alten Bekannten besucht. Caleb, du müsstest ihn eigentlich kennen, Lars Strout."

„Ja, natürlich kenne ich ihn, mir war nur nicht klar, dass ihr zwei Freunde seid."

Cody zuckte die Schultern. „Er wusste es leider auch nicht mehr, seine Frau ist allerdings weiß wie die Wand geworden, als sich mich gesehen hat. Sie hat mich eindeutig erkannt, hat es aber versucht zu überspielen, als sie den irritierten Blick ihres Mannes bemerkte..."

Caleb sog überrascht die Luft ein und sah mich an. „Sir Strouts Frau ist Joanna, bei der du gestern warst. Ich wäre nie auf die Idee gekommen, dass sie eine Gedankenreisende seien könnte...“

„Wie hätte dir das denn auffallen sollen?“

„Kurz nachdem die Portale geschlossen waren, sind wir weiterhin gereist. Durch die andere Zeiteinteilung fiel es hier schnell auf, wenn jemand gereist war, er war dann ja oft mehrere Tage nicht da. Sie war eigentlich immer da...“

„Heißt denn erinnern automatisch, dass diese Person ein Gedankenreisender ist? Schließlich kann sich Estelle auch an Cody erinnern.“

Er zuckte die Achseln. „Keine Ahnung. Aber sie weiß dann auf jeden Fall, was hier los ist...“

„...und ist vielleicht bereit ist sich uns anzuschließen.“

„Deswegen kommt ja auch Charlotte mit anderen Gedankenreisenden zum Ball von Lionel, um nach Freunden zu suchen, die sich erinnern.“

Ich seufzte. „Und dann? Sagen wir es kommen 20 zusammen, die uns helfen wollen, was machen wir dann?“

„Dann hoffen wir, dass irgendjemand irgendetwas weiß...“

„He, das ist ja mal nen Plan.“

Ich sah Cody eindringlich an. „Ganz ehrlich, ich glaube es hängt eine ganze Menge davon ab, dass du Estelle dazu bringst, sich uns anzuschließen und dir die Schwachpunkte der Hexe zu nennen...“

„Aber keinen Druck Mann!“ Caleb klopfte Cody auf die Schulter. Trotz der Anspannung mussten wir lachen.

Da es regnete nahmen wir die Kutsche zur Soiree, was für den Rückweg wahrscheinlich auch besser war. Es waren einige der Frauen da, die ich gestern kennengelernt hatte. Durch den Nachhilfeunterricht von Caleb konnte ich mich diesmal wenigstens ein bisschen an den Gesprächen beteiligen. Zu meiner Enttäuschung konnte ich Joanna nirgendwo entdecken. Ich fragte eine der anderen Frauen nach ihr. „Dem armen Ding geht es nicht gut. Sie hat sich beim Absteigen vom Pferd den Knöchel verrenkt und kann nicht auftreten. Bleibt nur zu hoffen, dass sie bis zu dem Ball bei Majestät Lionel wieder laufen kann. Es geschieht ja nicht oft, dass er einlädt."

„Wieso das denn nicht? Er schien mir auf dem Ball im Schloss doch sehr feierfreudig."

Sie winkte ab. „Eigentlich lebt er sehr zurückgezogen, aber die Einladung der Königin kann man natürlich nicht ausschlagen – möchte man natürlich auch nicht, es ist schließlich eine große Ehre, ins Schloss eingeladen zu werden Prinzessin." fügte sie hastig hinzu.

Diesmal war es an mir abzuwinken. „Bitte nennt mich Alex."

Sie lächelte erleichtert. „Ich bin Valerie."

„Freut mich Euch, kennen zu lernen. Der Stoff von Eurem Kleid ist fantastisch. Wo kann man den erhalten?"

„Wenn Ihr auf den Markt geht, der Tuchhändler ganz am Ende, wenn Ihr schon fast bei den Gemüsehändlern seid, der hat eine herrliche Auswahl an nicht ganz so klassischen Stoffen." Hier gab es einen Markt? Gott sei Dank, hatte ich nicht laut gesprochen, aber ich nahm mir vor, den morgen zu besuchen. Ich war zu Hause natürlich auf Märkten gewesen, aber den hier zu besuchen stellte ich mir aufregend vor. Valerie schwärmte immer noch von den Stoffen, als ihr Blick hinter mich fiel und sie anfing zu stottern und rot wurde. Ich wollte mich verwundert umdrehen, als sich zwei Hände auf meine Taille legten.

„Hier steckt ihr, geliebte Ehefrau. Lady Valerie, darf ich sie entführen?" Valerie nickte hilflos. Caleb gab mir einen leichten Kuss auf die Schulter und zog mich zur Tanzfläche. Arme Valerie, hat auch zu viele Geschichten über die Hochzeitsnacht gehört. Vielleicht war sie aber auch eine der Frauen, mit denen sich Caleb sonst auf solchen Veranstaltungen amüsiert hat.

„Wäre es eigentlich in Ordnung, wenn ich morgen auf den Markt ginge?"

Caleb zog überrascht eine Augenbraue hoch. „Natürlich, aber ich glaube, du solltest nicht alleine dorthin reiten. Ich muss eh noch einiges besorgen, da kann ich dich auf den Markt begleiten."

Ich verdrehte die Augen. „Man, ist das schwierig hier als Frau, darf man eigentlich irgendwas alleine machen?"

Caleb lachte. „Für dich als Prinzessin, die mit einem Grafen verheiratet ist, gelten besondere Regeln. Außerdem würdest du den Weg sowieso nicht finden."

Ich zuckte mit den Schultern. „Dann machen wir morgen zusammen einen Ausflug." Wir tanzten noch eine ganze Zeit, machten uns dann aber mit dem ersten Schwung an Gästen, die die Soiree verließen, auch auf den Heimweg. Todmüde fielen wir ins Bett.

24.

Viel zu früh weckte mich Caleb.

„Mensch, es ist noch nicht mal richtig hell." Ich warf ein Kissen nach ihm, aber ohne Kaffee erreichte es noch nicht mal annähernd sein Ziel. „Du wolltest doch auf den Markt. Es ist am interessantesten, wenn die Stände gerade erst aufgebaut und die Waren noch frisch sind." Resigniert schlug ich die Bettdecke zurück und machte mich frisch.

Caleb kam kurze Zeit später ins Ankleidezimmer, um mir bei der Auswahl des passenden Kleides zu helfen. Ich vermisste schmerzlich mein blassgelbes Kleid, das ich nach meiner Rückkehr kaputt machen musste, um glaubhaft die im Wald Verschollene zu sein. Ich beschloss, so einen Stoff auf dem Markt zu suchen. Für den Markt zog mir Caleb ein graublaues, schlicht geschnittenes Kleid im Empire-Stil vom Ständer. Caleb drehte sich um, während ich mich umzog und machte mir dann die Knöpfe am Rücken zu.

„Wo ist eigentlich Eva?"

„Ich habe ihr ein paar Tage freigegeben." Er grinste mich an. „Wieso, macht es dich nervös, wenn ich dir mit den Kleidern helfe?“

Ich verdrehte die Augen. „Nein, ich habe mich nur gewundert.“

Als wir zu den Stallungen kamen, waren unsere Pferde schon gesattelt. Ich quälte mich in den Damensattel, wirklich elegant schaffte ich das nicht. Mit einem anmutigen Schwung saß Caleb auf und grinste.

Ich verdrehte die Augen. „Ich möchte mal sehen, wie du mit Kleid in den Damensattel kommst.“

Sein Grinsen wurde breiter. „Das wirst du nicht erleben!“

Der Weg zum Markt führte durch die Siedlung, die ich bei meinem ersten Ausritt kennengelernt hatte. Es wurden immer mehr Häuser und die Straßen enger, bis wir schließlich am Marktplatz angekommen waren. Caleb half mir vom Pferd und ich band es fest. Ich ließ den Blick über den Markt schweifen und es verschlug mir die Sprache.

Ich hatte mich ja auf den Bällen und den Kaffeegesellschaften wie in einem Historienfilm gefühlt, aber das hier setzte dem Ganzen die Krone auf. Dutzende Holzbuden drängelten sich um die Kirche. Da waren die üblichen Stände, mit Gemüse, Obst und anderen Lebensmitteln, die ich von zu Hause kannte. Aber es gab auch Stände mit Käfigen, in denen Hasen und Hühner waren. Um die Stände herum wuselten die Bewohner, verglichen die Wahren, feilschten lautstark mit den Händlern und standen in Grüppchen zusammen, um den neuesten Klatsch auszutauschen.

„Mach den Mund zu Alex und hak dich bei mir ein, ich zeig dir, wo die Stoffe sind." Staunend ließ ich mich mitziehen. Das hier war ja so viel toller als der Supermarkt zuhause! Bei den Stoffen angekommen, steuerte ich direkt den Stand an, den mir Valerie empfohlen hatte. Ich musste ihr Recht geben. Die Auswahl war zwar nicht riesig, aber es waren wirklich besondere Stoffe darunter. Ich fand auch einen hellgelben mit Gänseblümchen. Er sah genauso aus wie der, aus dem mein zerstörtes Kleid war. Ich wollte den Stoff gerade dem Händler überreichen, da fiel mir ein, dass ich gar kein Geld hatte.

Caleb bemerkte mein Zögern, nahm mir kurzerhand den Stoff aus der Hand und reichte ihn dem Händler. „Lasst mich das übernehmen, mein Liebling."

„Das brauchst du nicht Caleb, in zwei Tagen bin ich eh wieder weg, das ist doch Verschwendung..."

Er winkte ab. „Ich habe von deinen Eltern eine ordentliche Mitgift bekommen."

Ich starrte ihn an und überlegte kurz, ob ich deswegen eingeschnappt seien sollte. Doch ich entschied mich dagegen und zuckte lediglich mit den Schultern. „Dann lass uns mal das Geld auf den Kopf hauen."

„Das ist die richtige Einstellung, Prinzessin."

Wir ließen uns von dem Händler noch passende Bänder für die Haare andrehen und machten uns dann auf die Suche nach einem Kaffee. Wir hatten Glück, dass ein anderes Paar gerade von einem Tisch in der Sonne aufstand. Wir setzten uns und ich genoss das Treiben um uns herum. Der Kellner kam und wir bestellten uns zu dem Kaffee noch frische Waffeln. „Manchmal fällt es einem schwer zu begreifen, dass hier nichts echt ist..." Caleb ließ die Gabel sinken.

„So kann man das nicht sagen, Alex. Es ist nur eine andere Realität. Du liegst ja nicht in deinem Bett und träumst von dieser Welt hier. Du bist tatsächlich hier, die Dinge, die du berührst, existieren."

Da fiel mir etwas ein, was ich ihn schon lange fragen wollte. „Kann man eigentlich Sachen von hier mit nach drüben nehmen?"

„Ja klar, aber sie verändern sich, wie die Kleidung sich der jeweiligen Welt anpasst. Genauso ist es mit Dingen, nur das man nie vorhersehen kann, wie diese sich verändern. Bücher sind kein Problem."

'Klar, er hat sie mir ja schließlich gezeigt...'

„aber als ich mal einen mp3 – Player mitnehmen wollte, hätte mir das Grammophon fast den Fuß zerschmettert, als es mir hier aus der Hand rutschte."

„Also keinen neumodischen Schnickschnack." sagte ich lachend.

Einige Leute blieben an unserem Tisch stehen, ich blickte auf und mir blieb das Lachen im Halse stecken. Ich sah direkt in das Gesicht der Hexe, sie war in Begleitung meines Nicht-Vaters, Estelle und natürlich ihm. Mir wurde heiß und kalt und ich schaffte es nicht, meinen Blick von seinem zu lösen. Noahs Gesicht war zu einer Maske erstarrt, aber seine Augen flackerten leicht. Caleb hatte sich zuerst im Griff.

Er sprang auf, um der Hexe die Hand zu küssen und ihre Einkäufe zu bestaunen. Auf dem Weg zu ihr trat er mir auf den Fuß. Es tat weh, aber es half. Ich stand auf und zwang mich, die Hexe anzusehen. Sie wollte unbedingt den Stoff und die Bänder sehen, die wir gekauft hatten. Mit zittrigen Händen zeigte ich ihr die Sachen. Caleb legte mir die Hand auf den Rücken und ich wurde ruhiger. Jedenfalls so lange, bis ich Noah ansah, der sich noch mehr versteifte, als er die vertraute Berührung sah. Ich wollte von Caleb abrücken, aber er hielt mich fest. „Denk an die Fassade.“ zischte er. Ich nickte und trat einen Schritt näher an ihn heran und legte ihm einen Arm um die Taille. Ich sah starr auf die Hexe und versuchte den Anschein zu erwecken, als würde mich ihr Geplapper über den bevorstehenden Ball interessieren.

Das klappte so lange, bis die Hexe sich zu Noah drehte. „Wir möchten gleich weiter, bitte bring die Sachen doch schon mal zur Kutsche und bereite alles zur Abfahrt vor.“ Dabei musste diese elende Planschkuh ihn natürlich wieder anfassen. Ich wäre ihr am liebsten ins Gesicht gesprungen. Mein Magen verkrampfte sich, als er leicht nickte, sich in Calebs und meine Richtung einmal kurz verbeugte und dann in die schmale Gasse neben dem Café verschwand. Caleb nahm mich in den Arm, zog mich an sich und drückte mir einen Kuss auf die Lippen. Als erste Reaktion versteifte ich mich, aber er trat mir noch mal auf den Fuß und ich fasste mich wieder. Ich legte meine Hände an sein Gesicht und drückte ihn vorsichtig von mir. „Geliebter, wir sind hier in der Öffentlichkeit, haltet an Euch, bis wir wieder zu Hause sind." Ich brachte sogar ein mädchenhaftes Kichern zustande.

Caleb entspannte sich wieder. „Wieso setzt Ihr euch nicht noch zu uns, ich könnte uns eine leckere Tarte bestellen."

Ich versuchte, angemessen begeistert von Calebs Idee auszusehen, als die Hexe auch schon einen Kellner heran gewunken hatte, damit er noch einen Tisch und Stühle auftrieb.

„Kann ich mich hier irgendwo frisch machen?" Caleb erklärte mir den Weg zu den Waschräumen. Erleichtert, von der Hexe wenigstens kurz wegzukommen, stand ich auf. Ich fand den kleinen Raum, in dem unter einem Spiegel eine Schüssel und ein Krug Wasser stand. Ich schloss die Tür, ließ etwas Wasser in die Schüssel und beugte mich hinab, um mir das Gesicht zu waschen. Ich atmete tief durch.

Als ich mich wieder aufrichtete, hätte ich vor Schreck fast geschrien. Er stand hinter mir. Ich konnte seine Miene nicht deuten. Er sah verletzt aus. Ich drehte mich um und nahm seine Hände, musste ihn unbedingt berühren, strich über seine Arme zu seinen Schultern, wanderte dann über seine Brust zu seinem Bauch, zu seinem Rücken und zog ihn an mich. Die ganze Zeit sahen wir uns in die Augen, keiner sagte ein Wort. Ich stellte mich auf die Zehenspitzen und berührte leicht seine Lippen. Er wich zurück. Irritiert sah ich ihn an.

„Fasst er dich auch an, wenn die Hexe nicht da ist?"

Daher weht also der Wind. „Noah, du weißt, dass wir nur eine Rolle spielen, die wir immer dann ausfüllen, wenn wir nicht alleine sind..."

„Bist du sicher, dass er das auch weiß?" Fast hätte ich gelacht.

„Natürlich, er ist einfach ein besserer Schauspieler, als ich und hilft mir in Momenten, wenn ich der Hexe ins Gesicht schlagen will, weil sie dich schon wieder anfasst und mit dir spricht, als würdest du ihr gehören."

Endlich entspannte er sich. Er legte seine Arme um meine Taille und beugte sich zu mir hinab. Ich spürte seinen Atem auf meiner Haut und reckte mich ihm entgegen. Er gab mir einen zarten Kuss. Seine Lippen streichelten meine, aber viel zu schnell löste er sich wieder.

„Du musst zurück und ich muss die Kutsche vorbereiten..." Ich konnte nur nicken und er verschwand so leise, wie er gekommen war. Ich wartete noch etwas, dann ging ich wieder meine Rolle spielen. Es herrschte gerade ein angeregtes Gespräch, welches Pferd sich zur Jagd am besten eignete, ich schien also nicht wirklich vermisst worden zu sein. Ich setzte mich neben Caleb und legte meine Hand auf seine und lehnte meinen Kopf an seine Schulter.

„Ach mein liebes Kind, das Eheleben scheint dir gut zu bekommen." Estelle lächelte mich breit an, ich konnte nicht anders als zurück zu lächeln.

„Mir könnte es auch nicht besser gehen. Wie geht es dir denn Amme, gibt es etwas neues?" Sie wurde doch tatsächlich rot.

„Ich habe gleich eine Verabredung mit dem Koch, der zurzeit für dich arbeitet. Daher muss ich mich jetzt leider schon verabschieden." Mit diesen Worten drückte sich mich und flüsterte mir etwas ins Ohr. Dann löste sie sich von mir und verschwand kichernd.

Ich brauchte einen Augenblick, aber dann hatte ich mich wieder unter Kontrolle. Caleb sah mich fragend an, aber ich schüttelte leicht den Kopf und setzte ein Lächeln auf.

„Meine Amme scheint es ja echt erwischt zu haben, nicht wahr Königin Mutter?" Sie seufzte genervt.

„Ja, sie ist ganz ausgewechselt, summt die ganze Zeit vor sich hin und dann starrt sie wieder nachdenklich in die Luft. Wenn das so weiter geht, musst du dir einen neuen Koch suchen, Alex. Oder du nimmst unseren."

„Wenn Cody irgendwann zu Estelle ziehen möchte, stehen wir den Zweien bestimmt nicht entgegen." Etwas änderte sich im

Blick der Hexe, aber es war so schnell wieder weg, dass ich es mir bestimmt nur eingebildet hatte. Endlich verabschiedeten sich auch die Hexe und ihr Mann.

Nach dem unvermeidlichen Küsschen links und rechts ließ ich mich äußerst undamenhaft auf den Stuhl plumpsen und legte den Kopf auf den Tisch.

„Jetzt reiß dich mal zusammen und erzähl mir, was dir Estelle ins Ohr geflüstert hat." Langsam richtete ich mich wieder auf.

„Sie sagte 'Ich glaub an dich.', ich hoffe das bedeutet, dass sie uns helfen wird."

Caleb winkte der Kellnerin. „Zwei Gläser Champagner bitte, wir haben was zu feiern."

Etwas beseelt von den doch mehr als zwei Gläsern Champagner kamen wir nachmittags wieder im Schloss an und legten uns erstmal ins Bett.

„Alex, wach auf." jemand rüttelte mich unsanft. Widerwillig öffnete ich ein Auge. 'Am Tag trinken ist eine schlechte Idee gewesen...' Ich öffnete langsam die Augen und war mit einem Mal hellwach.

„Noah. Was machst du hier?" Neben mir drehte sich Caleb und grummelte etwas vor sich hin. Noahs Lippen wurden schmal.

„Wir müssen den Schein wahren..."

„Ich weiß, ich find es trotzdem nicht schön."

Ich stieß Caleb grober als nötig an. „Los, aufwachen, es scheint ein Problem zu geben."

„Ich hoffe es ist ein riesiges, wenn du mich schon wecken musst." Auch er setzte sich abrupt auf, als er Noah erkannte. „Mann, du weißt, dass wir das Ehepaar nur spielen, kein Grund..."

„Darum geht es gar nicht, Caleb. Die Hexe hat Cody und Estelle verhaftet."

Ungläubig riss ich die Augen auf.

„Bis heute Nachmittag wusste sie nicht, wer der neue Verehrer von Estelle ist. Sie kennt Cody aus der Zeit, als sie die Portale geschlossen hat. Er hatte die Bewohner vor ihren Machenschaften gewarnt, deswegen wollte sie ihn damals einsperren, allerdings ist er in letzter Sekunde entkommen. Als sie heute den Namen von Estelles Verehrer erfahren hat, hat sie kurzen Prozess gemacht und beide eingesperrt."

Ich schlug die Hand vor den Mund. „Ich war es, ich habe ihr den Namen gesagt..."

„Du konntest nicht wissen, dass er seinen Namen geheim gehalten hat."

„Trotzdem ist es meine Schuld... während Caleb und ich gefeiert haben, dass Estelle uns unterstützen will, hat die Hexe sie eingesperrt..." Ich warf Caleb einen wütenden Blick zu, der abwehrend die Hände hob.

„Guck mich nicht so an, ich kann da auch nichts für!"

„Aber du hast das Glas Champagner bestellt!“

„Und du das Zweite und Dritte. Wir können es jetzt nicht mehr ändern.“

Er wandte sich Noah zu. „Hast du einen Plan?“

„Noch hat sie keine Idee, dass wir auch mit drinstecken, das muss auch so bleiben. Deswegen muss ich mich auch gleich wieder auf den Rückweg machen.“ Mein Herz setzte aus. 'Er ist doch grade erst gekommen!' Ich griff nach seiner Hand und blickte zu ihm hoch. Er guckte stur aus dem Fenster. „Noah...“

Caleb räusperte sich. „Ich geh dann mal, ähm, in die Küche.“

Ich lächelte ihn dankbar an und stellte mich dann vor Noah.„Hey, sieh mich an.“ Er seufzte und sah mir endlich in die Augen. Er sah so gequält aus, dass es mir einen Stich versetzte. Ich stellte mich auf die Zehenspitzen und nahm sein Gesicht in meine Hände.

„Wir kriegen das schon hin.“

„Wie?“

„Das überlege ich mir morgen.“ Ich zog ihn zu mir runter und küsste ihn. Er verkrampfte sich und ich befürchtete schon, er würde mich wegschieben, aber dann schlang er seine Arme um meine Taille und erwiderte den Kuss. Alles um mich herum löste sich auf. Keine Ahnung, wie viel Zeit verging, alles zwischen 5 Sekunden und einer Stunde war möglich, als die Tür aufging.

„Es tut mir leid euch zu stören, aber wenn du vor dem Morgengrauen wieder beim Schloss seien möchtest, musst du dich langsam auf den Weg machen, Noah." Langsam lösten wir uns voneinander. Er beugte sich zu mir runter und gab mir einen sanften Kuss.

„Bis bald." Noah nickte Caleb zu und verschwand durch das Fenster. Es fühlte sich an, als hätte er einen Teil von mir mitgenommen.

„Und jetzt?" ratlos wandte ich mich zu Caleb.

„Jetzt essen wir erst mal etwas und machen einen Plan, was sonst?" Wir gingen in die Küche, suchten uns Sachen für einen Mitternachtssnack zusammen und setzten uns an den Küchentisch.

„Was wird die Hexe mit den Beiden machen?"

Caleb zuckte mit den Schultern. „Sie wird von ihnen wissen wollen, ob sie was geplant haben, um sie zu stürzen. Wir können nur hoffen, dass sie dichthalten, bis wir sie befreit haben..."

Ich sog erschrocken die Luft ein. „Wird sie ihnen wehtun?"

„Sie werden nicht auf eine Streckbank gespannt, wenn du das meinst, aber Schlafentzug und andauernde Befragung ist auch nicht angenehm..."

Ich legte den Kopf auf den Tisch. „Oh man und morgen kommt die Hexe hier hin... ich weiß nicht, ob ich das hinbekomme..."

Caleb richtete mich an meinen Schultern auf und sah mich eindringlich an. „Natürlich bekommst du das hin, du bist schließlich 'Die Eine'."

Ich schlug seine Hände weg. „Red nicht so einen Blödsinn! Du weißt, dass ich daran nicht glaube!“

„Musst du auch gar nicht, wichtiger ist, dass andere es glauben, damit sie dir helfen!“

„Und wie stellen wir das an?“

„Ich habe gestern mit der Wäscherin über den Spruch geredet und habe dabei ganz aus Versehen die Parallelen zu deinem Verschwinden und deiner Wiederkehr erwähnt und sie versprechen lassen, es niemandem gegenüber zu erwähnen. Was so viel heißt, dass es mittlerweile alle Schloss- und Dorfbewohner wissen dürften.“

Mit großen Augen sah ich ihn an. „Und wenn die Hexe davon Wind bekommt?“

„Sie hat eh schon Angst, dass du es bist.“

Ich seufzte. 'Das erklärt wenigstens, warum mich die anderen Schlossbewohner heute den ganzen Tag so komisch angeguckt haben...' „Aber wie hilft uns das gegen die Hexe?“

„Je bekannter du bist, desto schwieriger wird es für sie, dich einsperren zu lassen, falls sie doch etwas davon weiß, dass wir gegen sie arbeiten. Wenn morgen Charlotte mit den anderen Gedeankenreisenden kommt, setzen wir uns zusammen.“

Plötzlich hatte ich eine Idee. „Lass uns Joanne zu dem Treffen einladen, ich glaube, sie würde uns helfen oder uns wenigstens nicht verraten...“

Skeptisch schaute er mich an, aber schließlich nickte er.

„Einen Versuch ist es wert.“

„Ich werde morgen früh zu ihr reiten und mit ihr sprechen! Vielleicht weiß sie auch noch jemanden...“

„Mach dir nicht zu große Hoffnungen, wir können schon froh sein, wenn sie dich anhört und nicht sofort zur Hexe rennt!“

Ich straffte die Schultern. „Es wird klappen.“

„Na dann! Aber jetzt lass uns ins Bett gehen, du siehst irgendwie immer noch müde aus.“ Grinsend legte er den Arm um mich. „Du bist das Trinken am Tag echt nicht gewohnt.“

„Kann ja nicht jeder ein versoffener Adeliger sein.“

25.

Obwohl ich den ganzen Nachmittag geschlafen hatte, wachte ich erst auf, als die Sonne schon durch den Vorhangspalt schien. Ich läutete nach Eva, damit sie mir beim Anziehen half und ging in den Salon frühstücken. Caleb saß schon unten und war fast fertig. „Da bist du ja endlich, ich wollte schon hoch gehen und dich wecken, du wolltest doch früh los!" Ich warf ihm einen Blick zu, der ihm deutlich machte, mich besser erst dann nochmal anzusprechen, wenn der Kaffee wirkte. Wortlos reichte er mir die Kaffeekanne.

Nachdem ich die erste Tasse getrunken hatte, funktionierte mein Kopf. „Guten Morgen."

„Guten Morgen, wir haben Post bekommen."

Erschreckt sah ich ihn an. „Deinem Tonfall nach, war es nichts Erfreuliches..." Wortlos schob er mir einen Brief zu. Ich faltete ihn auseinander.

Fassungslos ließ ich den Brief sinken. „Wie dreist kann man sein?"

Caleb zuckte mit den Schultern. „Sie ist es gewohnt, dass niemand ihr Wort in Frage stellt..."

„Das wird ab sofort aufhören!! Die Bewohner müssen endlich die Augen öffnen. " Ich griff nach einem Croissant und ging in den Stall. Der Knecht machte die Kutsche bereit und brachte mich zu Joanna.

„Alex, was führt Euch zu mir? Ist etwas geschehen?" Ich nickte nur und sie bat mich hinein. Zusammen gingen wir in den Salon. Sie setzte sich und sah mich abwartend an. 'Oh man, ich hätte mir überlegen sollen, was ich zu ihr sage... Scheiße, wie bittet man jemanden um Unterstützung in einem Aufstand, der zum Scheitern verurteilt ist?' Ich lief vor dem Kamin auf und ab. Da stand Joanna auf, kam zu mir, hielt mich an den Schultern fest und sah mir in die Augen.

„Alexandra, sagt es einfach, Ihr macht mich ganz nervös. Ist etwas mit Caleb oder Eurer Mutter?"

„Sie ist nicht meine Mutter und das weißt du
auch!" Entgeistert ließ sie mich los und machte einen Schritt
rückwärts. 'Na toll, das war nicht der beste Start...' „Joanna, ich
wollte dich nicht erschrecken, aber wir wissen, dass du Cody
erkannt hast und weißt, was die Königin den Bewohnern hier
antut. Caleb und ich versuchen sie mit anderen
Gedankenreisenden aufzuhalten. Wir brauchen deine Hilfe. Du
kennst die Bewohner, du weißt, wer auch die Wahrheit kennt.
Wir wollen uns morgen während des Balles im Kaminzimmer
treffen und überlegen, wie wir vorgehen können."

Ihre Augen wurden immer größer und sie schüttelte den
Kopf, ihre Stimme war fast nur ein Flüstern. „Ich kann nicht, sie
wird wieder anfangen, Leute einzusperren. Es ist endlich Frieden
eingekehrt..."

„Frieden nennst du das? Sie hat schon wieder Leute
eingesperrt, Estelle und Cody sind gefangen. Auch Estelle war
bereit uns zu helfen..."

„Du siehst ja, was es ihr gebracht hat! Du bringst mich und
meinen Mann in Gefahr, er kann hier nicht weg. Wenn die
Königin erfährt, dass ich es könnte, würde sie ihn einsperren um
mich hier zu halten! Bitte geh jetzt."

„Ist das wahr, Joanna? Werden wir hier gegen unseren Willen
gefangen gehalten?"

Wir wirbelten herum. Joannas Mann stand mit großen Augen

in der Tür. Eilig lief Joanna zu ihm. „Das musst du falsch verstanden haben, Liebling, alles ist in Ordnung."

„Warum bist du dann weiß, wie die Wand und die Prinzessin ist hier und sieht auch ganz aufgelöst aus?"

„Sie hat sich Sorgen wegen Caleb gemacht. Er ist erkältet, aber ich habe ihr einen Tee versprochen, mit dem es ihm morgen wieder gut geht..."

Sie sah mich flehend an. Ich löste mich aus meiner Starre und nickte. „Genau, schlimmer Husten." Er blickte zwischen uns beiden hin und her. Man konnte förmlich sehen, wie es hinter seiner Stirn arbeitete.

Er wollte uns glauben, kurz wirkte es so, als würde er dem nachgeben, aber dann richtete er sich auf und sah Joanna ernst an. „Bitte verkauf mich nicht für dumm, ich weiß immer, wann du lügst."

Joanna ließ sich gegen seine Brust sinken. Sie atmete tief durch. „Na gut, du hast recht, ich werde dir alles erzählen." Sie führte ihn zum Sofa und wandte sich dann mir zu. „Kannst du uns bitte alleine lassen?"

„Natürlich. Sehen wir uns auf dem Ball?"

Joanna seufzte. „Wir werden sehen..."

„In Ordnung." Ich ging zurück zur Kutsche und ließ mich ins Schloss fahren.

Wieder im Schloss angekommen hatten Caleb und ich noch

kurz Zeit, das Geschehene bei Joanna zu besprechen und einigten uns darauf, dass es auf jeden Fall kein kompletter Reinfall gewesen war. Dann klopfte schon der Page und teilte uns mit, dass die Kutsche der Hexe gesichtet wurde.

Ich hakte mich bei Caleb ein und stellte mich mit ihm zusammen am Eingang auf, um mit dem Theater des verliebten Ehepaares zu beginnen. Wie erwartet saß Noah auf dem Kutschbock. Geflissentlich vermied ich es, ihn anzusehen und hielt mich an Caleb fest. 'Verdammte Axt, reiß dich mal zusammen, du brauchst nicht Schnappatmung zu bekommen, nur weil er in der Nähe ist!!'

Aber das war leichter gedacht, als getan, denn als er vom Kutschbock sprang, um die Tür zu öffnen, wurde mein Blick automatisch von der Bewegung angezogen. Als hätte er es gespürt, sah er in diesem Augenblick in meine Richtung. Ich schaffte es nicht, woanders hinzusehen. Seine Augen blitzten kurz auf, als er meinen Blick einfing. Trotz der Entfernung zwischen uns blieb mein Herz erst stehen, nur um dann in Spurt auszubrechen. Ich war unfähig wegzusehen, Caleb verstärkte den Griff und drückte mir einen Kuss auf die Haare. „Alex, hör auf Noah mit deinen Augen auszuziehen." raunte er in mein Ohr. Noah geriet ins Stolpern und der Moment war vorbei.

Ich räusperte mich und lächelte Caleb an. „Tut mir leid, hab mich wieder unter Kontrolle."

„Hoffentlich bleibt das so..."

Nach der übertrieben herzlichen Begrüßung meiner Nichteltern brachte der Page die Garderobe der beiden in ihr Zimmer und wir gingen in den Salon, um Tee und Kaffee zu trinken. Glücklicherweise wollte sich die Hexe vor dem Ball noch ausruhen, sodass wir nicht lange Höflichkeiten austauschen mussten. Ich fragte kurz nach dem Befinden von Cody und umklammerte meine Tasse mit beiden Händen, weil die Hexe noch nicht einmal zuckte, als sie mir versicherte, er sei auf dem Weg der Besserung und die Ärzte würden sich sehr gut um ihn kümmern.

Unfähig, darauf etwas zu antworten, sprang Caleb für mich ein und bedankte sich für ihre Mühen. Mir wurde schlecht und ich musste mich beherrschen, nicht die Kaffeetasse, die in meiner Hand gefährlich zitterte, gegen die Wand oder noch besser gegen ihren Hinterkopf zu schmeißen, als die beiden endlich in ihr Zimmer gingen. Caleb nahm mir vorsichtig die Tasse aus den Händen und legte mir beruhigend den Arm um die Schultern. „Nicht mehr lange, dann werden wir sie stürzen. Wenn unsere Freunde heute Abend auf dem Ball sind, werden wir uns etwas einfallen lassen.“

Ich seufzte und lehnte mich gegen ihn. „Wenn du meinst...“

Er lachte leise. „Ein bisschen mehr Enthusiasmus könnte dir nicht schaden!“

Ich seufzte und sah ihn an. „Du hast Recht, schließlich sind wir heute auf einen Ball eingeladen und ich muss gleich zur letzten Anprobe meines neuen Kleides."

„Na, wenn das kein Grund zur Freude ist." Wir mussten beide
lachen.

Kurze Zeit später machte ich mich auf den Weg zu der
Schneiderin. Das Kleid war wirklich atemberaubend. Es war aus
karmesinroter Seide, hatte eine feste Corsage und lange Ärmel.
Der Ausschnitt war gerade und die Ränder waren mit weißer
Spitze unterlegt. Der Rock wurde durch mehrere Unterröcke aus
Tüll so breit, dass ich froh seien konnte, dass in Calebs Schloss
fast nur Flügeltüren verbaut waren. Sprachlos betrachtete ich
mich im Spiegel. Vorsichtig strich ich mit den Händen über den
glatten Stoff. Er fühlte sich herrlich kühl an.

„Vorne muss es noch etwas abgenäht werden, sonst stolpert
Ihr."

Geschäftsmäßig zog die Schneiderin an dem Saum des Kleides
und riss mich so aus meiner Träumerei. 'Es ist nur ein Kleid,
wenn alles glatt geht, hast du bald wieder Jeans an...' Kurz
überlegte ich, ob ich die Kleider wohl vermissen würde, aber
dann fiel mir wieder ein, wie lästig schon ein einfacher
Toilettenbesuch damit war. Nach dem Abstecken stieg ich aus
dem Kleid. Ich zog mich um, besser gesagt, ich ließ mich
umziehen und ging in den Garten.

26.

Es war wundervolles Frühlingswetter. Die Sonne schien und ein leichter Wind wehte den Duft der Wildblumenwiesen zu mir. Auf einer Bank lehnte ich mich zurück und schloss die Augen. 'Hoffentlich kommen heute Abend genug Leute, die uns helfen und es kann auch nicht schaden, wenn ein oder zwei wüssten, was zu tun ist. Oh man, wenn nur schon morgen wäre...' Plötzlich fiel ein Schatten über mich. Ich öffnete die Augen und erstarrte.

Vor mir stand mein Nicht-Vater. Es war mir unmöglich etwas zu sagen. Um mein Erstaunen noch größer zu machen setzte er sich neben mich und sah mich abgespannt an. Er blickte sich über die Schultern. „Hör mir genau zu, ich hab nicht viel Zeit, bevor die Königin wieder aufwacht. Ich hab mit Cody und Estelle gesprochen, ich weiß was ihr plant und ich werde euch helfen. Meine Helfer im Schloss haben die zwei mittlerweile befreit, sie werden ebenfalls morgen Abend auf dem Ball erscheinen. Sie bringen noch einige Gleichgesinnte mit und dann sind wir die Königin ein für alle Mal los!"

Meine Gedanken rasten – leider im Kreis, so dass ich keinen

zu fassen bekam. 'Das ist zu einfach. Es macht überhaupt keinen Sinn, dass er hier plötzlich auftaucht und einen auf Mitverschwörer macht. Am besten dumm stellen...' Bei dem Karussell in meinem Kopf fiel mir das nicht schwer. „Wovon sprichst du, Vater?“

Er winkte ab. „In Ordnung, wenn du mir nicht traust, aber glaub mir, ich bin auf eurer Seite und kann helfen! Es ist äußerst hilfreich, wenn einen die eigene Frau für zu unbedeutend hält um auch nur seine Anwesenheit zu registrieren. Ich kenne ihre Schwachpunkte und vor allem weiß ich, wie wir sie ausschalten und die Portale wieder in beide Richtungen passierbar machen können.“

Es fühlte sich an, als wäre in meinem Bauch gerade etwas explodiert. Ich war sprachlos und konnte meinen Nicht-Vater nur mit großen Augen anstarren.

„Cody und Estelle werden dir nachher alles Weitere erklären. Versuch Caleb vorher loszuwerden.“

Das riss mich aus meiner Erstarrung. „Warum das denn?“

„Er ist der Bruder der Hexe...“ Kopfschüttelnd versuchte ich einen klaren Gedanken zu fassen.

'Das konnte nicht sein...' Ich sah auf. „Das macht doch keinen Sinn. Er hat mir doch die Namen der Reisenden gegeben. Ohne ihn wäre die Sache gar nicht ins Rollen gekommen. Außerdem hat er mich doch erst zurückgeholt. Warum hätte er das tun sollen? Noah wäre im Gefängnis und für die Hexe alles in schönster Ordnung."

„Das können wir uns auch nicht erklären. Vielleicht möchte er die Hexe auch loswerden oder er wollte dich unter Kontrolle haben..." Mein Nicht-Vater blickte sich immer wieder über die Schulter.

„Aber warum? Wäre es nicht besser, wenn ich nicht wiedergekommen wäre?"

Er lachte freudlos. „Warst du nicht eh schon auf dem Weg zurück?" Da musste ich ihm recht geben.

„Ich muss jetzt zurück, bevor die Königin merkt, dass ihr ach so unbedeutender Mann tatsächlich nicht anwesend ist, um zu springen, wenn sie es will." Mit diesen Worten eilte er zum Schloss und ließ mich fassungslos auf der Bank sitzen.

Die Sonne, die eben noch so warm schien, hatte ihre Kraft verloren und es fröstelte mich. Betäubt machte ich mich auf den Weg zurück zum Schloss. 'Oh Gott, was mach ich denn jetzt? Wie konnte ich mich in Caleb so getäuscht haben? Weiß die Hexe denn dann nicht schon von unseren Plänen? Gehen wir ihr dann heute Abend auf dem Ball in eine Falle? Ich musste Charlotte warnen!' Eilig lief ich zum Schloss. Ich musste Charlotte anrufen. Möglichst unauffällig ging ich in mein Zimmer. Ich musste zu meinem Handy auf der anderen Seite.

Das Zimmer fing gerade an sich zu drehen, als ich grob an den Schultern gepackt wurde.

„Bist du verrückt zu reisen, während die Hexe hier ist?“

Ich erkannte die Stimme und atmete erleichtert aus. „Du hast mich zu Tode erschreckt. Was machst du hier, Noah?“

Er ließ meine Arme los. „Ich bin dir gefolgt.“

„Warum?“ Mit den Fingern drückte er gegen seinen Nasenrücken.

„Du warst so auffällig unauffällig, dass ein Blinder gesehen hätte, dass du etwas im Schilde führst.“

Entschlossen schob ich meinen aufkeimenden Ärger über diese Bemerkung beiseite, dazu hatten wir keine Zeit. Rasch brachte ich ihn auf den neuesten Stand. Dass der König uns angeblich helfen wollte, dass Caleb angeblich der Bruder der Hexe sei und uns daher hintergehen könnte und wie mir das alles zu viel wurde. Mit beiden Händen fuhr er sich durch die Haare und lief im Zimmer auf und ab. Nach einigen Runden stellte ich mich ihm in den Weg. „Jetzt bleib doch bitte stehen, du machst mich ganz nervös.“

Noah fasste mich an den Schultern und sah mich eindringlich an. „Alex, ich weiß, dass die beiden Geschwister sind. Als ich und die Hexe noch ein Paar waren, haben wir viel zusammen gemacht.“

Ich war fassungslos. „Wieso habt ihr mir das nie gesagt?“

Er sah mich entschuldigend an. „Es ist nicht wichtig.“

„Wie bitte?? Nicht wichtig? Ich wollte gerade Charlotte warnen, es wäre heute Abend keiner gekommen! Die ganzen

Vorbereitungen wären umsonst gewesen!" Nun fing ich an, im Raum hin und her zu laufen. „Gibt es noch etwas, was ihr mir nicht erzählt habt, weil es nicht wichtig ist?" Ich funkelte ihn an. Beschwichtigend legte er wieder seine Hände auf meine Schultern, ich schüttelte sie ab.

„Wir haben einen Vorteil." Zweifelnd sah ich ihn an. „Wenn die Hexe ihren Mann geschickt hat, glauben sie, dass sie einen Keil zwischen uns getrieben haben. Wenn er tatsächlich auf unserer Seite ist, haben wir einen wichtigen Partner, vor allem, wenn es stimmt, dass er weiß, wie man sie aufhalten kann." Er griff nach meiner Hand und kreiste seinem Daumen über meinen Handrücken. „Es tut mir leid, dass ich es dir nicht gesagt habe."

„Es hätte mir eine Menge Nerven gespart, wenn ich es gewusst hätte. Aber du hast Recht. Wenn der König von der Hexe geschickt wurde, war es besser, dass ich es nicht wusste, so passte mein Gesichtsausdruck besser..." Noah entspannte sich. Mit seinem rechten Arm zog er mich an sich und strich mir mit der linken Hand eine Strähne hinters Ohr. Ich musste ihm nah sein und reckte mich ihm entgegen. Ich sog seinen Duft nach Holz, frischer Luft und Sonne ein. Seine Lippen streiften meine. Ganz leicht, aber das reichte mir nicht. Ich drückte mich an ihn, legte die Arme um seinen Hals und zog ihn näher zu mir. Noah seufzte ergeben und erwiderte den Kuss, während er meine Taille umschlang.

„Ich muss zurück in den Stall, bevor mich jemand vermisst. Vielleicht hast du ja Lust, mich mal zu besuchen.“

Schmetterlinge breiteten sich in meinem Bauch aus. Ich seufzte. „Das würde ich echt gerne, aber solange die Hexe mit ihrem Personal hier ist, bin ich unter ständiger Beobachtung.“

„Ich hasse das...“ Er gab mir noch einen schnellen Kuss und verschwand über den Balkon.

Mir schwirrte immer noch der Kopf, als die Tür zu meinem Schlafzimmer geöffnet wurde. Es war Caleb, er sah sich suchend um. Als er mich erblickte, atmete er erleichtert aus.

„Hier steckst du, ich habe dich schon überall gesucht!“

„Ich musste etwas erledigen.“

Er schüttelte verwirrt den Kopf. „Was denn erledigen? Alex, was ist los? Mir kannst du es doch sagen, Geheimnisse nützen uns beiden nichts!“

Fassungslos starrte ich ihn an. „Das ich nicht lache, Geheimnisse nützen uns beiden nichts! Das sagt ja der Richtige!!“

Caleb wollte mir die Hand auf die Schulter legen, aber ich schüttelte sie ab. „Ich habe gerade von meinem Nicht-Vater erfahren, dass du der Bruder meiner Nicht-Mutter bist, was sich irgendwie komisch anfühlt, obwohl du in keiner Weise mein Nicht-Onkel, geschweige denn mein richtiger Onkel bist, wobei das auch nichts machen würde, da wir ja nur im Schein verheiratet sind. Dann habe ich von Noah erfahren, dass er weiß, dass du der Bruder der Hexe bist und dass das nichts an unseren Plänen ändert, da wir auf derselben Seite stehen. Wir haben also entweder einen neuen Verbündeten oder deine Schwester weiß mehr über unsere Pläne, als uns lieb ist."

Während meines Ausbruchs hatte Caleb sich gesetzt. Man sah es hinter seiner Stirn förmlich arbeiten. Irgendwann stand er wieder auf und reichte mir seinen Arm. „Ok, dann weißt du jetzt ja alles. Tut mir leid, dass ich es dir nicht erzählt habe, aber Noah hat Recht, es ändert nichts und jetzt lass uns zum Abendessen gehen." Er grinste mich breit an und ich konnte es mir nicht verkneifen zurück zu grinsen. Kopfschüttelnd legte ich meine Hand in seine Armbeuge und wir gingen in den Salon zum Essen.

Auch wenn Noah und Caleb mir gesagt hatten, dass es nichts ändert, dass die Hexe die Schwester von Caleb ist, ging mir der Gedanke den ganzen Abend im Kopf herum. Ich konnte mir einfach nicht wirklich vorstellen, dass es jemanden kalt ließ, wenn man gegen seine Familie vorging. Manchmal wünschte ich meinem Bruder auch die Pest an den Hals, aber Gnade ihr Gott, er bekäme sie wirklich. Nach dem Essen entschuldigte ich mich mit Kopfschmerzen. Caleb sah mich besorgt an, erhob sich ebenfalls und begleitete mich in unser Zimmer.

„Was ist denn los mit dir? Du hast ja kaum drei Sätze am Stück geredet." Ich warf die Arme in die Luft.

„Mensch Caleb, die Hexe ist deine Schwester...“ Er nahm meine Hände.

„Vertraust du mir nicht?“

„Das ist es nicht, jedenfalls nicht nur. Ich glaube dir, dass du die Portale wieder öffnen willst. Aber was, wenn wir sie tatsächlich in irgendein verlassenes Paralleluniversum verbannen müssen, um das zu erreichen? Sie wird das bestimmt nicht ohne Gegenwehr einfach in mit uns kommen, damit wir sie einsperren können. Könntest du das deiner Schwester antun? Du würdest sie wahrscheinlich nie wieder sehen. Das kann ich nicht verlangen! Es muss einen anderen Weg geben...“ Er atmete tief durch.

„Alex, du hast es doch gar nicht verlangt. Deswegen habe ich dir auch nicht gesagt, dass sie meine Schwester ist, aber, ganz ehrlich? Meine Schwester existiert seit 10 Jahren nicht mehr. Sie hat sich in diese machtgeile Hexe verwandelt, die allen Menschen hier ihren Willen aufzwingt. Ich fühle mich dadurch, dass sie meine Schwester ist, dazu verpflichtet, sie aufzuhalten. Glaub mir, ich habe es am Anfang mit Reden versucht, Noah und ich haben stundenlang mit ihr zusammengesessen. Ich habe versucht zu verstehen, warum sie das hier überhaupt abzieht, aber es hat alles nichts genützt. Und jetzt haben wir endlich die Chance... Wenn dein Bruder etwas wirklich Falsches machen würde, könntest du das zulassen?“ Langsam nickte ich.

Er zog mich an sich. Ich drückte ihn einmal und machte mich

dann von ihm los. „Ich leg mich jetzt hin, gehst du nochmal runter?"

„Nein, ich geh auch ins Bett. Soll ich dir mit dem Kleid helfen?"

Nach einem überraschend erholsamen Schlaf wachte ich auf. Caleb lag noch schlafend neben mir. Leise stand ich auf und schlich mich ins Bad. Anschließend ging ich in mein Ankleidezimmer und läutete nach Eva. Ich bat sie, mir mit dem Kleid zu helfen, da ich vor dem Frühstück noch ein bisschen spazieren gehen wollte. Sie sah mich irritiert an, sagte aber nichts. Ich ging noch beim Salon vorbei und trank einen hastigen Kaffee. Dann machte ich mich auf den Weg zum Stall. Es ist nicht so, dass ich bewusst diesen Plan gefasst hatte, aber seit Noah gestern sagte, ich solle ihn mal besuchen, ging mir dieser Gedanke nicht mehr aus dem Kopf. Es fühlte sich nach der selbstverständlichsten Sache der Welt an.

Ich sah mich immer wieder um, damit ich sicher sein konnte, dass mir keiner folgte. Im Stall angekommen, schloss ich die Tür und sah mich suchend um. Lächelnd erkannte ich seine Stiefel, die aus der hintersten Box ragten. Ich schlich mich zu ihm und beobachtete Noah beim Schlafen. Er sah total entspannt aus, sein Haar stand zu allen Seiten ab und sein Mund war leicht geöffnet. Schon bei dem Anblick bekam ich Herzklopfen. Ich trat in die Box und legte mich neben ihn. Vorsichtig berührte ich seine Wange. Er zuckte und öffnete die Augen. Er blinzelte zweimal, dann grinste er und rollte sich auf mich. Noah strich eine Strähne hinter mein Ohr, beugte sich zu mir hinunter und küsste mich. Mir entwich ein Stöhnen. Ich vergrub meine Hände in seinen Haaren und zog ihn näher zu mir. In meinem Kopf begann sich alles zu drehen und ein Kribbeln breitete sich von meinem Bauch über meinen ganzen Körper aus. Noah ließ von meinem Mund ab, küsste mein Kinn und wanderte von dort weiter meinen Hals hinab. Ich drückte mich ihm entgegen. Seine Hände wanderten das Mieder von meinem Kleid hinab und ich spürte seinen Herzschlag. Ich strich über seinen Rücken, versuchte sein Hemd aus der Hose zu ziehen – und scheiterte. „Du hast viel zu viel an.“

Noah hob seinen Kopf und blickte mir in die Augen. Es verschlug mir den Atem - sein Blick war dunkel und wanderte zu meinem Mund. Unwillkürlich biss ich mir die Lippen.

Er kniff die Augen zusammen, stützte sich mit den Armen ab und glitt neben mich. Seine Nähe fehlte mir sofort und ich protestierte. Dass er neben mir lachte, schmälerte meinen Frust nicht im Geringsten. Ich streckte meine Hand nach ihm aus und wollte ihn wieder zu mir ziehen, aber er hielt meine Hand fest und küsste sie. „Stopp Alex, es könnte jederzeit jemand reinkommen, das ist zu riskant.“

„Das ist mir egal. Du fehlst mir, es macht mich verrückt, dass du in meiner Nähe bist und ich dich noch nicht einmal ansehen kann…"

„Du fehlst mir auch, aber du weißt, dass ich recht habe."

Entnervt stöhnte ich auf. „Klugscheißer mag niemand, Noah."

Er lachte schon wieder. Ich rappelte mich auf und versuchte mir das Stroh abzuschütteln. Seinem Gesichtsausdruck nach, gelang mir das nicht wirklich. „Hör doch mal auf zu zappeln, ich helfe dir." Er zupfte mir geduldig das Stroh aus den Haaren und entfernte noch andere verräterische Halme von meinem Kleid. Seine Nähe war mir viel zu bewusst und mein Atem wurde unregelmäßig. Aus seinem Blick war das spöttische Grinsen verschwunden.

Er vergrub seine Hände in meinen Haaren und drängte mich an die Stallwand. Unter seinem Blick wurden meine Extremitäten zu Gummi, aber er hatte tatsächlich recht... Es kostete mich meine gesamte Willenskraft, meine Hände auf seine Brust zu legen. „Noah, stopp."

Schwer atmend legte er die Stirn gegen meine. „Ich glaube, du solltest gehen Alex..."

„Ich weiß." Ich trat einen Schritt zurück. „Pass auf dich auf."

Er lächelte gequält. „Du auch..."

Ich versuchte auch ein Lächeln und ging.

Ich hatte nicht die leiseste Ahnung, wie lange ich weg gewesen war und stellte erleichtert fest, dass noch alles ruhig war. Ich schlich zurück ins Schlafzimmer und schloss die Tür hinter mir. Caleb saß im Bett und sah mich halb belustigt und halb strafend an.

„Bevor du etwas sagst, es hat uns niemand gesehen."

„Das will ich aber auch hoffen. So wie du aussiehst, kann sich ein Blinder denken, was du gemacht hast, was hast du dir dabei gedacht?"

„Was denkst du wohl?"

Caleb verdrehte die Augen. „Auf jeden Fall musst du dich umziehen und frisch machen. Ich hole dir ein Kleid zum Wechseln, Eva sollte dich nicht so sehen."

Während er mir beim Umziehen half, schnalzte Caleb immer wieder missbilligend mit der Zunge. „Das war sehr riskant Alex, bitte mach das nicht noch mal. Wenn ich daran denke, wie du mich angeschrien hast, als ich dich verdächtigt habe zu ihm geritten zu sein... und jetzt machst du es tatsächlich. Wir können froh sein, dass wir nicht aufgeflogen sind."

„Ich weiß, ich verspreche es. Aber nur wenn du aufhörst mit deiner Zunge zu schnalzen, wie eine vertrocknete Gouvernante!"

Das brachte Caleb zum Grinsen. Ich war erleichtert, er hatte ja recht, es war eine dumme Idee und wir haben echt Glück gehabt, dass mich keiner gesehen hat. „Das ist nur fair. So, jetzt bist du wieder eine vorzeigbare Prinzessin und Ehefrau eines

Grafen."

Ich täuschte einen Knicks an. „Dankeschön." Er bot mir seinen Arm an und wir gingen gemeinsam in den Salon um zu Frühstücken. Meine Nicht-Eltern waren schon da und grüßten uns mit einem Nicken.

Der Tag zog sich endlos. Die Hexe zwang mich dazu, mit ihr im Park spazieren zu gehen und redete dabei ohne Punkt und Komma über ihr Kleid, das sie heute zum Ball tragen würde und warum es so viel besser sei, als alle anderen Kleider. Ich musste mich beherrschen, nicht mit dem Kopf zu schütteln und sie zu fragen, wen sie hier für dumm verkaufen wollte.

Als wir bei den Stallungen vorbeikamen, war er gerade dabei die Kutsche der Hexe für die Fahrt zum Ball vorzubereiten. Sie lächelte mich heimtückisch an. „Komm, meine Tochter, ich gebe dir eine Lektion darin, wie man mit den Angestellten umgeht." In mir verkrampfte sich alles. „He, Bursche, komm mal her."

Noah hob den Kopf und sein Blick war komplett leer. Er kam zu uns und verneigte sich leicht in unser beider Richtung. „Was kann ich für Euch tun, Eure Hoheit?" Er versuchte, die ihm entgegen gestreckter Hand zu ignorieren, aber sie wedelte so lange damit herum, bis er sie nahm und zu seinen Lippen führte. Anschließend legte sie ihm wieder die Hand auf den Unterarm und strich hinauf bis zur Schulter, wo sie kurz innehielt. Ich musste wegsehen. „Danke für die hervorragende Arbeit. Wir werden kurz nach dem Kaffee aufbrechen. Halte dich bereit." Während sie mir zuzwinkerte, sah ich aus dem Augenwinkel, wie sie mit der Hand noch kurz über seine Brust fuhr und sie dann endlich wieder senkte. Mir war schlecht.

Ich war froh, als ich mich endlich zurückziehen konnte. Ich boxte mehrmals in mein Kissen, und drückte anschließend meine Handballen gegen die Augen. Doch ich konnte das Bild von ihrer Hand auf seinem Arm, seiner Schulter und dann auch noch seiner Brust nicht vertreiben. Mir stieg Galle hoch und ich hätte am liebsten geschrien. Stattdessen biss ich in das Kissen. Ich weiß nicht, wie lange ich dort gelegen habe, aber irgendwann merkte ich, wie mir jemand beruhigend über den Rücken strich. Ich drehte mich um und sah in Calebs abwartendes Gesicht. „Was hat sie getan?"

„Erst hat sie, fast schon grenzdebil, über ihr Kleid schwadroniert, nur um dann absolut berechnend Noah heranzupfeifen und ihn nach Lust und Laune zu begrapschen und er lässt es auch noch geschehen, ohne mit der Wimper zu zucken. Sie hat mir zugezwinkert, während sie ihn schamlos berührt hat..."

Caleb seufzte. „Ich weiß, sie macht das schon seit Jahren so...Sie hat den Verstand verloren. Sie hatte schon immer das Bedürfnis, dass alle nach ihrer Pfeife tanzen und wenn man dazu keine Lust mehr hatte, war man unten durch. Aber hier hat sie dieses Bedürfnis komplett auf Noah projiziert und wenn er nicht spurt, bekommen andere ihren Zorn zu spüren. Entweder sie verweist Bewohner, von denen sie weiß, dass sie Noah nahe stehen, des Hofes oder verkauft sein Lieblingspferd. Und das nur, weil er mal einer Berührung ausgewichen ist. Sie ist einfach nicht darüber hinweggekommen, dass er sie verlassen hat."

Ich war fassungslos. „Wir müssen sie aufhalten..."

Caleb grinste. „Ich dachte, dafür sind wir hier?"

Ich grinste zurück. „Genau, los, wir brezeln uns auf. Es gilt eine Revolution zu starten!"

„Das ist meine Ehefrau!" Eva und zwei andere Mädchen halfen mir, wieder in den Traum von einem roten Kleid. Diesmal steckten sie mir auch noch die Haare hoch. Ich legte die Kette um, die ich beim Ball der Wahl getragen hatte, und steckte den passenden Verlobungsring an. Ich atmete einmal tief durch und ging zur Treppe. Dort wartete Caleb auf mich. Ihm fielen fast die Augen aus dem Kopf. Da ich mich selber gerade im Spiegel gesehen hatte, konnte ich es ihm nicht verübeln. Er sah in farblich passendem Wams und Kniehosen aber auch nicht schlecht aus. Er hielt mir den Arm hin und gemeinsam gingen wir die Treppe hinab zu unserer Kutsche.

Noah stand vor der Kutsche der Hexe und half ihr hinein. Ich hatte damit gerechnet, aber es versetzte mir einen Stich, als ich sah, wie sie ihn am Arm berührte und anlächelte. Am liebsten hätte ich sie angeschrien, dass sie ihre dreckigen Finger bei sich lassen sollte. Unser Kutscher öffnete die Tür und ich stand vor dem schier unlösbaren Rätsel, wie ich diese Masse an Kleid durch diese schmale Tür bekommen sollte. Abwechselnd sah ich an mir runter und auf die Tür. Schließlich blickte ich hilfesuchend Caleb an, der still vor sich hin lachte.

„Freut mich, dass sich wenigstens einer amüsiert, aber wenn ich da nicht reinkomme, war alles umsonst, also hilf mir lieber." fauchte ich.

„Du musst seitlich einsteigen. Gib mir deine Hand, zusammen schaffen wir das."

Als wir es endlich geschafft hatten, mich und mein Kleid in die Kutsche zu befördern, machten wir uns auf den Weg. Die Hexe und ihr Mann fuhren in ihrer Kutsche voraus. Ich hatte es wieder vermieden in Noahs Richtung zu schauen, aber ich wurde das Gefühl nicht los, dass er sich über unseren Kampf mit dem Kleid königlich amüsierte.

Das Aussteigen war nicht wirklich einfacher als das Einsteigen, aber auch das schafften wir schließlich. Gemeinsam mit der Hexe und ihrem Mann gingen wir in das Schloss. Drinnen verschwanden die beiden in der Menge. Es war unglaublich voll und es dauerte eine gefühlte Ewigkeit, bis wir Lionel fanden.

Zur Begrüßung versank ich formvollendet in eine Reverence und Lionel führte meine Hand zu seinen Lippen, als er mir wieder hoch half. Caleb verbeugte sich knapp. Ein Page kam vorbei und wir nahmen uns alle ein Glas Champagner. „Wo sind die anderen? Wir haben vielleicht ein Problem."

Nachdem wir mit unserer Schilderung fertig waren, schluckte Lionel. „Es wäre furchtbar, wenn die Hexe von unseren Machenschaften wüsste. Sie würde uns der Reihe nach einsperren..." Hektisch blickte er sich um. „Ich werde unser Treffen absagen, es ist zu riskant."

In dem Augenblick rempelte mich ein Page, mit tief in die Stirn gezogener Mütze, an. „Entschuldige Alex, bin nach der Grippe noch etwas wackelig."

Überrascht sog ich die Luft ein. „Cody, du bist hier. Dann ist der König tatsächlich auf unserer Seite? Dann steht dem Treffen nichts im Wege!"

„Sieht so aus, wir treffen uns, wie geplant, kurz vor dem Feuerwerk im Kaminzimmer." Und schon war er wieder weg.

„Na, wenn das keine tollen Neuigkeiten sind." Grinsend stießen wir an.

Wir mischten uns unter die Feiernden, tanzten, tranken und aßen. Dann begannen die ersten Gäste nach draußen zu gehen, um sich die besten Plätze für das Feuerwerk zu sichern. Ich folgte Lionel und Caleb in das Kaminzimmer. Einige mir unbekannte Gesichter sahen mich neugierig an. Ein bisschen verlegen wandte ich mich zu Caleb, als mein Blick auf ein mir bekanntes Gesicht fiel. Ich eilte zu ihr.

„Estelle, es freut mich so, dich zu sehen! Wie geht es dir? Was hat die Hexe dir angetan?"

Sie lächelte liebevoll. „Alles halb so wild, aber ich bin auch froh, hier zu sein. Was konnte dir John alles mitteilen?"

Ich sah sie verständnislos an. „Wer ist John?"

„John ist der Ehemann der Hexe." mischte sich Cody ein.

Charlotte tauchte neben Cody auf: „Und mein Bruder." Wir umarmten uns kurz. Da öffnete sich die Tür und Joanna trat mit ihrem Mann ein. Sie kam zu mir. Ich schloss sie erleichtert in die Arme. Ich war mir bis zuletzt nicht sicher gewesen, wie sie entscheiden würde. „Schön, dass du gekommen bist." Ich wandte mich wieder Estelle zu. „Der König hat mir nicht viel gesagt, nur dass er wisse, wie wir die Hexe besiegen. Wie wir das anstellen sollen, hat er mir aber nicht mitgeteilt. Er meinte, dass ihr mir das sagen würdet."

Estelle seufzte. „Dann muss ich weit ausholen. Die Hexe ist im wahren Leben eine Physikerin und eine sehr gute noch dazu. Sie hatte zahlreiche Forschungen zu schwarzen Löchern und der Möglichkeit der Existenz verschiedener Dimensionen erstellt. Unter anderem hat sie ein Gerät erfunden, dass die Schwingungen an den Stellen registrieren kann, an die Schicht zwischen den Dimensionen dünner ist. In der weiteren Entwicklung dieses Gerätes hat sie es so verfeinert, dass es bei den Portalen andere Schwingungen ausstößt."

„So wie ein Geigerzähler atomare Verseuchung aufspürt?"

Sie nickte. „Genau. Bei ihren Forschungen ist sie auf Rownan gestoßen und der erzählte ihr von einer anderen Parallelwelt, in der sich einer zum Herrscher ernannt hat, die Portale verschloss und fortan wie ein König lebte. Er und einige andere seien noch mittels Gedankenreisens entkommen, aber viele blieben da und vergaßen nach und nach, dass sie ursprünglich ein anderes Leben führten."

„Dann hat dieser Kerl sie auf die grandiose Idee gebracht. Na schönen Dank auch."

Hinter mir räusperte sich jemand. „Ich habe ihr jedoch nicht gesagt, dass diese Welt so gar nicht mehr existiert. Die Portale sind wieder offen."

Ich fuhr herum. „Ich bin Rownan. Du musst Alex sein, ich soll dir viele Grüße von Sarah ausrichten, sie hat mich über Adam Kerkeling aufgespürt, der ja anscheinend ein Freund von Caleb ist." sagte er mit einer Verbeugung. Er war ein magerer Kerl, der bestimmt zwei Meter groß war. Seine braunen Augen blitzten freundlich. Ich fand ihn auf Anhieb sympathisch.

„Freut mich, deine Bekanntschaft zu machen."

Caleb stellte sich neben mich und legte seine Hand an meinen Rücken. „Hallo Rownan, ich bin Caleb. Klasse, dass Adam dem Kontakt hergestellt hat. Wie geht es ihm? Kommt er auch noch?"

„Ihm geht es gut! Er überlegt, ob er neben der Kneipe noch einen Fahrradladen eröffnet – als hätte Münster davon nicht genug, du kennst ihn ja, keine Ruhe in ihm. Heute schafft er es nicht, ich soll ich ihm berichten, was wir besprechen, er wird auf jeden Fall helfen und hier so viele alte Freunde, wie möglich kontaktieren."

Caleb schüttelte lachend den Kopf. „Ein Fahrradladen…"

Entnervt ging ich dazwischen. „Catching up, schön und gut, aber hier geht es um etwas wichtiges Jungs!" Ich wandte ich Rownan zu. „Wie können wir die Portale wieder öffnen?"

Rownan räusperte sich kurz. „Nachdem die Hexe herausgefunden hat, wie sich die Schwingen an den Toren, von denen der restlichen Grenze der Dimensionen unterscheidet, hat sie eine Maschine erbaut, die die Schwingungen anpasst und so die Portale schließt. Ihr müsst den Sender finden, mit dem diese Maschine bedient wir und zerstören."

Ich war wie vor den Kopf gestoßen. „Das ist alles? Es gibt irgendwo einen Sender, der die Portale verschließt und wenn man den ausschaltet ist alles wie vorher." Er nickte.

„Ich weiß nicht warum, aber jetzt bin ich fast ein bisschen enttäuscht."

Caleb stieß mich an. „Warum, weil du doch nicht 'die Eine' bist und auf mystische Weise diese Welt hier befreist?"

Ich verdrehte die Augen. „Nein, natürlich nicht, aber ich hatte es mir doch geheimnisvoller vorgestellt." Ich wandte mich wieder an Rownan. „Was hat es denn mit diesem Spruch auf sich? Wenn hier nichts Magisches passiert, was sollte das dann?"

„Die Hexe hat den Mythos selber in Umlauf gebracht, damit

hier keiner auf die Idee kommt, die Portale könnten ohne
Weiteres wieder geöffnet werden. Die, die noch Erinnerungen
an die wahre Welt hatten, glaubten so, man müsse auf die
Erlöserin warten. Dass du hier auftauchst und der Spruch
tatsächlich wie für dich gemacht ist, konnte keiner ahnen. Das ist
wahrscheinlich das mystischste an der Sache. "

„Bleibt nur zu klären, wo der Sender ist...und was wir mit der
Hexe machen, wenn wir ihn haben. Weißt du, ob wir sie auch in
dieses Paralleluniversum stecken könnten, in dem die aus der
anderen Welt gefangen sind?"

Rownan zuckte die Schultern. „Wenn ich die Maschine sehe,
mit der sie die Portale verschlossen hat, bestimmt. Ich hatte den
Auftrag, den Sender umzupolen, aber ohne Sender oder
Maschine wüsste ich nicht, wie..."

Jeder der Anwesenden fing an zu grübeln. Es war so still, dass
wir alle zusammenzuckten, als ein plötzlicher Knall uns alle
zusammenzucken ließ - das Feuerwerk begann. „Wir sollten uns
unter die Leute mischen. Nach dem Ball trennen wir uns und
machen uns sowohl hier als auch drüben auf die Suche nach
Leuten, die wissen, wie man jemanden in eine Parallelwelt
sperrt."

„Wir bleiben über mich im Kontakt." bot Lionel an. „Schickt
mir einen Boten, ich leite die Nachricht weiter."

Dankbar drückte ich seinen Arm. Charlotte kam noch einmal
zu mir. „Ich habe in dem Portalzimmer, in dem großen

Blumentopf am Fenster, meinen Autoschlüssel versteckt, dann kannst du nach Hause fahren, Alex. Ich werde hierbleiben und meine Freunde suchen."

Ich nahm sie zum Abschied noch einmal in den Arm. „Danke, dass du uns hilfst, Charlotte."

Beim Rausgehen nahmen Caleb und ich uns noch jeder ein Glas Champagner mit, gingen auf die Terrasse und sahen uns das Feuerwerk an. Ich fühlte mich unglaublich leicht, zum ersten Mal glaubte ich, dass wir wirklich Erfolg haben könnten.

„Seit wann könnt ihr zwei denn die Finger voneinander lassen?" Hinter uns stand die Hexe.

Caleb fing sich als erstes. „So schön das Kleid meiner geliebten Ehefrau auch ist, hat es doch einen entscheidenden Nachteil. Es ist so ausladend, dass ich nur mit Mühe in ihre Nähe komme."

Wir lächelten uns so innig wie möglich an und nahmen uns an den Händen. „Da bin ich ja beruhigt. Wann kann ich denn mit freudigen Nachrichten rechnen?"

Verständnislos sah ich sie an. „Wenn es in diese Richtungen Neuigkeiten gibt, seid Ihr natürlich die Erste, die davon erfahren. Es wäre schließlich Euer Enkelkind."

Unmerklich drückte er meine Hand und sah mich an. Ich straffte die Schultern. „Gewiss, Königin-Mutter, wir können es kaum erwarten."

Zufrieden nickte sie uns zu und winkte einen Pagen heran. „Lasst uns darauf anstoßen." Ich musste mich beherrschen, das Glas nicht in einem Zug zu leeren.

Das Feuerwerk war mittlerweile zu Ende und die Gäste gingen wieder in den Ballsaal. „Dann lass ich euch Turteltauben mal alleine."

Sie zwinkerte mir zu und ging ebenfalls wieder hinein. Caleb zog mich enger an sich und beugte sich zu mir runter. „Sie beobachtet uns."

„Na, dann soll sie auch was sehen." Ich legte meine Arme um seinen Hals und wir bewegten uns langsam zu der Musik, die aus dem Ballsaal heraus wehte. Ab und zu beugte sich Caleb zu mir hinunter und gab mir einen Kuss auf die Wange oder den Mundwinkel. Als das Lied zu Ende war, machte ich mich von ihm los. „Ich glaube, das reicht fürs erste. Lass uns wieder rein gehen."

Hand in Hand gingen wir zurück ins Schloss. Lautstark empfing uns eine Gruppe Männer, die anscheinend Freunde von Caleb waren. „Dass wir dich mal wieder auf einer Feier sehen! Ich kann ja verstehen, dass dich die ehelichen Pflichten auf Trab halten, aber es gehört sich nicht, das gesellschaftliche Leben vollständig zu vernachlässigen. Entschuldigt Prinzessin, wir müssen Euch und Euren Gatten entführen."

Mit diesen Worten zog mich einer von ihnen auf die

Tanzfläche, während die anderen Caleb in die Mitte nahmen und ihm einen Cognacschwenker gaben. Nachdem ich mit dem vierten Freund von Caleb getanzt hatte, bat ich um eine Pause. „Bitte entschuldigt mich, ich muss kurz an die frische Luft."

„Sollen wir dich begleiten?" Ich schüttelte den Kopf. „Danke, Caleb, bleib ruhig bei deinen Freunden."

„Hauptsache, du kommst gleich zurück." Er beugte sich zu mir und ich dachte, er wollte mir etwas sagen und wandte mich ihm zu, aber er wollte mir einen Kuss auf die Wange geben. Dieser landete, wegen meiner plötzlichen Bewegung, auf meinem Mund. Bevor ich zurückweichen konnte, hatte Caleb beschwichtigend seine Hand an meine Wange gelegt und hielt mich fest. „Komm schnell zu mir zurück, Prinzessin." Er zwinkerte mir zu und ließ sich von seinen Freunden mitziehen.

Ich verdrehte lachend die Augen und ging auf die Terrasse. Ich trat an das Geländer und atmete die kühle Nachtluft ein. Der Garten war mit Lampions erleuchtet und zahlreiche Gäste schlenderten die schmalen Wege entlang. Ich stieg die Treppe hinunter und umrundete den riesigen Springbrunnen. Die Statuen waren beeindruckend. Plötzlich wurde ich hinter die angrenzenden Trauerweiden gezogen. Ich wollte schreien, aber mir wurde der Mund zugehalten.

„Wen haben wir denn da? Die kleine Prinzessin, ganz alleine im Park. Na, wenn das kein glücklicher Zufall ist."

Mir drehte sich der Magen um. Den Mundgeruch erkannte

ich sofort wieder. Der schlechte Tänzer vom Ball der Wahl. Ich versuchte, mich loszumachen, aber er drückte mich gegen den Baumstamm. Seine Hände waren überall. Nackte Panik erfasste mich. Es gelang mir, meinen Mund aufzumachen und ich biss ihm so feste ich konnte in die Finger. Er zog die Hand weg und ich schrie um Hilfe. Aber er hatte sich schnell wieder unter Kontrolle und drehte mir den Arm auf den Rücken, bis mir vor Schmerz fast schwarz vor Augen wurde.

„Wir spielen jetzt ein schönes Spiel. Das heißt: Was wirst du alles tun, damit ich dich laufen lasse? Aus Erfahrung weiß ich, dass ihr hochwohlgeborenen Schnepfen eine Menge zu bieten habt, also tu nicht so schüchtern."

Grob versuchte er, seine Hand in meinen Ausschnitt zu schieben. Da hörte ich einen dumpfen Schlag und er sackte hinter mir zu Boden. Das Ekel riss mich mit, aber bevor ich auf dem Boden aufschlug, wurde ich aufgefangen. Als mich die Arme meines Retters schützend an sich zogen hätte ich fast gelacht, wenn ich nicht so verängstigt gewesen wäre. 'Mein Leben ist echt wie ein Teenie-Roman, natürlich ist Noah mein Retter in der Not.' Ich klammerte mich an ihn und sog seinen Duft ein. Langsam wurde ich ruhiger. „Danke."

Er drückte mich noch etwas fester. „Ist alles in Ordnung? Hat er dich verletzt?"

Ich schüttelte den Kopf. „Nein, aber es hat nicht viel gefehlt..."

Noah schob mich etwas von sich und sah mich an. „Was hattest du eigentlich hier draußen alleine zu suchen?"

Ich zog eine Augenbraue hoch. „Von alleine kann ja nicht die Rede sein, es wimmelt hier ja von Menschen. Ich konnte ja nicht ahnen, dass hier im Busch so ein Arschloch lauert..."

Er runzelte die Stirn. „ Das beantwortet meine Frage nicht."

Entnervt machte ich mich von ihm los. „Die Luft im Ballsaal ist ein wenig stickig und ich wollte, nach den neuen Erkenntnissen heute Abend, etwas frische Luft schnappen."

„Es gibt Neuigkeiten?"

Ich brachte Noah auf den neuesten Stand.

„Das ist ja klasse." Er nahm mich in die Arme und wirbelte mich im Kreis. Sein plötzlicher Stimmungsumschwung brachte mich zum Lachen. Seine Augen strahlten und ich spürte seinen Herzschlag an meinem. Die Stimmung änderte sich ein weiteres Mal. Sein Blick wurde dunkler und blieb an meinen Lippen hängen. Meine Hände lagen auf seinen Oberarmen und ich reckte mich ihm entgegen. Er beugte sich zu mir hinab, ich konnte seinen warmen Atem in meinem Gesicht spüren. Noahs rechte Hand lag auf meinem Rücken, mit seiner linken zog er meinen Kopf zu sich. Wir hielten beide die Luft an. Meine Lippen streiften über seine und ihm entwich ein leises Stöhnen. Sein Griff wurde fester und er drängte mich gegen einen Baum. Noahs Mund wanderte über mein Kinn zu meinem Ohr, meinen Hals entlang. „Was würde ich dafür geben, alleine mit dir zu sein…" Sein Raunen jagte mir eine Gänsehaut über den gesamten Körper. Ich vergrub meine Hände in seinen Haaren und zog sein Gesicht zu meinem. Sein Blick suchte meinen und hielt ihn fest.

„Nicht mehr lange, dann wird sie keine Macht mehr über dich haben…" Er seufzte tief und beugte sich zu mir. Seine Lippen streichelten meine und mein Herz setzte einen oder zwei Schläge aus – wer zählt schon mit.

Plötzlich hörten wir ein schmerzverzerrtes Winseln. Wir fuhren auseinander. Das Arschloch erwachte wieder. Noah packte ihn grob am Revers und zerrte ihn in Richtung Schloss. Ich sammelte mich kurz und ging den beiden hinterher.

Auf halbem Weg kam uns Caleb entgegen. Er starrte uns entsetzt an. „Was ist passiert?"

Noah funkelte ihn wütend an. „Wie konntest du sie alleine in den Park lassen? Du weißt doch, welches Pack sich in den Büschen verkriecht!!"

Caleb erhob abwehrend die Hände. „Sie hat gesagt, dass sie nur auf die Terrasse will…"

Noah seufzte abfällig. „Weil sie auch immer nur das macht, was man von ihr erwartet. Wenn ich sie nicht zufällig gesehen hätte, wie sie in Richtung Brunnen spazierte…"

Ich blieb stehen und hätte fast mit dem Fuß aufgestampft. „Hey, ich bin hier! Und mich trifft keine Schuld für das Verhalten dieses Arschloches!"

Noah wandte sich mir zu. „Dir gebe ich auch keine Schuld, sondern Caleb..."

Ich starrte ihn fassungslos an. „Das ist ja noch schlimmer!! Der einzige Schuldige ist der Kerl, der mich in die Büsche gezerrt hat!"

Als hätte er das Arschloch vergessen, sah er dieses verwirrt an. „Ich bringe ihn zu Lionel. Er ist der Schlossherr, er wird darüber urteilen, was mit ihm geschieht..."

Caleb hielt ihn auf. „Ich übernehme ab hier, es könnte schwierig werden, den Anwesenden zu erklären, warum du dich zwischen den geladenen Gästen des Balles herumgetrieben hast, anstatt dich um die Pferde der Königin zu kümmern..." Wütend funkelte Noah Caleb an, schubste das Arschloch zu ihm und verschwand in Richtung Stall. Ich wollte ihm hinterher, wurde aber von Caleb daran gehindert. „Meine geliebte Ehefrau, ich bin sehr dankbar, dass der Stallbursche Euch gerettet hat, aber nun kommt mit ins Schloss." Er sah mich eindringlich an. Ich biss die Zähne zusammen und ging voran, um Lionel zu suchen.

Ich fand ihn eifrig plaudernd mit Joanna und ihrem Mann an der Bar. Nachdem ich ihm berichtete, was passiert war, machte er eine Geste in Richtung der Türen des Ballsaales und innerhalb von Sekunden waren wir von seinen Wachleuten umringt. Ich nickte Lionel anerkennend zu, dieser zuckte nur mit den Schultern. „Es kann Vorteile haben, wenn man ein König ist." Wir gingen zur Terrasse, wo Caleb mit dem Arschloch wartete.

Dieses wirkte gänzlich unbeeindruckt. Er verneigte sich kurz vor Lionel. „Eure Hoheit, es handelt sich um ein rasch aufzuklärendes Missverständnis. Nicht ich bin über die Prinzessin hergefallen, sondern der Stallbursche der Königin. Ich wollte helfen, doch er schlug mich nieder. Als ich wieder erwachte, ertappte ich die beiden in inniger Umarmung. Der Gatte der Prinzessin ließ sich von der Lügengeschichte täuschen. Wahrscheinlich damit keiner erfährt, dass seine Frau ihm Hörner aufsetzt."

Um Anerkennung heischend, blickte er sich um. Alle sahen Lionel abwartend an. Er machte eine wegwerfende Handbewegung und wies die Wachen an, den Gefangenen in den Kerker zu bringen. „Das hätten wir." Lionel klatschte in die Hände. „So, kommt wieder rein, wir mischen uns unter die Gäste."

Caleb und ich gingen zur Theke. Dort trafen wir auf meinen Nicht-Vater, der, vorsichtig ausgedrückt, nicht mehr ganz nüchtern war. „Alex, bin ich verrückt oder habe ich gerade meine Schwester hier herumlaufen sehen?"

Erschrocken sah ich mich um. „Sei ein bisschen leiser, es wäre nicht gut, wenn das jemand mitbekommt!"

Er kicherte tatsächlich. „Also geht es wirklich mit der Königin zu Ende... Darauf trinken wir einen!"

Beschwichtigend legte ich ihm die Hand auf die Schulter. „Ja, aber für dich gibt es eine Tasse Kaffee.“

Caleb war mir einen Schritt voraus und stellte ihm schon eine Tasse hin. „Vermutlich hast du recht... Habt ihr schon einen Plan ausgearbeitet?“

Ich schüttelte den Kopf. „Wir brauchen einfach mehr Informationen. Anscheinend gibt es irgendeinen Schalter, mit dem der Spuk beendet werden könnte, aber keiner weiß, wie er aussieht, geschweige denn, wo er ist. Habt Ihr vielleicht eine Idee?“

Er zuckte mit den Schultern und trank die Tasse leer. „Es ist ja nicht so, als würde mir die Königin irgendetwas erzählen... aber ich werde die Augen offenhalten.“ Caleb gab ihm eine zweite Tasse Kaffee. Schweigend trank er sie auf, dann sah er mich an und ergriff meine Hand. „Danke. Die Königin hat diese Welt lange genug drangsaliert... und danke, dass du Charlotte dazu gebracht hast, hier hin zu kommen, es war schön sie zu sehen...“

Ich drückte seine Hand. „Sie war nicht schwer zu überzeugen, sie wollte helfen, auch um dich zu befreien.“

Er lächelte mich an.

„Was ist das denn hier für eine rührselige Stimmung auf einem rauschenden Ball?“

Ich zuckte zusammen. Die Hexe stand plötzlich hinter mir und sah uns prüfend an. Mein Nicht-Vater lächelte sie breit an.

„Holde Königin, ich habe mit unserer Tochter nur darüber gesprochen, wie glücklich ich bin, dass sie einen so wundervollen Ehemann hat. Da kann man als Vater schon mal rührselig werden, auch als König."

Sie überlegte kurz, gab sich aber Gott sei Dank mit der Antwort zufrieden. „Ich möchte tanzen." Auffordernd hielt sie ihrem Mann die Hand hin. Er ergriff sie ohne zu zögern und die beiden verschwanden zwischen den anderen Tänzern. Ich blickte ihnen kopfschüttelnd nach.

Caleb nahm meine Hand und zog mich auch auf die Tanzfläche. „Ich glaube, es ist mal wieder Zeit für eine kleine Showeinlage." Er zwinkerte mir zu und ich setzte mein verliebtestes Lächeln auf. Es machte unglaublich Spaß, mit Caleb zu tanzen. Als wäre es das Normalste der Welt wirbelte er mich und mein Schiff von einem Kleid über die Tanzfläche. Irgendwann spielte die Kapelle einen langsameren Tanz und ich konnte ein bisschen Luft holen. Caleb zog mich näher an sich und wir drehten uns langsam im Kreis. Aus dem Augenwinkel sah ich die Hexe am Rand der Tanzfläche stehen. Ich konnte ihren Blick förmlich spüren. Fast hätte ich die Augen verdreht. 'Der geb ich mal was zu gucken.' Ich legte meine Hand an Calebs Wange und drehte sein Gesicht in meine Richtung. Er sah mich fragend an. „Danke, für den wundervollen Tanz, mein Geliebter."

Dann drückte ich ihm einen Kuss auf den Mundwinkel. Caleb

stoppte unseren Tanz. Als ich meine Hand wieder sinken ließ, nahm er sie in seine und küsste die Innenfläche meiner Hand. „Es war mir ein Vergnügen.“

Er beugte sich zu mir runter und gab mir auch einen Kuss, allerdings mitten auf den Mund. Als er sich wieder aufrichtete und mich angrinste, konnte ich nicht anders und musste ebenfalls grinsen. „Ich glaube, dass reicht als Showeinlage, ich kann die Hexe nicht mehr sehen.“

„Ach so, nur deswegen hast du mich geküsst.“

Ich sah ihn irritiert an, doch dann zwinkerte er mir zu.

„Beruhig dich. Ich sollte dir wohl ehrlicher weise sagen, dass die Hexe nach deinem Kuss schon zur Theke gegangen ist, meiner war nur Zugabe für die anderen Zuschauer...“

Ich blickte mich um, aber niemand beachtete uns. „Welche Zuschauer?“

Er zuckte die Schultern. „Jetzt wo es nichts mehr zu sehen gibt, suchen sie sich etwas anderes zu gucken.“

Ohne weitere Showeinlage tanzten wir noch eine Weile, bis uns die Königin durch einen Pagen mitteilen ließ, dass sie nun zurück in Calebs Schloss fahren würden, was nichts anderes hieß, als das auch wir uns ebenfalls auf den Heimweg machten.

28.

Nach einem, Gott sei Dank, kurzen Frühstück machte die Hexe sich samt Gefolge wieder auf den Weg in ihr Schloss. Ich vermied es die ganze Zeit, Noah anzusehen und hielt mich an Caleb fest. Wir hatten uns zwar erst vor ein paar Stunden gesehen, aber er fehlte mir jetzt schon so, dass es weh tat.

„Komm, wir gehen rein." Caleb zog mich mit. Als wir die Tür hinter uns schlossen, sah er mich abwartend an. „Was hast du jetzt vor?"

Das war eine sehr gute Frage, keine Ahnung, wo ich anfangen sollte. Ich musste auf jeden Fall kurz nach Hause und mich bei meinen Eltern melden und mich mit Sarah kurzschließen. „Ich glaube, hier kann ich im Moment nicht viel machen, ich werde nach Hause gehen. Jetzt müssen wir erst mal abwarten, ob unsere Freunde etwas herausfinden."

„Mach das, aber wie kann ich dich erreichen?"

„Ich lasse mein Handy im Versteck im Museum. Ruf einfach Sarah an, die gibt mir sofort Bescheid."

„Ok, aber bleib nicht zu lange weg."

„Wieso, kannst du ohne mich nicht einschlafen?" mein Lachen

blieb mir fast im Hals stecken, als ich den Ausdruck in seinem Gesicht sah. „Caleb..." Er räusperte sich und setzte ein schiefes Grinsen auf, das seine Augen fast erreichte.

„Bild dir nichts ein Alex, ohne dein Schnarchen werde ich endlich mal wieder durchschlafen können. Aber die Bewohner hier müssen dich ab und zu mal sehen."

„Keine Sorge, in ein paar Tagen bin ich wieder da."

Das mittlerweile vertraute Drehen hörte auf, ich öffnete die Augen, nahm den Autoschlüssel aus dem Blumentopf und schlüpfte aus dem Zimmer. Es war schon später Vormittag und ich mischte mich unter die Museumsgäste des Schlosses Moyland. An der Kasse kaufte ich mir ein Abo – ich würde es bestimmt brauchen. Als ich zu Hause ankam, war gerade Zeit für das Mittagessen. Überschwänglich umarmte ich meine Mutter und meinen kleinen Bruder. Sie sahen mich zwar etwas irritiert an, erwiderten meine Umarmung aber herzlich. Es war unvorstellbar, dass für meine Eltern meine Geburtstagsfeier erst Vorgestern gewesen war und wir gestern noch telefoniert hatten.

Nach dem Essen rief ich Sarah an.

„Da bist du ja schon Alex!" Sie klang überrascht.

„Schon? Für mich ist ne Woche vergangen, du hast mir gefehlt! Hast du Zeit?"

Sie lachte. „Aber klar, komm vorbei, dann kann ich dir meine Fortschritte zeigen und du mir von Noah erzählen." Als Sarah die Tür öffnete fiel ich ihr in die Arme und drückte sie fest an mich. „Man, du hast mich wirklich vermisst."

Lachend machte sie sich von mir los und wir gingen in ihr Zimmer. „Los Sarah, erzähl, was hast du herausbekommen?" Sie hatte tatsächlich noch ein paar Adressen herausgefunden. Außerdem ist sie auf Auszüge einer interessanten Abhandlung über die physikalische Möglichkeit einer gestaltbaren Parallelwelt und die Problematiken, die auftauchen könnten gestoßen und die Daten der Veröffentlichung passten ungefähr in die Zeit, in der die Hexe langsam abdrehte. Sarah hatte sie aber bislang nur in Auszügen lesen können, da die vollständige Ausgabe nie veröffentlicht wurde. Sarah war gerade dabei, die Autorin über die Universität ausfindig zu machen, um die gesamte Abhandlung zu bekommen. „Wow, das hast du in der kurzen Zeit zusammengetragen?"

„Ich war selber überrascht, wie viel man zu diesem Thema findet und wie sorglos die Leute mit ihren Daten umgehen."

Ich musste lachen. Datenschutz war eines von Sarahs Lieblingsthemen. „Aber jetzt erzähl du mal von deiner Woche!"

Gespannt hört sie mir zu und geriet ins Schwärmen, als ich ihr von den Kleidern und den Bällen erzählte. „Und die ganze Zeit bist du mit Caleb zusammen und machst auf verliebtes Pärchen?"

Ich seufzte. „Jetzt fang du nicht auch noch an. Es reicht schon, dass Noah damit kommt."

Sarah zuckte mit den Schultern. „Ich kann es ihm nicht

verdenken, dass er eifersüchtig ist, schließlich verbringt ihr viel Zeit miteinander."

„Das tun wir zwei doch auch, Sarah, und trotzdem ist nie etwas passiert..."

Sie grinste. „Stimmt Alex, aber du bist auch nicht mein Typ." Ich warf ihr ein Kissen an den Kopf und wir mussten beide lachen. Es klopfte und Sarahs Mutter steckte den Kopf durch die Tür.

„Bleibst du zum Abendessen, Alex?"

Erschrocken sah ich auf die Uhr. Wir hatten den ganzen Nachmittag verquatscht! Dort waren schon mehr als drei Tage vergangen. „Äh, nein, aber danke, ich muss los." Ich drückte Sarah zum Abschied. Im letzten Augenblick fiel mir noch ein, ihr zu sagen, dass Caleb vielleicht bei ihr anruft.

Ich schwang mich auf mein Fahrrad. Dort musste es kurz vor Sonnenaufgang sein. In neuer Bestzeit fuhr ich zu Noahs Haus. Ich riss die Schranktür auf und stieß dabei eine Schmuckschatulle mit dem Ellbogen vom Regalbrett neben der Tür. 'So ein Mist, wo kommt die denn her?' Ich sammelte die Ketten und Ringe auf und legte sie wieder in die Schatulle. 'Sind wohl noch von der Hexe...' Ich stellte alles wieder auf das Regal, diesmal mit etwas mehr Abstand zur Tür, und ging durch das Portal.

Das Drehen hatte noch nicht ganz aufgehört, da öffnete sich

die Tür des Schrankes. „Endlich..." Er zog mich an sich, hob mich hoch und brachte mich in sein Schlafzimmer...

„Du scheinst ja mit mir gerechnet zu haben." murmelte ich, als ich wieder reden konnte.

Eng aneinander geschmiegt lagen wir auf seinem Bett. Er strich mir über den Rücken. „Sagen wir mal, ich habe es sehr gehofft."

„Sarah hat übrigens eine Abhandlung gefunden, die zu dem was hier los ist und zu dem was in der anderen Welt passiert ist passen könnte. Sie versucht gerade die Originale zu finden, dazu bräuchte sie die Namen der Autoren und unter Hexe und Königin wurde sie irgendwie nicht fündig."

„Sie heißt Leonor Glas - aber lass uns jetzt bitte nicht über sie reden. Wie lange kannst du bleiben?"

„Ich haben keine Eile, wann wirst du denn bei den Stallungen erwartet?"

Er zuckte mit den Schultern. „Vor einer Stunde, aber ich glaube, ich mache heute blau."

Ich kuschelte mich an ihn. „Das klingt gut." Eine Weile sagten wir gar nichts. Ich atmete seinen Duft ein und genoss seine Finger, die unablässig meinen Rücken streichelten. Es war so gemütlich, ich wäre fast eingeschlafen, aber ich wollte keine Minute mit ihm verpassen. Abrupt machte ich mich von ihm los und setzte mich auf. Irritiert sah er mich an.

„Schlafen kann ich zu Hause, lass und reden."

Er grinste mich an. „Ok, lass uns reden…"

„Was hast du eigentlich vor, falls wir es tatsächlich schaffen sollten, die Hexe zu besiegen?"

Er verschränkte die Arme hinter seinem Kopf und starrte gedankenverloren an die Decke. „Als erstes würde ich meine Eltern und meine kleine Schwester besuchen… und ich würde dich bitten mitzukommen, um dich ihnen vorzustellen." Er zwinkerte mir zu. „Und ich möchte mit dir spazieren gehen, dich zum Essen einladen, alle Sachen, die wir hier nicht machen können, weil niemand von uns wissen darf… und du? Was hast du vor?"

Mein Herz schlug Loopings vor Freude über seine Pläne. „Ehrlich gesagt, habe ich mir nicht wirklich Gedanken darüber gemacht, aber ich begleite dich gerne zu deiner Familie. Was denken sie eigentlich, wo du im Moment bist?"

Er verspannte sich. „Ich habe ihnen erzählt, dass ich nach der Trennung von Leonor eine Auszeit brauche und mich irgendwann melden würde. Caleb hat jeden Monat für mich eine Karte von mir für sie eingeschmissen, damit sie sich keine Sorgen machen. Er hat sie auch ein- zweimal besucht."

„Das ist ja nett von ihm." Noah lachte bitter. „Was ist?" Als er nicht antwortete, stieß ich ihn an. „Sag schon!"

Entnervt atmete er aus. „Ja, natürlich ist es nett vom ihm. Es ist auch nett von ihm, dass er das mit der Scheinehe macht, um mich hier raus zu bekommen und die Hexe zu stürzen, aber es ist zum Kotzen. Ich werde hier wahnsinnig. Ich sehe euch zwei immer vor mir, wie er dich berührt oder auch wie ihr einfach zusammen frühstückt und Zeit miteinander verbringt. Ihr schmiedet Pläne, ich kann einfach nur zusehen und muss mich still verhalten, damit die Hexe keinen Verdacht schöpft." Er stand auf, zog seine Hose an und trat ans Fenster. Ich war überrumpelt von dem Ausbruch. Dass es nicht schön ist, mich mit Caleb zu sehen, war mir klar, aber dass ihn das alles so sehr quält, hatte ich nicht geahnt. Ich schlang mir die Decke um und stellte mich hinter ihn, berührte vorsichtig seinen Rücken.

„Ich weiß, dass es nicht anders geht, Alex und dass ihr das Ehepaar nur spielt, aber ich sehe, wie er dich berührt, und ich habe seine Blicke gesehen und so hat er noch nie eine Frau angesehen und ich habe ihn schon mit einigen Frauen gesehen."

Ich verdrehte die Augen. „Ja, du hast ihn schon mit dutzenden Frauen gesehen und natürlich hat er die anders angesehen als mich, weil er sie ins Bett bekommen wollte. Wir verstehen uns gut, das stimmt, aber mehr auch nicht! Vertraust du mir nicht?"

Jetzt verdrehte er die Augen.„Doch, dir vertraue ich, aber ihm nicht." Ich wollte ihn unterbrechen, aber er redete einfach weiter. „Natürlich würde er dir nie etwas tun und ich glaube auch nicht, dass er den Plan sabotieren würde, aber ich mache mir Sorgen, wie er reagiert, wenn die Hexe gestürzt ist und du mit mir gehst... Er will dich für sich allein und ich bin der Letzte, der ihn da nicht versteht. Eigentlich bin ich froh, dass ihr beide gut miteinander klarkommt, es macht die Sache für dich ja auch leichter, als wenn Caleb ein Arsch wäre, aber dann könnte ich ihm wenigstens eine reinhauen, wenn er dich wieder so anguckt..."

Ich atmete tief durch 'Männer!' Den Tag im Bett hatte ich mir irgendwie horizontaler vorgestellt. Ich küsste seinen Rücken. „Ich weiß, der Vorschlag mit dem Reden kam von mir, aber kommst du wieder mit ins Bett?"

Seine Schultern zuckten. Lachend drehte er sich um. „Aber gerne."

Rückwärts ging ich zum Bett, an seinem Hosenbund zog ich ihn mit. Dabei stolperte ich selten elegant über die Decke in die ich mich eingerollt hatte. Noah wollte mich auffangen, aber auch er geriet ins Taumeln. Kichernd und von der Decke gefesselt landeten wir auf dem Bett. Ich versuchte mich zappelnd zu befreien, erfolglos. „Jetzt halt doch mal still, ich helfe dir."

Es gelang ihm tatsächlich und er küsste mir nach der Befreiung zärtlich meinen Hals. Ich reckte mich ihm entgegen und genoss seine Berührung.

Ein lautes Klopfen riss mich aus der Glückseligkeit. „Gut, dass ich meine Hose noch anhabe, ich bin gleich wieder da."

Ich seufzte tief und verschwand unter der Decke.

„Alles ok? Hab dich bei den Pferden gesucht, aber es hat dich heute noch keiner gesehen..." Fassungslos schlug ich die Decke zurück und starrte an die Decke. 'Störenfried bleibt Störenfried!'

„Bei mir ist alles ok und bei dir? Du störst."

„Wobei kann ich dich denn stören?"

„ Kannst du dir nicht denken, warum ich heute im Bett bleiben möchte?" Noah klang gereizt.

„Oh, ist sie hier? Das trifft sich gut, ich muss eh noch mit ihr sprechen, so muss ich nicht reisen." Ungläubig hörte ich ihn die Treppe rauf kommen.

„Caleb, es ist jetzt echt ungünstig..."

„Ach, ich habe sie schon öfter im Bett gesehen, keine Sorge." Und schon stand Caleb in der Tür und grinste mich unverschämt an. Unfreiwillig musste ich lachen. Das verging mir aber schlagartig, als ich Noah hinter Caleb entdeckte und seinen Gesichtsausdruck sah. Er blickte erst wütend Caleb an, aber als sich unsere Blicke trafen, schien er verletzt zu sein. „Caleb, wenn du mit mir reden musst, warte bitte unten, ich ziehe mich kurz an."

„Brauchst du wieder Hilfe mit den Knöpfen?"

Ich starrte ihn mit offenem Mund an. „Nein! Caleb, ich hab nichts an, raus mit dir!" Er hob beschwichtigend die Hände und verzog sich endlich. Noah stand noch in der Tur und sah mich an.

„Ich brauche aber wirklich Hilfe mit den Knöpfen..." Er räusperte sich und kam zu mir. Ich schlüpfte in das Kleid und als er den letzten Knopf geschlossen hatte drehte ich mich um und hielt in fest. Er wich meinem Blick aus. „Noah, sieh mich an!" Endlich sah er mir in die Augen.

„Er macht nur Quatsch."

„Hilft er dir mit den Knöpfen?"

'Oh man...' „Ja, aber dann habe ich ein züchtiges Unterkleid an. Manchmal hat Eva frei oder ich will sie nicht wecken...ich komme da alleine nicht dran." Ich umfasste sein Gesicht, damit er mir nicht ausweichen konnte. „Wir haben darüber doch schon geredet, wir verstehen uns gut, aber wir sind nur Freunde. Interpretiere bitte nicht so viel in den Blödsinn hinein, den Caleb so von sich gibt, du kennst ihn doch!"

Noah machte sich von mir los. „Deswegen ja. Früher haben die Mädchen hier jeden Tag über seine neuste Eroberung getratscht, darüber wen er bei der letzten Soiree oder Ball abgeschleppt hat oder wem er jetzt schöne Augen macht. Und jetzt reden sie nur noch davon, wie sehr er sich nach der Hochzeit verändert hat. Wie er seine Frau anhimmelt..."

Mir fiel nichts mehr ein, was ich nicht schon gesagt hätte. Da stand Caleb wieder im Raum. „Mensch Noah, wir müssen die Rolle des verliebten Ehepaares spielen. Wie überzeugend wäre es denn, wenn ich immer noch den Mädels hier nachsteige? Sollen sich alle über Alex das Maul zerreißen, weil sie auf mich reingefallen ist? Sie soll hier respektiert werden, damit wir mehr Mitstreiter finden um deinen Arsch hier raus zu holen!"

Noah zuckte zusammen. „Jetzt soll ich dir auch noch dankbar

dafür sein, dass du dich an Alex ran machst? Ich finde dich ein wenig zu überzeugend! Selbst wenn Eva frei hat, wie viele Mädchen arbeiten bei dir? Ich glaube nicht, dass es nötig ist, Alex beim An- geschweige denn beim Ausziehen zu helfen!"

Caleb warf die Arme in die Luft. „Meine Güte, dann lass ich sie eben nachts das Personal raus klingeln, wenn du dann zufrieden bist!"

„Darum geht es nicht! Ich hab doch Augen im Kopf! Ich merke, wie du sie anguckst!"

Jetzt reichte es mir. „Hört auf, alle beide! Caleb, es geht schon lange nicht mehr nur darum, Noahs Arsch zu retten und Noah, du weißt, dass es nötig ist überzeugend zu sein, damit die anderen Bewohner der Hexe nichts erzählen können, was nicht in das Bild passt, das wir ihr vermitteln wollen. Wenn ich heute noch einmal das Wort Knöpfe höre, werd ich wahnsinnig." Die zwei starrten mich wortlos an. Ich nickte und sah Caleb an. „Ich glaube, du wolltest mir etwas sagen?"

Es dauerte ein paar Sekunden, dann hatte er sich wieder im Griff. „Ja, ein Bote von Lionel war heute Mittag bei mir, es scheint Neuigkeiten zu geben. Wir treffen uns alle morgen Abend in seinem Schloss."

„In Ordnung, dann muss ich mich gleich auf den Weg zurück machen, damit ich rechtzeitig bei dir bin. Kannst du mich jetzt mit Noah alleine lassen?"

Gott sei Dank, ging er ohne Kommentar. Ich sah Noah an. Er

hatte die Arme vor seiner Brust verschränkt. „Musst du nicht los? Nicht, dass Caleb noch warten muss."

'Ahrgh!!!' „Es tut mir leid, dass dich das alles so fertig macht. Ich wünsche mir auch, dass wir die Hexe endlich besiegt hätten und wir dieses ganze Theater lassen können." Ich trat auf ihn zu, löste seine Arme und nahm seine Hände. „Vielleicht haben wir ja heute Abend einen Durchbruch, ich komme auf jeden Fall so schnell wie möglich zu dir, um dich auf den neuesten Stand zu bringen."

Noah entspannte sich etwas. „Mach das, bis bald." Er beugte sich zu mir und gab mir einen sanften Kuss. „Pass auf dich auf."

„Du auch." Ich schloss die Augen und war wieder zu Hause.

Am liebsten hätte ich Sarah angerufen und alles mit ihr durchgekaut, aber ich musste mich beeilen, in einer Stunde machte Schloss Moyland zu. Die Frau an der Kasse war zwar irritiert, dass ich unbedingt noch ins Schloss wollte, aber ich hielt ihr meine Dauerkarte unter die Nase und murmelte etwas von Projekt und Abgabefrist und sie winkte mich durch. Ich rannte zu dem Portal und machte mich auf die Suche nach Caleb.

29.

Er saß im Salon und las . Als er mich sah, stand er auf und begrüßte mich mit einem Kuss auf die Wange. „Gemahlin, schön, dass es dir wieder besser geht und du endlich wieder aufstehen konntes."

Erst war ich irritiert, aber dann sah ich den Pagen in der Ecke stehen. „Ja, ich bin auch froh! Ich würde gerne Ausreiten, begleitest du mich?"

„Es wäre mir eine Ehre."

„Danke, ich läute kurz nach Eva, sie kann mir mit dem Umziehen helfen."

Er presste die Lippen aufeinander. „Gut, dann treffen wir uns gleich bei den Pferden."

Als ich umgezogen zu den Pferden lief, kam er mir schon entgegen und gab mir die Zügel von meinem Pferd. „Brauchst du Hilfe beim Aufsteigen?"

„Ich hoffe, man verlernt das Aufsitzen nicht so schnell." Beim zweiten Anlauf schaffte ich es und grinste ihn an. „Siehst du."

Er lachte. „Nicht elegant, aber du bist oben."

„Und das zählt, von elegant war nie die Rede!"

Ohne Kutsche waren wir viel schneller als mit und es dauerte nicht lange, da sah ich schon Lionels Schloss. „Ich bin gespannt, worum es gleich geht. Weißt du etwas Genaueres?"

Caleb schüttelte den Kopf. „Ich weiß so viel wie du. Bei Noah konnten wir zwar nicht viel reden, aber über das Treffen habe ich dir alles gesagt, was ich weiß."

„Fang nicht davon an, Caleb, du hast ihn bewusst provoziert, das war nicht nötig, du machst ihm und mir das Leben nur schwerer." Er versuchte schuldbewusst zu gucken, scheiterte aber kläglich. Ich musste gegen meinen Willen lachen. Bei den Stallungen wartete schon der Stallbursche und nahm uns die Zügel ab. 'Ob das Lionels besagter Stallbursche ist?' Ich warf Caleb einen fragenden Blick zu und deutete mit dem Kopf dem Mann hinterher, der gerade unsere Pferde in den Stall brachte. Er nahm meine Hand und legte sie in seine Armbeuge. „Ja, das ist er."

Die Schlosstüren öffneten sich und ein Page kam uns entgegengelaufen. „Der König erwartet Euch schon im Salon, wenn Ihr mir bitte folgen wollt."

Im Salon saß Lionel zusammen mit Charlotte und Rownan. Außerdem noch eine Frau und ein Mann, die ich beide nicht kannte. Lionel stand auf und kam zu uns. „Alex, Caleb, schön dass ihr es geschafft habt." Als er meinen Namen sagte, blickten mich die beiden Neuen neugierig an. Verunsichert sah ich Caleb an, er nickte mir aufmunternd zu und ich ging zu ihnen.

„Hi, ich bin Alex, schön, dass ihr hier seid!“

Die Frau reichte mir die Hand. „Hi, ich bin Marie und das hier ist Mark. Wir freuen uns, hier zu sein. Es wird Zeit, dass jemand etwas gegen Leonor unternimmt.“

Auch Mark gab mir die Hand. „Genau. Gut, dass Rownan uns gefunden hat, vielleicht können unsere Erfahrungen aus der anderen Parallelwelt helfen.“

„Ihr habt die andere Parallelwelt befreit?“

Die Tür ging auf und Cody und Estelle kamen herein. Wir begrüßten uns kurz und setzten uns dann um den Tisch. Lionel erhob sich. „So, mir scheint, es sind alle da. Wer möchte anfangen?“

Alle blickten zu mir. Ich versteifte mich. Unter dem Tisch drückte Caleb meine Hand. Dankbar lächelte ich ihn an. „Es freut mich, dass es so schnell nach unserem ersten Zusammentreffen vor ein paar Tagen schon Neuigkeiten gibt. Gerade erzählten Marie und Mark, sie hätten die Parallelwelt befreit, in der es ähnlich gewesen ist wie hier. Wie ist es da abgelaufen?“

Marie räusperte sich. „Von dem Schalter und dem Sender hat Rownan euch ja schon berichtet, aber um die Hexe loszuwerden müssen wir das Hauptportal finden, also das Portal, an das sie den Schalter gekoppelt hat und von dem aus die anderen Portale kontrolliert werden.“

„Und wie finden wir dieses Portal? Es gibt doch bestimmt wer weiß wie viele Portale und einige sind vielleicht nur ihr bekannt…“

„Es wird eins sein, das wahrscheinlich keiner von euch bislang kennt, weil es nicht in die andere Welt zurückführt, sondern in eine weitere Parallelwelt, aus der die Hexe die Energie für das Schließen der Portale gewinnt.“

Ich starrte ihn fassungslos an. „Aber wie sollen wir ein unbekanntes Portal finden, das überall sein kann? Wie habt ihr das Portal bei euch gefunden?“

Jetzt erhob Mark das Wort. „Es muss ein Ort sein, den sie unbemerkt regelmäßig betreten kann, denn sie muss dafür sorgen, dass in der weiteren Parallelwelt keine offenen Portale sind.“

„Warum?“

Erleichtert nickte ich Caleb zu, nicht nur ich stand auf dem Schlauch.

„Wenn es dort weitere offene Portale gibt, durch die Menschen diese Welt betreten und vielleicht auch so bewohnen, wie diese Welt hier, verbraucht das Energie und diese Energie braucht die Hexe ja um die Portale hier geschlossen zu halten.“

„Aber dann müsste diese Welt doch recht klein sein, oder? Sonst könnte sie das ja gar nicht kontrollieren…“

Mark zuckte mit den Schultern. „Ja, denn je größer, desto wahrscheinlicher ist es, dass jemand ein Portal entdeckt und sie es nicht schnell genug merkt. Solange sich nur einer aus

Versehen dorthin verirrt hat und sie ihn abfangen kann, kann sie ihn auch wieder zurückbefördern und das Portal schließen."

Mein ganzer Körper kribbelte. Es gab einen Weg. Neben mir schnappte plötzlich Estelle nach Luft. Besorgt sah ich sie an.

„Alles in Ordnung?"

Sie nickte aufgeregt. „Ich weiß, wo das Portal ist." Jetzt starrten alle sie an. „Eines der Mädchen hat sich mal bei mir beschwert, dass die Königin ihr den Lohn für einen Monat gestrichen hat, nur weil sie einen kleinen Abstellraum im Keller des Schlosses aufgeräumt hat."

Für einen Moment war es still, dann sprachen alle durcheinander. Ich strahlte Caleb an. „Wir können es tatsächlich schaffen."

Er strich mit dem Daumen über meinen Handrücken. Ich löste meine Hand von seiner, überrascht, dass ich sie immer noch gehalten hatte.

„Ja, das können wir." Er lächelte mich an, doch es erreichte seine Augen nicht.

„Was hast du?"

„Ach nix."

„Blödsinn, sag schon. Glaubst du nicht, dass es klappt?"

Er seufzte. „Doch, aber es fehlt noch der Schalter und dann müssen wir die Hexe auch noch durch das Portal befördern und du bist die, die am besten an sie rankommt. Das könnte gefährlich sein..."

Jetzt war es an mir, zu seufzen. „Dieses Gespräch hatte ich schon mit Noah und mit Cody. Es ist lieb von dir, dass du dir Sorgen machst, aber ich bekomme das schon hin, außerdem ist John ja auch noch da." Caleb verdrehte die Augen und ich konnte es ihm nicht verübeln. Ich konnte mir auch nicht vorstellen, wie John sich der Hexe tatsächlich entgegenstellte. Bei dem Gedanken musste ich kichern. Endlich entspannte sich auch Caleb.

„Wir machen eins nach dem anderen. Erst finden wir den Schalter und dann überlegen wir uns, wie wir die Hexe durch das Portal befördern. Im Zweifel richten wir einen Ball aus, geben ihr etwas ins Getränk. Dann kann sie sich nicht wehren."

Irgendwann löste Lionel unser Treffen auf und wir verabredeten, dass wir kurzfristig ein neues vereinbaren, wenn wir einen Hinweis auf den Schalter hätten.

„Kannst du mir bitte mit den Knöpfen helfen? Ich möchte Eva nicht deswegen wecken." Caleb grinste mich an und öffnete mit geübten Fingern mein Kleid.

„Dankeschön, ich bin gleich wieder da." Nachdem ich mir im Badezimmer mein Nachthemd angezogen hatte ging ich zurück ins Schlafzimmer. Er saß wie immer auf der linken Seite des Bettes und las in einem, wie er es nannte, verbotenen Buch und wie immer trug er kein Pyjamaoberteil. Bei seinem Anblick schweiften meine Gedanken ab und ich zuckte ertappt

272

zusammen, als Caleb mich ansprach. „Kommst du jetzt ins Bett, Alex, oder willst du mich weiter von der Tür aus anstarren." Ich grummelte etwas über sein überzogenes Selbstbewusstsein und schlüpfte schnell ins Bett. Aber auch mit Decke über dem Kopf hörte ich ihn neben mir Kichern. Er stupste mich an. „Komm schon, du musst dich doch nicht verstecken, hilft es dir, wenn ich zugebe, dass ich dich auch schon angestarrt habe?"

Entnervt warf ich die Decke zurück und funkelte ihn an. „Wie sollte mir das helfen? Ok, ich habe dich angesehen, aber bild dir nix darauf ein. Dir ist nur zu bewusst, dass du gut aussiehst, sonst würdest du dir wie jeder vernünftige Mensch etwas überziehen!"

„Wenn dich mein nackter Oberkörper aus dem Konzept bringt, ziehe mir selbstverständlich etwas über, aber ich dachte ich wäre schon rücksichtsvoll, normalerweise schlafe ich nämlich ganz nackt." Grinsend sah er mich an. Und wie immer, wenn er mich so ansah musste ich lachen. „Dann will ich deine Gastfreundschaft und Rücksichtnahme nicht überstrapazieren. Danke, dass du eine Hose anhast."

„Stets zu Diensten, Prinzessin. Wie lange bleibst du hier?" Ich schlug mir mit der Hand an die Stirn.

„So eine Scheiße, das Museum hat jetzt wieder geschlossen... Das heißt ich bleibe wieder eine Woche..." Caleb lächelte zufrieden.

In der Nacht träumte ich von Noah. Wir waren wieder in seiner Hütte und lagen eng umschlungen in seinem Bett. Er strich mir über den Rücken, ich küsste seine Schulter und hatte meinen Arm über seine Brust gelegt. Ich spürte die Sonne in meinem Gesicht, wollte aber noch nicht aufwachen, der Traum war zu schön. Ich schmiegte mich an Noah. Es fühlte sich so gut an. Ich erstarrte. Es fühlte sich zu gut, zu echt an. Ich riss die Augen auf. Und schloss sie sofort wieder. 'Scheiße, scheiße, scheiße. Das darf doch nicht wahr sein!!' Ich versuchte mich von Caleb zu lösen, doch er zog mich näher an sich.

Energisch drückte ich ihn weg. „Caleb, lass mich los, ich bekomm fast keine Luft mehr."

Verschlafen reckte er sich. Als er die Augen öffnete sah er mich überrascht an. „Guten Morgen." Ein Ausdruck, den ich nicht ganz deuten konnte, huschte über sein Gesicht und er beugte sich zu mir. Seine Augen glitten über mein Gesicht und blieben an meinen Lippen hängen.

Mein Herz schlug viel zu schnell. Ich spürte seinen Atem auf meiner Haut. Er kam immer näher und mir kroch die Hitze meinen Nacken hoch, als sich sein Griff an meinem Rücken verstärkte. 'Das ist falsch!! Alex, stopp!' Ich boxte Caleb gegen die Schulter. „Lass den Quatsch! Ich möchte jetzt aufstehen."

Er räusperte sich und rückte von mir ab. „Aber natürlich, Prinzessin. Macht der Gewohnheit, wenn sich morgens eine Frau an mich kuschelt."

Ich stand auf und ging in das Badezimmer. Mein Spiegelbild sah mich mit geröteten Wangen irritiert an. 'Oh man...' Ich wusch mir mein Gesicht und putzte mir energisch die Zähne.

Caleb trat neben mich, nahm sich auch eine Zahnbürste und grinste sein Caleb-Grinsen. Langsam entspannte ich mich wieder.

Als er mir mit den Knöpfen meines Kleides half, plauderte er über die Pläne, die er für den Tag gemacht hatte, aber ich konnte ihm nicht wirklich folgen. Seine Nähe und seine Hände an meinem Rücken machten mich nervös. Das war noch nie vorgekommen... Ich hatte mich selten so nach meiner besten Freundin gesehnt, wie jetzt, ich musste mit jemandem reden. Da fiel mir mein Handy wieder ein. Als Caleb endlich fertig war, nahm er wie immer meine Hand, legte sie in seine Armbeuge und ging Richtung Tür. „Komm, wir holen uns erst mal einen Kaffee, du siehst immer noch nicht ganz wach aus."

Ich machte mich los. „Ich komme nicht mit runter, ich muss noch telefonieren."

Verwundert sah er mich an. „Alles in Ordnung? Dort schlafen doch jetzt alle..."

Ich machte eine wegwerfende Handbewegung „Ja, aber ich habe Sarah versprochen, dass ich sie anrufe und über das Treffen berichte."

„Wann kommst du zurück?"

„Keine Ahnung, manchmal quatschen Sarah und ich

stundenlang..."

Caleb runzelte die Stirn, sagte jedoch nichts. Er gab mir einen Kuss auf die Wange. „Gute Reise."

Ich schloss die Augen und befand mich kurze Zeit später in dem abgesperrten Raum im Museum. Ich fand das Handy und wartete ungeduldig darauf, dass Sarah endlich ran ging. Als sie es endlich tat, klang sie verschlafen.

„Tut mir leid, dass ich dich wecke, aber ich muss dringend mit dir reden."

„Gib mir ne Sekunde zum Wachwerden." Ich hörte Geraschel durch die Leitung, dann war sie wieder da. „Was gibt es, Alex?"

Ich erzählte ihr von dem Streit, den Caleb und Noah gehabt haben und davon was heute Morgen passiert war. Als ich fertig war, ließ ich mich erschöpft auf einen Sessel sinken. „Was stimmt nur nicht mit mir?"

„Also ich habe diesen Caleb ja nur einmal kurz gesehen, aber meiner Meinung nach hast du heute Morgen eine fast übermenschliche Beherrschung bewiesen. Mit dir ist alles ok, du hast nichts Schlimmes gemacht."

„Ich habe mit ihm im Bett gekuschelt und mich fast von ihm küssen lassen!"

„Du sagst es, fast! Und an ihn dran gekuschelt hast du dich, als du noch geschlafen hast. Sobald du wach warst, wolltest du dich losmachen und er hat dich festgehalten." Als ich nicht reagierte wurde Sarah hellhörig. „Wünschst du dir, du hättest ihn nicht aufgehalten?“

„Nein, natürlich nicht, ich bin mit Noah zusammen.“ Ich sah ihn vor mir, allein der Gedanke an ihn brachte mein Herz zum Stolpern.

„Na siehst du. Aber vielleicht solltest du das Caleb auch sagen.“

Ich seufzte. „Du weißt, dass ich recht habe, Alex, du musst das klären, damit die Spannung verschwindet, auch wenn sie noch so reizvoll ist. Und bevor du jetzt was sagst. Ich verstehe das, es macht Spaß, vor allem im Moment, wenn Noah nicht erreichbar ist, aber beim nächsten Mal bist du vielleicht nicht so stark und wenn es passiert ist, kannst du es nicht mehr rückgängig machen.“

„Natürlich hast du recht, wie immer.“

„Es ist ein Fluch.“ Wir kicherten beide. „Was gibt es sonst Neues an der Revolutionsfront?“ Ich berichtete ihr noch schnell von dem Treffen bei Lionel und sie wurde ganz aufgeregt. Ich hörte wieder ein Rascheln „Das passt zu dem Artikel, den ich gefunden habe und auch der Name passt zu der Autorin! Wir werden sie aufhalten.“

„Das glaube ich auch. Wie geht es dir eigentlich?“ Sie lachte auf. „Alex, für mich haben wir uns vor vier Stunden noch gesehen. Ich habe Abendbrot gegessen, mir die Zähne geputzt und bin ins Bett gegangen.“ Wir mussten wieder lachen. So und jetzt mach dich auf den Weg zurück und klär die Sache mit

Caleb. Ich muss jetzt noch ein bisschen schlafen." Ich straffte die Schultern und ging zurück durch das Portal.

Durch das Fenster sah ich die Sonne untergehen. Ich machte mich auf die Suche nach Caleb. Aus dem Salon hörte ich seine Stimme. Als ich eintrat, blieb ich im Türrahmen stehen. Er saß mit seinen Freunden, die ich auf dem Ball bei Lionel kennengelernt hatte am Kamin, in klassischer Männerrunde. Ich wollte mich gerade zurückziehen, als er aufblickte. „Alex, schön, dass du dich zu uns gesellst. Tom hat gerade nach dir gefragt."

Er stand auf, kam zu mir und begrüßte mich mit einem Kuss auf die Wange. Dann nahm er meine Hand und zog mich zu den anderen. Einer der Gäste hatte schon einen Sessel für mich geholt und neben den von Caleb gestellt. „Danke, aber ich wollte euch nicht stören..."

„Aber Ihr stört doch nicht."

Schulterzuckend setzte ich mich und schon hatte ich ein Glas Wein in der Hand. Das war nicht der Plan gewesen, jetzt müssen wir den Abend hier wieder das verliebte Ehepaar spielen. Ich atmete tief durch, stieß mit Caleb an, beugte mich zu ihm und gab ihm einen Kuss auf die Wange. Dann hob ich das Glas auch in Richtung der anderen Gäste und lehnte mich in den Sessel zurück. Nur mit halbem Ohre verfolgte ich die Gespräche, die sich um die vergangenen und noch kommenden Bälle drehten und natürlich um Pferde. Irritiert merkte ich, dass es plötzlich still war und mich alle ansahen. Fragend blickte ich zu Caleb.

„Tom hat gerade erzählt, dass deine Mutter plant diese Woche einen Ball zu geben. Wir haben uns gefragt, ob du vielleicht schon Näheres weißt."

„Nein, ich weiß leider auch nichts, aber sobald ich etwas erfahre, werde ich euch natürlich Bescheid geben."

„Danke, das letzte Mal, war ich auf dem Ball der Wahl da."

Überrascht sah ich Tom an. „Ihr wart auch da?"

Er grinste. „Wir waren alle da, aber Caleb hat uns vorher angefleht, ihm nicht die Show zu stehlen, er wollte Euch unbedingt für sich gewinnen. Und wie auch immer, er hat es ja geschafft."

Caleb nahm meine Hand und küsste sie. Dabei sah er mich mit unergründlich Miene an, bei der mir kurz die Luft wegblieb. „Ja, du hast mich tatsächlich geheiratet."

Die Freunde von Caleb erhoben sich. „Das war unser Zeichen, lassen wir dem trauten Glücke mal ihre Privatsphäre." Dabei grinste er Caleb anzüglich an. Immer noch meine Hand haltend stand auch er auf. „Ich wäre euch sehr verbunden." Er zog mich an sich und legte mir den Arm um die Taille. Ich war zwar etwas überrascht von dem plötzlichen Aufbruch, aber ich war so müde, dass es mir mehr als recht war.

Ich läutete nach Eva und schlüpfte dann schnell unter die Decke. Kurze Zeit später fiel ich in einen glücklicherweise traumlosen Schlaf.

30.

Während des Frühstückes kam tatsächlich ein Brief von der Hexe mit einer Einladung. Der Ball sollte morgen Abend stattfinden. Es war am Ende noch ein Vermerk der Hexe, mit dem sie uns einlud, schon morgens anzureisen, und auch im Schloss zu übernachten. Diese Einladung konnten wir natürlich nicht ausschlagen. Caleb setzte schnell ein Antwortschreiben auf und wir verfassten gemeinsam die versprochene Nachricht an Tom.

Ich verbrachte den Tag mit der Schneiderin – Caleb hat mir mehr als deutlich zu verstehen gegeben, dass ein neues Kleid nötig wäre. Es wurde ein blassgelbes Kleid, mit schmalen Ärmeln, die an den Ellbogen ausgestellt waren. Der Rock fiel glockenförmig in mehreren Lagen locker zum Boden. Am besten gefiel mir, dass an den Schultern eine Stoffbahn angesetzt war, die wie eine Art Umhang den Rücken entlang verlief und in einer Schleppe endete.

Die Schneiderin steckte gerade die letzten Stoffe zusammen, als es klopfte. Caleb trat ein und nickte anerkennend. „Das Kleid steht dir ausgezeichnet. Ich müsste noch einen passenden Wams haben, aber ich werde meinen Schneider bitten müssen, mir die richtigen Hosen zu nähen."

An diese Partnerlook Sache werde ich mich nie gewöhnen... „Caleb, ich möchte vor dem Abendessen noch eine Runde durch den Park gehen, begleitest du mich?"

„Gerne, hol mich einfach im Salon ab, wenn du hier fertig bist."

Die Abendsonne schien mir warm ins Gesicht, als wir aus dem Schloss traten. Caleb nahm wie immer meine Hand und legte sie in seinen Arm. So flanierten wir formvollendet durch die Parkanlage. Wir machten einen Abstecher zu den Stallungen, um unsere morgige Reise zu besprechen. Mir graute es schon vor dem morgigen Tag mit der Hexe. Wieder dieser stundenlange, nichtssagende Smalltalk – aber vielleicht würde ich ihn sehen... Hauptsache, die Hexe tatscht ihn nicht wieder die ganze Zeit an. Neben mir fing Caleb plötzlich an zu lachen. Überrascht sah ich ihn an. Er grinste sein typisches Grinsen. „Ein Penny für deinen Gedanken."

„Wieso?"

„Dein Gesichtsausdruck war gerade eine reine Achterbahnfahrt von genervt über gefühlsduselig bis hin zu hasserfüllt und das in atemberaubender Geschwindigkeit."

Ich winkte ab. „Das geht mir mehrmals am Tag so."

Mein Magen machte sich bemerkbar. Das brachte Caleb wieder zum Lachen. „Komm, wir sehen mal nach, ob wir was für dich zum Essen auftreiben können."

„Gute Idee, bei der ganzen Kleidanprobiererei habe ich das Essen ganz vergessen."

Am nächsten Morgen brachen wir früh auf. Caleb hatte mir wieder in mein Kleid geholfen und ich stellte erleichtert fest, dass es sich wieder ganz normal anfühlte. Caleb und ich flachsten auf der Fahrt rum, wie immer. Flüchtig dachte ich noch an den Rat von Sarah, aber ich beschloss, keine schlafenden Hunde zu wecken.

Vor dem Schloss erwartete uns die Hexe zusammen mit John, meinem Nicht-Vater. Caleb und ich sahen uns an. „Mögen die Spiele beginnen." Er grinste und sprang vor mir aus der Kutsche, um mir galant die Stufen hinab zu helfen. Wir wurden mit den obligatorischen Küsschen begrüßt und bevor wir uns ins Schloss begaben, schnippte die Hexe einmal mit den Fingern, woraufhin zwei Pagen herbeigeeilt kamen.

Sie holten unser Gepäck aus der Kutsche und brachten es ins Schloss. „Was für eine Farbe wird denn das Paar des Abends heute tragen? Alle sind schon ganz gespannt, das verliebte Pärchen wieder zu sehen."

Innerlich rollte ich mit den Augen, aber es nützte nichts. Ich legte die Arme um Calebs Hüfte und strahlte ihn so inbrünstig wie möglich an. „Wir werden in abgestimmten Gelbtönen auf dem Ball erscheinen. Aber Königin Mutter, spannt mich nicht auf die Folter, welche Farbe tragt ihr?"

Als ich aus dem Augenwinkel eine Bewegung wahrnahm, blickte ich automatisch in die Richtung. Noah kam über den Platz und ging zu der Kutsche. Er sah stur auf die Pferde, aber ich sah seinen angespannten Mund. Es tat mir weh, ihn so zu sehen. Calebs Griff verstärkte sich und ich hielt mich an ihm fest, zwang mich, meine Aufmerksamkeit wieder der Hexe zu zu wenden. „Wir werden in Rot erscheinen, wir waren extra auf dem Markt und ich habe mir noch passende Bänder gekauft."

„Das hört sich ja traumhaft an!"

Die Hexe wand sich in Richtung Schloss. „Habt Ihr Hunger? Das Essen ist schon angerichtet."

'Als würdest du uns erlauben, jetzt nicht mit dir zu gehen, du herrschsüchtige alte...' Arm in Arm folgten Caleb und ich unseren Gastgebern in den Salon.

Ich hätte fast drei Kreuzzeichen gemacht, als die Hexe, nach einem mit nervtötendem Smalltalk überladendem Essen, die Runde auflöste. „Wir werden uns jetzt noch ein wenig ausruhen und uns dann auf den Abend vorbereiten. Wir sehen uns dann auf dem Ball."

Und damit waren wir fürs Erste entlassen. Erschöpft sank ich in meinem Stuhl zurück. Mein Kopf pochte. „Gibt es hier Kopfschmerztabletten?"

Caleb zuckte entschuldigend mit den Schultern. „Nein, aber es gibt meine Zauberhände." Er wackelte grinsend mit den

Fingern, kam zu mir und legte seine Hände an die Schläfen. Ich wollte protestieren, aber als er anfing zu massieren, waren meine Bedenken verpufft. Seufzend lehnte ich mich an und genoss den sanften Druck seiner Hände. „Bin ich hier richtig?"

Ich konnte nur nicken. Es tat so gut, als der Schmerz mit jeder kreisenden Bewegung weniger wurde. „Deine Hände können wirklich zaubern."

Er gluckste. „Stell dir mal vor, was sie noch alles anstellen könnten..."

Unwillkürlich musste ich auch lachen. Ich setzte mich auf und schlug seine Hände weg. „Wo die schon alles gewesen sind, will ich mir gar nicht vorstellen!"

„Eifersüchtig?"

„Nein, aber ich würde das dringende Bedürfnis nach einer Dusche verspüren und die gibt es hier nicht."

„Geht es deinem Kopf besser?"

„Ja, danke, die Massage hat wirklich gutgetan."

Ich stand auf und ging zu den großen Fenstern. Caleb stellte sich neben mich. „Lust auf eine Runde durch den Park?"

Sehnsüchtig blickte ich nach draußen. Ich wusste, dass er ganz in der Nähe war und alles in mir krampfte sich zusammen. „Nein, ich möchte lieber auf unser Zimmer..."

Caleb sah mich fragend an.

„Wenn wir uns draußen aufhalten, müssen wir die ganze Zeit in unseren Rollen bleiben und Noah ist da auch irgendwo... ich

möchte es ihm nicht schwerer als nötig machen...aber du kannst
dir gerne die Beine vertreten gehen, ich finde den Weg auch
alleine. Es ist ja schließlich mein Elternhaus."

Ich ging in mein Zimmer. Durch die geöffnete Tür zum
Ankleidezimmer konnte ich unsere Kleidung für den Ball sehen.
Vorsichtig strich ich über die raue Wildseide. Das Kleid war
wirklich ein Traum. Ich sah mich um. Unvorstellbar, dass es
noch nicht mal ein Monat her ist, dass ich hier aufgewacht bin.
Wenn ich darüber nachdachte, was in der kurzen Zeit alles
passiert war, wurde mir fast schwindelig. Ein Klopfen riss mich
aus meinen Gedanken. „Herein."

John trat ein und schloss schnell die Tür hinter sich. „Gut,
dass du hier bist, ich habe Neuigkeiten."

Aufgeregt ging ich zu ihm. „Spann mich nicht so auf die
Folter!"

„Der Schalter für den Sender, er muss in dem Amulett sein,
dass die Königin nie ablegt. Es ist ein achteckiger Anhänger aus
Gold mit einem Rubin in der Mitte. Als ich es mir einmal
genauer ansehen wollte, ist sie sehr wütend geworden. Ich habe
mir nichts dabei gedacht, sie ist mit ihren Sachen immer etwas
eigen. Aber seit ein paar Tagen trägt sie es nicht mehr und als ich
sie darauf angesprochen habe, behauptete sie, dass sie es
verloren habe."

Das anfängliche Hochgefühl verschwand wieder. „Wirklich
weiter bringt uns das aber nicht..."

Er zuckte mit den Achseln. „Na ja, jetzt wissen wir wenigstens, wie das Teil aussieht, dass wir suchen.“

„Ja, wir suchen einen kleinen Anhänger den die Hexe was weiß ich wo versteckt haben kann, vielleicht sogar in der anderen Parallelwelt...“ Jetzt guckte auch John betreten. Ich bekam Mitleid mit ihm. „Aber es ist trotzdem ein Fortschritt. Außerdem sagt uns deine Beobachtung noch was. Wir müssen noch mehr aufpassen. Sie scheint etwas zu ahnen, sonst hätte sie sich bestimmt nicht von dem Sender getrennt.“

Er winkte ab. „Das hängt wahrscheinlich mit der Flucht von Estelle und Cody zusammen. Kurz nach unserer Rückkehr von Lionels Party hat sie Wind davon bekommen.“ Erschreckt riss ich die Augen auf, aber er grinste nur. „Es hat einen Vorteil, wenn einen die eigene Ehefrau für einen totalen Versager hält – sie hat mich nicht eine Sekunde verdächtigt. Sie hat die Hälfte des Wachpersonals ausgetauscht, hat ihre Getreuen auf die Suche geschickt und ist zur Tagesordnung zurückgekehrt.“

„Wir müssen die zwei warnen!“

„Dass sie gesucht werden ist ihnen durchaus klar. Sie halten sich gut versteckt!“

„Dann ist ja gut... Die wird Augen machen, wenn sie am Ende erfährt, welche Rolle du bei ihrem Sturz gespielt hast.“

Sein Grinsen wurde breiter. „Auf das Gesicht freue ich mich auch schon. Aber jetzt muss ich mich auch wieder auf den Weg machen, wir sehen uns nachher.“

Kurz nachdem er gegangen war klopfte es erneut.

„Herein." Diesmal kam Caleb durch die Tür. Ich brachte ihn auf den neuesten Stand. Er hatte ähnliche Bedenken wie ich. „Heute Abend sagen wir auf jeden Fall allen von uns Bescheid, wie der Sender aussieht. Hoffentlich stehen ein paar von ihnen auf der Gästeliste... Wie war es im Park?"

Caleb grinste. „Die frische Luft hat gutgetan."

Ich boxte ihm lachend gegen die Schulter. „Du weißt, dass ich das nicht so gemeint habe."

„Ich weiß, ich habe Noah nur von weitem gesehen. Und jetzt lass uns nach dem Mädchen läuten, das dir beim Umziehen hilft. Mit dem Kleid komme ich vielleicht noch zurecht, aber die Haare muss dir jemand anders machen." Er fasste mich an der Hand und zog mich zu den Klingeln ins Ankleidezimmer.

Als ich nach einer gefühlten Ewigkeit in den Spiegel sah, war ich wieder einmal fasziniert von der Wirkung eines solchen Kleides.

Caleb kam ebenfalls fertig zurechtgemacht ins Ankleidezimmer. „Du siehst fantastisch aus. Aber etwas fehlt noch." Er trat hinter mich und legte mir eine feine Perlenkette um den Hals. Als er sie schloss berührten seine Hände meinen Nacken und unsere Blicke trafen sich im Spiegel. Was ich in seinen Augen las, ließ mich Sarahs warnende Worte hören und ich ärgerte mich, dass ich die schlafenden Hunde nicht geweckt habe, um für Klarheit zu sorgen.

'Scheiße, scheiße, scheiße!!' Hastig trat ich einen Schritt weg. 'Noah hatte recht gehabt. Und Sarah auch, ich hätte reinen Tisch machen müssen!'

Caleb verspannte sich, erkannte an meiner Reaktion, was mir durch den Kopf ging. „Wir müssen los Alex...“

„Ich weiß, aber...“

Er schüttelte den Kopf, und hielt mir seinen Ellbogen hin. „Dafür haben wir keine Zeit, wir können nachher reden, die Hexe und John warten im Flur auf uns. Los, wir müssen unsere Rollen spielen.“ Ich nickte und hakte mich bei ihm ein.

Ich ließ das Gesülze der Hexe über mich ergehen und war froh, dass Caleb die Konversation übernahm. Im Ballsaal angekommen, drückte er mir einen Champagner in die Hand, den ich nur zu dankbar nahm. Ich beobachtete die Hexe und die Menschen um sie herum. Die meisten entfernten sich eilig, nachdem sie sie mit einer Verbeugung oder einem Knicks begrüßt hatten. Nur sehr wenige blieben bei ihr stehen, um ein Gespräch zu führen. Überall, wo die Hexe hinging, tat sich eine Schneise auf. Doch ich war nicht bei der Sache. Calebs Blick hatte mich völlig aus der Bahn geworfen. Die ganze Zeit überlegte ich, wie ich damit umgehen sollte. Doch diese Gedanken mussten warten. 'Reiß dich jetzt zusammen, Alex. Du musst eine Königin stürzen!'

Ich trank mein Glas in einem Rutsch leer und wandte mich an

Caleb. „Ok, lass uns eine Show liefern.“ Er grinste sein Caleb-Grinsen und zog mich auf die Tanzfläche. Zwischen den Tänzen tranken wir den ein oder anderen Champagner. Um der Show die Krone aufzusetzen steckten wir uns gegenseitig die Häppchen in den Mund. Irgendwann fanden uns die Freunde von Caleb und gaben keine Ruhe, bis ich auch mit jedem von ihnen getanzt hatte. „Ich brauche frische Luft, ich gehe kurz auf die Terrasse.“

Caleb griff nach meiner Hand. Ich begleite dich, ich kann mich noch zu gut daran erinnern, was das letzte Mal passiert ist, als du nur kurz auf die Terrasse wolltest.“

„Wie du meinst. Hauptsache, ich komme hier kurz raus.“

Ich stellte mich an die Brüstung und atmete tief durch. Noch immer meine Hand haltend trat Caleb neben mich. Er beugte sich zu mir. „Die Hexe ist uns gefolgt und kommt in unsere Richtung.“ Auch wenn ich vorgewarnt war, zuckte ich leicht zusammen, als sie uns ansprach.

„Ich hoffe, ihr habt euch noch nicht zu sehr verausgabt. Gleich wird doch euer Ehrentanz kommen.“ Ich drehte mich um und blinzelte irritiert. „Dein Vater und ich haben dafür Sorge getragen, dass euer Hochzeitslied gleich gespielt wird, die Gäste freuen sich schon auf euren Tanz.“

„Das klingt ja wundervoll, nicht wahr?“ Caleb sah mich auffordernd an und drückte meine Hand.

„Da hast du natürlich recht, herzlichen Dank!“

Die Hexe lächelte geschmeichelt. „Sehr gern geschehen, dann kommt jetzt aber mit, es geht gleich schon los."

Drinnen ging sie zu ihrem Platz und schlug mit ihrem Ring gegen ihr Glas. Die Gespräche und die Musik verstummten. Alle sahen sie abwartend an. „Meine lieben Gäste. Ich freue mich, nun den lang erwarteten Tanz der Prinzessin mit ihrem geliebten Ehemann ankündigen zu können. Lassen wir uns verzaubern."

Die Menge applaudierte und es bildete sich ein großer Kreis um die Tanzfläche. Mein Herz schlug mir bis zum Hals und ich wurde nervös. „Ich habe keine Ahnung, wie unser Hochzeitstanz ausgesehen hat..."

Caleb legte mir seine Hand in den Rücken. „Mach dir keine Sorgen. Ich führe dich. Konzentriere dich darauf, mich anzusehen und achte einfach nicht auf die Leute." Leichter gesagt als getan, alle um uns herum starrten uns erwartungsvoll an. Ich atmete tief durch und sah Caleb an. Er beugte sich zu mir runter. „Dann mal los." Er gab mir einen Kuss auf die Wange und wir gingen zusammen in die Mitte der Tanzfläche. Die Musik fing an zu spielen und ich sah hoch zu Caleb. Er lächelte mich zuversichtlich an und wir fingen an zu tanzen. Nach einigen Drehungen störte mich die Menge, die uns beobachtete, nicht mehr. Es fing sogar an, mir fast Spaß zu machen. Als die Musik endete, fingen alle an, mit irgendwelchen Gegenständen gegen ihre Gläser zu klopfen.

Ich sah mich um und fing das breite Grinsen der Hexe ein. Sie lag tatsächlich immer noch auf der Lauer. „Ich glaube, unser Publikum wünscht sich mal wieder einen Kuss."

„Dann wollen wie sie mal nicht warten lassen." Caleb strich mir mit seiner linken Hand eine Strähne hinter mein Ohr und beugte sich dann zu mir hinab. Ich schloss die Augen in Erwartung eines kurzen Schmatzers, wie der auf unserer Hochzeit. Seine Lippen streiften meine Lippen so zart, es war mehr ein Streicheln. Ich wollte mich von ihm lösen, doch mit seiner Hand an meinem Rücken hielt er mich fest. Sein gerade noch zarter Kuss wurde drängender und mit seiner anderen Hand zog er meinen Kopf näher zu sich heran. Ich kämpfte gegen den Impuls an, ihn einfach von mir zu stoßen. Die Hexe wartete nur darauf, dass ich aus der Rolle fiel. So legte ich einfach meine Hände auf seine Brust und versuchte, ihn vorsichtig von mir zu schieben. Als er nicht reagierte, kniff ich ihn unauffällig. Er zuckte zusammen und ließ von mir ab. Jetzt war ich es, die ihn festhalten musste. Er sah mich mit verklärtem Blick an. Die Leute um uns herum jubelten. Gott sei Dank hatte Caleb sich schnell wieder im Griff. Er nahm meine Hand und verbeugte sich theatralisch. Dann zog er mich zum nächsten Tablett mit Champagner und nahm zwei Gläser. Ich wollte gerade eines davon greifen, als er beide schon geleert hatte. Ich starrte ihn fassungslos an.

„Was denn, Prinzessin, wolltest du auch etwas?"

Er winkte einem Pagen, der ein volles Tablett hatte, und gab mir auch ein Glas. Bevor ich etwas sagen konnte, waren wir von seinen Freunden umringt, die ihm auf die Schultern klopften und Kommentare zu unserem Tanz und dem Kuss abgaben. Da tippte mir jemand vorsichtig auf die Schulter. Als ich mich umdrehte, blickte ich in das freundliche Gesicht von Lionel. Ich musste mich beherrschen, ihm nicht um den Hals zu fallen. Stattdessen riss ich mich zusammen und machte einen Knicks. Er deutete eine Verbeugung an. „Wie schön, Euch wieder zu sehen, Prinzessin.“

„Die Freude ist ganz auf meiner Seite.“

„Darf ich vielleicht um den nächsten Tanz bitten?“ Erleichtert nickte ich und folgte ihm. Mit Lionel zu tanzen war wie immer mehr als angenehm. „Wollt Ihr darüber reden?“

Ich schnaubte. „Worüber? Dass Caleb seine Rolle vielleicht etwas zu ernst nimmt, dass Noah ganz in der Nähe ist, ich aber unmöglich zu ihm kann? Oder dass wir dank John zwar wissen, wie der Schalter aussieht, ihm letztendlich aber immer noch keinen Schritt nähergekommen sind, da die Hexe ihn versteckt hat.“

Ich konnte sehen, dass Lionel ein Grinsen unterdrückte. Das brachte mich fast auf die Palme. „Entschuldigt bitte, ich wollte Euch nicht noch mehr aufregen. Erzählt mir doch von dem Schalter. Wie soll er denn aussehen?“ Es war klar, dass er mich nur ablenken wollte, aber dankbar ging ich darauf ein. Langsam beruhigte ich mich wieder.

Nach einigen Tänzen musste Lionel sich verabschieden. Er brachte mich vorher noch zurück zu Caleb. Er stand alleine an der Bar und hielt ein leeres Glas in der Hand. Die meisten Gäste waren mittlerweile gegangen und auch ich merkte, dass ich müde war. Ich lehnte mich neben Caleb und nahm ihm das Glas aus der Hand. „Komm, lass uns schlafen gehen, ich bin hundemüde.“

„Gute Idee.“ Er richtete sich auf und nahm meine Hand. Gemeinsam gingen wir in mein Schlafzimmer.

Ich läutete nach einem Mädchen, damit es mir beim Umziehen helfen konnte. Kurz nachdem ich unter die Decke geschlüpft war, kam auch Caleb. Er legte sich neben mich aufs Bett. Ich setzte mich auf und verschränkte die Arme vor der Brust. „Was sollte das heute Abend?“

„Was meinst du?“

„Ach komm schon, du weißt genau, wovon ich rede!“

Nun verschränkte auch er die Arme vor der Brust. „Nein, tut mir leid, du wirst schon genauer werden müssen, ich habe heute eine Menge getan.“

„Die Perlenkette, der Kuss...“ schnaubte ich.

„Ich habe meine Rolle gespielt. Und dir geholfen, wenn du wieder fast gepatzt hättest.“

„Bist du sicher?“

Er lehnte sich im Bett zurück. „Ja, wieso? Bist du dir etwa nicht mehr sicher, ob du nur eine Rolle spielst?“

Frustriert stöhnte ich auf. „Ich habe nur Angst, dass Noah recht hat. Ich möchte dich nicht verletzen... ich mag dich, aber..."

Plötzlich wurde er ernst. Er nahm meine Hand. „Ich weiß, dass du zu Noah gehörst, aber das ändert nichts daran, dass ich mir wünschte, es wäre anders."

Ich entzog ihm meine Hand und sprang aus dem Bett. Entgeistert starrte ich ihn an. „Wie viel hast du getrunken?"

„Krieg dich wieder ein, Alex. Ich hatte eigentlich gar nicht vor, dir von meinen Gefühlen etwas zu sagen. Aber ich finde es gut, jetzt mit offenen Karten spielen zu können. Ich brauche mich nicht mehr zurück zu halten und du kennst deine Alternativen." Er grinste mich doch tatsächlich frech an, ich war fassungslos.

„Ich will keine Alternativen!"

Wütend ging ich im Raum umher. Unbekümmert zuckte er mit den Schultern. „Ich kann geduldig sein."

„Du sollst nicht geduldig sein!"

„Wie du meinst, ich bin zu müde, um jetzt mit dir zu diskutieren, wie ich deiner Meinung nach zu sein hab. Wir stecken in dieser Geschichte gemeinsam drin, leb damit und komm ins Bett. Ich komm damit klar und du solltest es auch." Mit diesen Worten legte er sich hin, zog sich die Decke hoch und schloss die Augen.

Am liebsten wäre ich in ein anderes Zimmer gezogen, aber das ging natürlich nicht. Nachdem ich eine Weile unschlüssig im Raum stand, schlüpfte ich auch unter die Decke und rollte mich auf der äußersten Kante des Bettes zusammen.

Völlig gerädert und mit steifen Knochen wachte ich am nächsten Tag auf. Ich drehte mich um, Caleb war schon fertig angezogen und saß auf dem Stuhl an der Frisierkommode. „Guten Morgen Prinzessin, gut geschlafen?"

„Nein."

Ich stand auf, ging an ihm vorbei in das Ankleidezimmer und läutete. Nachdem ich die Tür hinter mir geschlossen hatte, ließ ich mir von dem Mädchen beim Umziehen helfen. Als ich fertig war, sammelte ich mich kurz und ging zu Caleb. „Komm, lass uns das schreckliche Frühstück hinter uns bringen und dann abreisen."

Auf dem Weg zur Kutsche blickte ich mich suchend um, konnte ihn aber nirgends entdecken. Schweigend fuhren wir zu Calebs Schloss. Dort angekommen ging ich geradewegs in das kleine Zimmer, das zum Schein mein Schlafzimmer war, wenn ich reiste. Caleb kam mir hinterher und hielt mich an der Hand fest. „Was hast du vor? Gehst du mir aus dem Weg?"

Ich machte mich von ihm los und blickte ihn an. „Ja, natürlich! Nach der Bombe, die du gestern Abend hast platzen lassen, glaube ich, tut uns beiden ein bisschen Zeit alleine ganz gut."

„In Ordnung, wenn du das brauchst, um deine Gedanken zu ordnen…“ Ich schüttelte den Kopf.

„Nein, ich muss meine Gedanken nicht ordnen, Caleb, ich weiß genau, was ich will. Ich will jetzt reisen und in Ruhe darauf warten, dass dieses Museum wieder aufmacht, damit ich zu Noah kann. Caleb, ich will nur ihn. Für ihn habe ich das ganze Theater hier angefangen und für ihn bringe ich es auch zu Ende. Ich spiele keine Spielchen und ich meinte es ernst, als ich sagte, dass ich dich mag…“

Caleb zuckte mit den Schultern. „Nur dass hier das berühmte 'aber' kommt…“ Ich seufzte. Er gab mir einen Kuss auf die Wange und ging.

31.

Als das Drehen aufhörte, setzte ich mich mit dem Handy vor dem Kamin auf den Boden und rief Sarah an. Ich rechnete es ihr hoch an, dass sie nicht darauf herumritt, dass sie mir ja gesagt hatte, ich solle die Sache mit Caleb klären. Wir quatschten, bis das Museum öffnete. Ich versprach, sie anzurufen, bevor ich wieder zu Caleb reiste. Auf der Fahrt zu Schloss Benrath telefonierte ich mit meinen Eltern und überredete sie, dass ich noch eine Nacht bei Sarah schlafen durfte.

Ich fuhr wieder direkt zu dem kleinen Haus im Wald und stürmte die Treppe hoch zu dem Portal. 'So eine Scheiße, verdammt.' Ich hatte schon wieder die Schmuckschatulle runter geschmissen. Ich stutzte kurz, aber ich hatte es eilig, also verstaute ich alles und trat durch das Portal.

Wie erwartet war alles stockdunkel, nur der Mond schien schwach durch die Vorhänge. Ich sah ihn quer auf dem Bett liegen und sein Anblick verschlug mir den Atem. Ich legte mich zu ihm ins Bett und schmiegte mich an ihn. Wie von der Tarantel gestochen sprang er auf. Es dauerte einen Augenblick, bis er mich erkannte. Ich versuchte vergeblich, mir das Lachen zu verkneifen. „Seit wann bist du denn so schreckhaft?"

Grinsend kam Noah auf mich zu. Er griff nach meiner Hand und zog mich zu sich. „Schön, dass du da bist." Sanft strich er mit seinen Lippen über meinen Mund. „Ich hab dich vermisst..." flüstere er an meinem Hals.

Ich legte den Kopf in den Nacken und genoss seine Berührung. Mein Herz schlug bis zum Hals und ich vergaß zu atmen, als er seine linke Hand an meine Wange legte und mich mit geöffneten Lippen ansah. Mit meinen Fingerspitzen berührte ich die kleine Narbe über seiner Oberlippe, zog ihn zu mir und küsste sie. „Woher hast du eigentlich diese Narbe?"

Meine Stimme war ein fast tonloses Krächzen. „Das erzähle ich dir später." Sein Kuss war nicht mehr zärtlich und ich wurde nach hinten gedrückt.

„Erzählst du mir jetzt die Geschichte deiner Narbe?"

Noah setzte sich etwas aufrechter hin. „Ich habe mich mit jemandem geprügelt, der leider stärker war als ich."

Überrascht sah ich ihn an. Ich hatte als Grund einen Sturz erwartet. „Du bist in eine Schlägerei geraten?"

Er zuckte die Schultern. Ich habe sie sogar angefangen." Jetzt setzte ich mich auch auf.

„Der Kerl hat sich meiner Schwester gegenüber wie ein Arschloch verhalten..." Ich ließ mich wieder zurücksinken.

„Was hat eigentlich eure Besprechung bei Lionel gebracht? Es schien ja wirklich unglaublich wichtig zu sein. Und du warst lange weg."

Innerlich wandte ich mich, da ich ihm eigentlich von dem Zwischenfall mit Caleb berichten wollte, andererseits graute mir auch vor seiner Reaktion. Schließlich mussten wir die Rolle des verliebten Ehepaares noch weiterspielen. „Ich wäre ein bisschen eher hier gewesen, wenn die doofe Schmuckschatulle nicht auf der Ecke des Regales gestanden hätte. Ich habe sie runter geschmissen und musste erst alles aufheben."

„Die habe ich auch immer runter geschmissen, die Hexe hat sie immer genau auf die Kannte gestellt und war sauer auf mich, da ich die Schatulle immer von der Kannte abgerückt habe. Aber jetzt hör auf das Thema zu wechseln, erzähl, was ihr besprochen habt."

Ich seufzte, er hatte ja recht. Also erzählte ich ihm von der anderen Parallelwelt, von der wir wussten, wo sie war und von dem Medaillon, von dem wir leider keine Ahnung hatten, wo es steckte.

„Du kennst sie doch schon sehr lange, hast du eine Ahnung, wo sie so etwas verstecken würde?"

Er zog nachdenklich die Augenbrauen zusammen. „Ich kannte sie, aber sie hat sich sehr verändert. Sie ist völlig unberechenbar geworden."

Ich schnaubte. „Außer ihre Fixierung auf dich, die ist

anscheinend eine Konstante.“

Noah zuckte die Schultern. „Ja, da hast du recht. Wo wir gerade von Fixierung sprechen, wie läuft es zwischen dir und Caleb?“

Schuldbewusst zuckte ich zusammen. Er verspannte sich, rückte von mir ab und sah mich argwöhnisch an.

'Oh man... da musste ich jetzt durch...' „Du hattest recht, er empfindet mehr für mich als nur Freundschaft.“

„Ich hab's gewusst! Was hat er getan?“

Ich wollte ihm beruhigend die Hand auf den Arm legen, aber er schüttelte sie ab, stand auf und zog sich die Hose an.

„Er hat gar nichts getan. Es gab da ein Missverständnis... als ich von dir geträumt habe...“

Verständnislos sah er mich an.

„...ich habe von uns geträumt, dass ich mit dir hier im Bett liegen würde...und irgendwie habe ich mich im Schlaf an Caleb gekuschelt...und er hat es falsch verstanden.“ Noah ballte die Fäuste.

„Aber es ist nichts passiert, Noah!“

Er runzelte die Stirn. „Ist das alles?“

Wenn es nur so wäre... „Er hat mir Perlen geschenkt und dabei so komisch geguckt und einmal hat er die Rolle etwas überzeugender gespielt, als sonst und ich konnte ihn nicht sofort wegstoßen, obwohl ich wollte, weil wir dann aufgeflogen wären und alles wäre umsonst gewesen. Aber ich habe mit ihm gesprochen, es ist alles geklärt. Er weiß, dass ich für ihn nicht mehr als Freundschaft empfinde."

Während meines Ausbruchs hatte er mir mit versteinertem Gesicht zugehört. „Was meinst du mit 'die Rolle etwas überzeugender gespielt als sonst'?"

Um etwas Zeit zu schinden griff ich nach seinem Oberteil und zog es über, denn wohl oder übel musste ich ihm jetzt auch noch detailliert von dem Kuss erzählen.

„So ein Mistkerl, wenn ich den in die Finger bekomme!"

Wutentbrannt fegte er eine Holzschachtel von der Fensterbank. Als der Inhalt über den Fußboden kullerte, fühlte es sich an, als würde in meinem Hirn etwas an die richtige Stelle fallen. „Noah, bleib mal kurz stehen! Ich hab's!" Vor Freude ganz kribbelig stand ich auf und ging zu ihm hin. Irritiert sah er mich an. „Ich weiß, wo das Amulett mit dem Schalter ist!"

Abwehrend hob er die Hände. „Versuch jetzt nicht, abzulenken!"

„Nein, ich weiß es wirklich. Als ich das letzte Mal bei dir war habe ich in der realen Welt in deinem Schlafzimmer eine Schmuckschatulle runter geworfen. Nachdem ich alles wieder eingesammelt hatte, habe ich sie extra weiter entfernt von der Kante hingestellt. Aber als ich heute zu dir kam, habe ich sie schon wieder runter gestoßen. Es kam mir schon da komisch vor, ich habe aber nicht weiter daran gedacht, bis ich jetzt deine Holzschachtel fallen sah. Jemand muss sie nach mir wieder umgestellt haben. Da waren dutzende Ketten drin... Ich nehme an, du hast sie nicht an die Kannte gestellt?"

Noah setzte sich. „Nein, habe ich nicht. Wie gesagt, wegen dieser Schatulle haben wir uns andauernd in den Haaren gehabt. Sie wollte, dass sie immer genau an der Kante stand und ich habe sie ständig runter geschmissen und sie dann falsch wieder zurückgestellt. Sie hatte da schon einen Hang, na ja sagen wir, in Richtung Exzentrik."

Ich verdrehte die Augen. „Vorsichtig ausgedrückt..."

Er sog die Luft ein. „Das heißt, sie war hier! Sie hat den Schlüssel für mein Entkommen aus dieser Welt direkt vor meinen Augen versteckt!"

Noah griff nach meinem Handgelenk und zog mich an sich. Er lehnte seinen Kopf gegen meinen Bauch. „Wir können es tatsächlich schaffen."

Ich hockte mich vor ihn und nahm sein Gesicht in meine Hände. Als er mich ansah, konnte ich die Tränen in seinen Augen sehen. Der Anblick versetzte mir einen Schlag in den Magen. 'Er hat bis jetzt nicht wirklich daran geglaubt, dass wir die Hexe besiegen können. Er dachte, er würde für immer nach ihrer Pfeife tanzen müssen...' Nun stiegen auch mir die Tränen in die Augen. „Wir holen dich hier raus", flüsterte ich.

Ein Strahlen glitt über sein Gesicht. Diese Freude in seinem Gesicht war zu viel für mich. Ich fing doch tatsächlich an zu weinen.

„Was hast du?“

Mit meiner rechten Hand fuhr ich durch seine Haare. „Ich freue mich einfach.“

Sein Grinsen wurde breiter. Mit einem Ruck zog er mich zu sich auf das Bett und küsste mich. Lachend machte ich mich von ihm los. „Warte kurz, ich möchte das Amulett holen, ich will mir sicher sein!“ Seufzend ließ er mich los.

„Soll ich dir noch bei dem Kleid helfen?“

Ich winkte ab. „Ach, ich bin ja sofort wieder da, für die kurze Reise reicht dein Hemd.“ In der realen Welt durchsuchte ich die Schatulle und hielt dann die gesuchte Kette in Händen. Ich ging wieder durch das Portal, wo er schon angespannt auf mich wartete. Ich reichte ihm das Amulett. Fast andächtig nahm er es und öffnete es vorsichtig. Automatisch hielt ich die Luft an und als er mir das Innere zeigte, entwich sie mir mit einem Schlag. In dem Amulett befand sich tatsächlich ein Schalter! Ich fiel ihm um den Hals und er wirbelte mich im Kreis. Als er mich wieder hinstellte, war mir leicht schwindelig und ich konnte seinen Herzschlag an meiner Brust spüren.

„Du weißt, dass ich gleich...“

Noah verspannte sich. „Ja, ich weiß, dass du zu Caleb musst, um die anderen zu verständigen. Weißt du, was das Ätzendste ist?“

Ich schüttelte den Kopf.

„Am Ende muss ich mich bei ihm bedanken und darf ihm

keine dafür verpassen, dass er dich geküsst hat..."

Ich verdrehte die Augen. „Hilfst du mir mit dem Kleid?" Als ich wieder angezogen war legte ich mir das Amulett um und versteckte es in meinem Ausschnitt.

Er stellte sich ganz nah vor mich und sah mich ernst an. „Dankeschön."

Seine Stimme war ganz rau und brachte mein Herz zum Stolpern.

„Bedank dich, wenn wir erfolgreich waren."

Ich stellte mich auf die Zehenspitzen und gab ihm einen Kuss. Er grinste.

„Das werde ich." Er zog mich an sich und küsste mich auf die Weise, die mich nach Luft schnappend und mit erhitzten Wangen zurückließ, als er sich von mir löste. „Das war nur ein kleiner Vorgeschmack, auf das, was ich mit dir vorhabe."

Sein Raunen in meinem Ohr, ließ meinen Magen Purzelbäume schlagen. „Dann beeil ich mich besser…"

32.

In der realen Welt rief ich sofort Sarah an. Sie hatte Gott sei Dank Zeit, also fuhr ich direkt zu ihr. Mit großen Augen starrte sie das Amulett und den Schalter in seinem Inneren an, während ich sie auf den neuesten Stand brachte.

„Das passt zu dem, was in dem Artikel steht."

Ich verstand nur Bahnhof.

„In dem Artikel wird die Problematik erläutert, Dinge zwischen den Welten zu bewegen. Es wird die Theorie aufgestellt, dass man, wenn man die Dinge aus Materialien baut, die auf beiden Seiten in der gleichen Art existieren, mit ihnen reisen kann. Anscheinend stimmt das." Ich war sprachlos. Sie hatte natürlich recht. Ich war so aufgeregt gewesen, dass wir tatsächlich den Schalter gefunden hatten, dass ich keine Sekunde darüber nachgedacht habe, dass das Amulett in beiden Welten komplett gleich ausgesehen hat, während sich ja alles andere immer verändert. Nachdem wir uns ausgiebig verabschiedet hatten, fuhr ich zum Schloss Moyland. Die Kassiererin wunderte sich schon nicht mehr, dass ich kurz vor der Schließung des Schlosses noch rein wollte. Ich lief zum Portal, verstaute

Autoschlüssel und Handy und schon war ich wieder dort.

Ich kontrollierte noch, ob das Amulett auch wieder sicher unter meinem Mieder hing und machte mich auf den Weg in Calebs Schlafzimmer.

Er stand reglos am Fenster und zuckte zusammen, als ich ihn ansprach. In seinen Augen stand Angst. „Scheiße, was machst du denn schon hier?"

„Ich habe Neuigkeiten, ich kann ja nicht vorher anrufen. Warum bist du so entsetzt? Hast du eine Frau unterm Bett versteckt?"

Lachend ging ich zu ihm. Caleb hielt mich an den Armen. „Du musst sofort wieder verschwinden. Sie weiß Bescheid..."

Mir sackte der Boden unter den Füßen weg. „Wie..."

Schuldbewusst drehte er sich weg. „Als du wieder zurück zu Noah gereist bist, habe ich mich hier, wie es sich gehört, betrunken. Es tut mir so leid, ..."

Abwartend sah ich ihn an.

„Irgendwann ist ein Freund von mir gekommen, Tom. Er fragte, wo du seist, und da ist alles aus mir raus geplatzt." Es drehte sich alles. „Tom war nicht mein Freund. Er hat alles direkt an die Hexe berichtet. Sie muss ihn auf mich angesetzt haben und..."

„Was heißt 'alles'? Hast du ihm von unserem Plan erzählt?"

„Nein, nur davon, dass du zu Noah gegangen bist und das

auch schon vor der Ehe..."

„Was ist mit Noah?"

Caleb vergrub die Hände in seinem Gesicht. „Sie hat ihn
eingesperrt, um ein Druckmittel gegen dich zu haben. Du musst
verschwinden!"

Nichts drehte sich mehr, ich war wie betäubt. Ich sah ihn vor
mir, in einer dunklen Zelle, ständig bewacht. 'Jetzt ist nicht die
Zeit zum Durchdrehen, jetzt musst du funktionieren. Sie will
dich, soll sie dich haben! Du hast den Schalter, um ihre ganze
Welt zu zerstören! Los!!' Ich atmete tief durch und straffte die
Schultern. „Du bleibst hier und benachrichtigst so viele von uns,
wie du kannst. Ich reise zu Lionel, damit er die anderen
verständigt."

„Und dann?"

„Dann befreien wir Noah und schicken die Hexe dorthin, wo
sie keinem mehr schaden kann."

„Aber wie, wir wissen doch nicht, wo der Schalter ist…"

„Ich weiß, wo er ist." Ungläubig starrte er mich an. „Gib mir
deine dunkelsten Anziehsachen, ich muss mich umziehen, wenn
ich alleine zu Lionel reiten möchte."

Er hielt mich an den Schultern. „Du kannst jetzt nicht so weit
reiten, irgendjemand wird dich sehen und erkennen."

Ich riss mich los. „Aber ich muss etwas tun!!"

„Ich weiß, und zwar dich verstecken! Ich werde mich darum
kümmern, dass unsere Freunde benachrichtigt werden. Am

sichersten wäre es, wenn du dich in der realen Welt aufhältst, bis ich dich hole...“

Verzweifelt sah ich ihn an. „Aber Caleb...“

Er nahm mich in die Arme. „Es tut mir so leid! Ich verspreche dir, ich hole ihn dir zurück!“ Ich glaubte ihm und so ungern ich es auch zugab – er hatte recht. Wenn die Hexe mich jetzt in die Finger bekam, war alles umsonst.

„Am besten wartest du in Noahs Haus in der realen Welt auf mich. Von dort bin ich das letzte Mal gereist, da finde ich dich sofort.“

Ich nickte und schloss die Augen. „Pass auf dich auf, Caleb, und beeil dich...“

Erleichtert stellte ich fest, dass das Museum noch geöffnet hatte. Ich schnappte mir mein Handy und die Autoschlüssel. Ich rief sofort Sarah an und wir verabredeten, dass wir uns an Noahs Haus treffen würden. Sie wartete schon auf mich, als ich dort ankam. Ich war mit dem Auto bis zum Schloss gefahren und den Rest gerannt. Ich ließ mich in ihre Arme fallen. Hemmungslos fing ich an zu weinen. Sie führte mich ins Haus und bugsierte mich auf das Sofa. Irgendwann kamen nur noch trockene Schluchzer und ich beruhigte mich. Sarah lächelte mich aufmunternd an. „Jetzt erzähl nochmal ganz in Ruhe, was passiert ist, ich habe ehrlich gesagt nicht viel verstanden...“

Ich musste gegen meinen Willen schmunzeln und berichtete, was in der kurzen Zeit passiert war, seit wir uns das letzte Mal gesehen hatten – für sie war ich gerade mal eine dreiviertel Stunde weg gewesen, bis ich sie wieder angerufen hatte - die unterschiedliche Zeit erstaunte mich immer wieder. Als ich jetzt einen Blick auf die Uhr warf bemerkte ich, dass ich schon über zwei Stunden wieder hier war. Dort war es also mittlerweile Mittag am nächsten Tag und Caleb hatte hoffentlich schon einige Freunde erreicht. Unruhig lief ich im Raum herum, als ich es oben rumpeln hörte. „Alex, wo bist du?"

Ich sprang auf und lief nach oben. „Caleb, ich komme schon!"

Er sah sehr erschöpft, aber zu meiner Erleichterung auch zufrieden aus.

„Ich hab letzte Nacht noch Joana aus dem Bett geklopft, sie und ihr Mann werden bei der Befreiung auf jeden Fall helfen. Die Suche nach Cody und Estelle hat etwas gedauert, aber als ich sie gefunden habe, teilten sie mir mit, dass sie noch andere gefunden haben, die auf unserer Seite sind. Nachdem sie die zusammengetrommelt hatten, wollten sie mir zu Lionel folgen. Anschließend bin ich zu ihm geritten. Er ist jetzt dabei Rownan und die Anderen zu verständigen. Wir treffen uns alle bei Lionel im Schloss."

Das waren gute Neuigkeiten, zum ersten Mal, seit ich hier war, konnte ich durchatmen. „Dann lass uns losfahren, wir haben keine Zeit zu verlieren."

Gemeinsam eilten wir zum Parkplatz. Sarah nahm mich fest in

die Arme. „Sei bloß vorsichtig!“ Dann ging sie zu Caleb und boxte ihm auf die Schulter. „Ich habe dich gewarnt, dass du auf sie aufpassen sollst, mach deine Sache bloß richtig. Sie mag dir deinen Ausrutscher vielleicht verziehen haben, ich bin nicht so gnädig!“

Verblüfft rieb sich Caleb die Schulter. Er sah mich fragend an. Ich zuckte nur mit den Schultern und stieg ins Auto. Wenn Sarah so drauf war, mischte man sich besser nicht ein.

„Ich habe ihm vertraut, ich dachte er wäre auf unserer Seite...“

„Ich weiß, aber das passiert nicht nochmal - macht sie fertig!“

Kopfschüttelnd stieg er zu mir ins Auto. „Deine Freundin ist ganz schön angsteinflößend...“ Ich nickte lachend und fuhr los.

Der Weg kam mir endlos lang vor, aber endlich waren wir beim Schloss. Als wir am Tor standen, hätte ich vor Verzweiflung fast geschrien - es war geschlossen. Caleb hielt mich an der Taille fest. „Beruhig dich, Lionel hat mir den Code gegeben, mit dem wir ins Schloss kommen. Diesmal boxte ich ihm auf die Schulter. „Wieso hast du mir das auf dem Weg hier hin nicht gesagt, ich wäre fast durchgedreht!!“

„Entschuldige, ich hab nicht dran gedacht und jetzt mach mal Platz, damit ich ans Terminal komme.“

33.

Kurze Zeit später gingen wir durch das Portal. Wir wurden offenbar schon erwartet. Es waren viel mehr Menschen da, als beim letzten Mal. Offenbar haben alle in der kurzen Zeit noch mehr Mitstreiter gewonnen und sie standen versammelt in der Küche des Schlosses. Lionel stand ganz vorne und zog mich in seine Arme. Überrascht erwiderte ich die Umarmung.

„Ich habe mir Sorgen gemacht. Gut, dass ihr es geschafft habt, hierhin zu kommen. Lasst uns ins Lesezimmer gehen, dort können wir unser weiteres Vorgehen besprechen."

Bevor ich Lionel folgen konnte, schloss mich Estelle noch fester in die Arme.

„Jetzt lass sie schon los, wir haben wichtige Dinge zu besprechen. Umarmen könnt ihr euch noch, wenn der Spuk vorbei ist." Wir lösten uns und Cody fing sich von Estelle einen strafenden Blick ein, der mich zum Grinsen brachte. Im Lesezimmer angekommen, sahen mich alle erwartungsvoll an. Ich griff mir in den Nacken und zog das Amulett hervor. Als ich es öffnete ging ein Raunen durch den Raum und Cody schlug mit der Hand auf den Tisch. „Jetzt machen wir sie fertig und holen Noah aus dem Kerker."

Ich grinste. „Das ist der Plan." Ich hatte in den letzten Stunden hin und her überlegt, wie wir ins Schloss gelangen konnten, ohne Verdacht zu erregen. Mit Caleb hatte ich auf der Fahrt alle Ideen durchgesprochen und wir haben festgestellt, dass es unmöglich war. Also haben wir uns etwas anderes ausgedacht. „Ich werde auf die Forderung der Hexe eingehen und mich ihr im Tausch für Noah anbieten. So wiegen wir sie in Sicherheit."

Ungläubiges Gemurmel wurde laut. „Aber sie wird dich nur ebenfalls gefangen nehmen. Sie wird Noah so schnell nicht freilassen."

„Doch, weil ich ihr sagen werde, dass für den Fall, dass er nicht freikommt, der Schalter gedrückt werden würde." Die anfängliche Skepsis schwand. Als nächstes meldete sich Rownan zu Wort. „Und dann? Was passiert, wenn du im Kerker sitzt? Drücken wir den Schalter? Es wäre nur ein vorübergehender Erfolg, die Hexe muss noch durch das Portal."

Caleb schaltete sich ein. „Hier kommt uns der Zufall zu Hilfe. Die Hexe hat nächste Woche Geburtstag. Es wird mal wieder ein rauschendes Fest im Schloss stattfinden und, was das Ganze noch besser macht, es wird ein Kostümball sein. Einige von uns haben bestimmt schon eine Einladung erhalten." Ein paar der Anwesenden nickten zustimmend. „Wir werden uns mit John kurzschließen und dafür sorgen, dass die anderen auch ins

Schloss kommen. Durch die Masken können wir uns unerkannt unter die Menge mischen. Gemeinsam können wir die Königin überwältigen."

Es herrschte nachdenkliches Schweigen. „Ein wirklich guter Plan, könnte funktionieren, aber wäre ein Knalleffekt nicht zielführender?" Rownan sah mich eindringlich an. Ich verschränkte die Arme vor der Brust, ich wusste worauf er hinauswollte. „Es wäre sinnvoller, wenn du dich erst bei dem Ball zum Tausch anbieten würdest. Vor all den Zeugen ist sie in ihren Handlungsmöglichkeiten eingeschränkt. Vielleicht können wir uns auch die Geschichte von 'der Einen' zu Nutze machen. Wir könnten auf einen Schlag eine Menge Leute für unsere Sache gewinnen."

Ich seufzte und Caleb sah mich triumphierend an. Am liebsten hätte ich ihm die Zunge rausgestreckt. Darüber haben wir bei der Ausarbeitung des Planes bereits gestritten, aber ich hatte darauf bestanden, wenigstens die Möglichkeit mit dem zeitnahen Austausch vorzuschlagen. Aber wenn ich jetzt in die Gesichter unserer Verbündeten sah, konnte ich nicht so tun, als wäre mein Plan der bessere.

„Mir ist schon klar, dass du ihn am liebsten sofort befreien möchtest..."

Ertappt zuckte ich zusammen. „Du hast recht Rownan, der Auftritt auf dem Ball ist die bessere Idee."

Caleb drückte meine Hand und lächelte mich aufmunternd an.

Ich lächelte dankbar zurück, entzog ihm aber meine Hand. Er presste kurz die Lippen zusammen und nickte dann. Lionel klatschte in die Hände. „Dann hätten wir also einen Plan." Er wandte sich mir zu. „Du kannst dich bis zum Ball hier verstecken. Vielleicht ist es sogar am besten, wenn du eine gewisse Zeit wieder zurückreist. Dann ist das Risiko, dass man dich entdeckt am geringsten."

„Kann sie nicht besser von mir aus reisen? Bei mir sind ihre ganzen Kleider. Wir könnten uns zusammen beim Ball einschleichen."

Es gab mir einen Stich, als er mich ansah. „Zusammen sind wir zu auffällig, Caleb. Unser Schauspiel kann uns nicht mehr schützen. Wenn sie dich jetzt noch mit mir sehen, dann sperrt sie dich nachher auch noch ein. Wir können froh sein, dass sie denkt, dass du von mir hintergangen wurdest, sonst würden wir hier eine doppelte Rettung durchführen müssen. So bist du ein weiterer Trumpf..."

Er rang sich ein Lächeln ab. „Du hast recht – das Schauspiel ist vorbei..."

„Außerdem habe ich schon einige Ideen für ein traumhaftes Kleid für die Eine."

Lionels Augen leuchteten und ich war dankbar für die taktlose Unterbrechung. Wir besprachen noch ein paar Details, damit jeder am richtigen Ort stand, um ins Schloss zu kommen und dann löste sich unsere Versammlung auf. An der Tür hielt ich

Caleb auf. „Ist zwischen uns alles ok?“

Er legte den Kopf schief. „Es wird wieder ok werden, ich bin schon ein großer Junge, Alex, und habe nicht das erste Mal einen Korb bekommen. Ich werde drüber wegkommen. Aber gib zu, es hat auch Spaß gemacht.“

„Ich hatte eine Menge Spaß, bevor es dir zu ernst wurde.“

Er grinste und es war fast das Caleb-Grinsen, dass ich so mochte. „Mehr kann ich wohl nicht erwarten.“ Er gab mir einen Kuss auf die Wange und war ebenfalls weg. Er und Rownan ritten zusammen zu Calebs Schloss und ich war froh, dass er nicht allein war.

In der realen Welt fuhr ich zu meinen Eltern. Sie waren gerade mit dem Abendessen fertig und saßen im Wohnzimmer. Ich setzte mich noch kurz zu ihnen und wir guckten zusammen fern. Erschöpft legte ich mich nach dem Film ins Bett. Es kam mir Ewigkeiten her vor, dass ich in meinem eigenen Bett gelegen hatte. Gelegen – denn schlafen konnte ich nicht. Sobald ich die Augen schloss, sah ich Noah vor mir. Hatte er erfahren, dass wir ihn bald retten würden? War die Hexe gerade bei ihm und quälte ihn? Schaffte Caleb es, die Fassade aufrecht zu erhalten? Konnten Cody und Estelle sich weiter verstecken?

Irgendwann muss ich wohl doch eingeschlafen sein, denn ich

schreckte hoch, als der Wecker läutete.

Müde und gleichzeitig total hibbelig schrieb ich meinen Eltern einen Zettel und machte mich auf den Weg. Den Code hatte ich mir sicherheitshalber auf einen Zettel geschrieben, daher kam ich problemlos in das Schloss, obwohl es so früh am Morgen natürlich noch geschlossen hatte.

34.

Wie erwartet war die Küche auf der anderen Seite verwaist. Lionel hatte geplant, die Hauptküche irgendwie zu sabotieren, daher wurde nun in der Nebenküche das Essen zubereitet und ich konnte unbehelligt reisen. 'Ein hoch auf die Paläste...aber wie fand ich jetzt Lionel, ohne dass mich jemand sah?' Da entdeckte ich einen Zettel auf der Arbeitsplatte.

Ich habe dir Kleidung für ein Dienstmädchen bereitgelegt. Damit kannst du dich unauffällig im Schloss bewegen und nach mir suchen. Dein Kleid ist übrigens fertig, du wirst fantastisch aussehen!

Grinsend griff ich nach dem Beutel, der neben dem Zettel lag. Fluchend zerrte ich an dem Kleid, dass ich durch die Reise bereits anhatte. Nach einigen Fehlversuchen an die Knöpfe zu kommen, nahm ich eines der Messer, die wohl beim Umzug hier vergessen worden waren und schnitt das Kleid kurzerhand auf. Ich schlüpfte in das Dienstmädchenkleid, das Gott sei Dank nur einen Knopf im Nacken hatte. 'Die Mädchen haben ja auch keinen, nach dem sie läuten können, damit er ihnen mit den verdammten Knöpfen hilft!'

Ich setzte das passende Häubchen auf und lief mit gesenktem Kopf hastig durch die Gänge und suchte nach Lionel. Ich fand ihn schließlich im Salon. „Habt ihr noch einen Wunsch, eure Hoheit?"

Abwesend schüttelte er den Kopf.

„Sicher?"

Jetzt erst blickte Lionel auf und ein Lächeln huschte über sein Gesicht. Er räusperte sich und stand auf. „Ich vergaß, dass ich dir meinen Wams für den Ball morgen zeigen wollte, es müssen noch ein paar Änderungen gemacht werden, damit es zum Kleid meiner Begleiterin passt." Ich machte einen Knicks und er ging voraus. Er öffnete eine der zahllosen Türen und bugsierte mich in das Zimmer. „Und? Was sagst du?"

Sprachlos stand ich vor dem Kleid. Mehr Aufsehen, als mit einem solchen Kleid, würde ich wahrscheinlich nur erregen, wenn ich auf einem Elefanten in den Ballsaal geritten wäre. Das Kleid an sich war schlicht cremefarben, aber es hatte eine Lage aus goldener Spitze, die über und über mit Perlen bestickt war. Das Oberteil war schmal geschnitten und hatte einen U-Boot Ausschnitt, der mich an mein rotes Kleid erinnerte. Der Ausschnitt war doppelt geschlagen und endete in der Mitte der Oberarme. Der Rock war in Falten geworfen und wieder so ausladend, dass ich auf jeden Fall Hilfe beim Einsteigen in die Kutsche, sowie beim Heraussteigen, brauchen würde. Ich starrte

Lionel an. „Das soll ich anziehen?“

Er nickte ernst. „Wie Rownan sagte: wir brauchen einen Knalleffekt und die Aufmerksamkeit aller Anwesenden. Damit ist uns beides gewiss.“

Ich konnte ihm nur zustimmen. Die dazugehörende Maske war mit goldenen Pailletten und Federn verziert. „Meinst du, es wird funktionieren?“

Er legte seinen Arm um meine Schultern. „Ja, ich glaube, dass wir es schaffen.“

Ich atmete tief durch. „Wann geht es los?“

„Es ist eine längere Fahrt, wir werden morgen nach dem Frühstück aufbrechen. Hinter der Garderobe habe ich dir ein Bett aufgestellt und ich werde dir auch noch etwas zu essen holen. Wenn es für dich in Ordnung ist, werde ich dir beim Umziehen helfen, dann sehen dich die Anderen erst, wenn du die Maske aufhast.“

Ich lächelte dankbar. „Da habe nichts gegen. Und was zu essen wäre wirklich nicht schlecht!“

Er lächelte zurück. „Ich bin sofort wieder da.“

Kurze Zeit später kehrte er mit einem Teller Brot mit Käse und zwei Gläsern Wein zurück.

„Eine gute Idee, Wein kann ich jetzt gut gebrauchen.“

Er setzte sich zu mir auf das Klappbett und wir stießen an. Schweigend begann ich zu essen. „Möchtest du über Caleb oder Noah reden?“

Mitfühlend sah er mich an. Ich schluckte den Bissen in meinem Mund runter. „Da gibt es ehrlich gesagt nicht viel zu reden. Caleb hat mir erzählt, was er für mich empfindet, ich habe ihm gesagt, dass ich diese Gefühle nicht erwidere und aus diesem Grunde sitze ich jetzt hier und Noah ist im Gefängnis."

„Gibst du Caleb die Schuld?"

Ich zuckte mit den Schultern. „Nicht wirklich, er hat bei jemandem, den er für seinen Freund hielt, Dampf abgelassen. Das kann ich nachvollziehen. Ich glaube, er ist sauer genug auf sich selbst für uns beide, er macht sich Vorwürfe, ist von Tom betrogen worden..."

„Und ihm ist das Herz gebrochen worden."

Ich seufzte. Langsam wurde es dunkel und bei mir machte sich die durchwachte Nacht bemerkbar – ich konnte mein Gähnen nicht unterdrücken.

„Ich sehe, du musst schlafen. Ich werde dich dann morgen wecken. Irgendeinen Wunsch zum Frühstück?"

„Kaffee."

Er nickte lachend und verließ das Ankleidezimmer. Ich kuschelte mich unter die Decke und war sofort eingeschlafen. 'Ein Hoch auf den Wein!'

35.

Als ich aufwachte stieg mir der Duft von frischem Kaffee in die Nase. Noch im Halbschlaf reckte ich mich und genoss die Sonnenstrahlen auf meiner Haut. Dann fiel mir ein, was für ein Tag heute war und ich war mit einem Schlag hellwach und saß mit klopfendem Herzen senkrecht im Bett. Hektisch sah ich mich im Raum um, bis mein Blick auf Lionel fiel, der in der Tür stand und eine Tasse mit Kaffee in der Hand hielt. Dankbar nahm ich die Tasse und sog den Duft ein. Langsam beruhigte ich mich. Nach meinem letzten Schluck sah ich Lionel abwartend an. „Können wir mit der Verwandlung beginnen, Alex? Caleb hat mich eindringlich vor dir, ohne die Wirkung von Koffein gewarnt, aber ich weiß nicht wie lange wir brauchen...“

Ich wusste nicht, ob ich lachen oder empört sein sollten. 'Olle Klatschbase' Obwohl Caleb ja durchaus recht hatte. „Wir können loslegen, der Kaffee wirkt.“

Es dauerte eine gefühlte Ewigkeit, aber als wir fertig waren und ich mich im Spiegel betrachtete war ich, wie immer, nachdem ich so ein Kleid angezogen hatte, sprachlos. Mit der Maske hätte selbst Sarah mich nicht erkannt. Lionel verschwand kurz, um sich auch umzuziehen. Seine Garderobe war farblich auf meine abgestimmt, nur dass seine Maske schlicht cremefarben und ohne Federn war. Außerdem war sie viel kleiner als meine, man konnte problemlos Lionel dahinter erkennen.

Wie erwartet, war es einigermaßen aufwendig, mich mit dem Kleid in die Kutsche zu bekommen, aber es gelang mit Hilfe des Stallburschen und des Kutschers. Lionel hatte für die Reise Gebäck und Wasser eingepackt. Das war auch gut, denn die Fahrt war wirklich lang. Und je länger sie dauerte, desto nervöser wurde ich. 'Ein Königreich für einen von Estelles Likörchen...' Ich ließ mir von Lionel nochmal haarklein berichten, was sie in der letzten Woche erreicht hatten. John war eingeweiht, er würde dafür sorgen, dass die richtigen Wachen im Schloss waren. Er würde denen, die der Hexe am nächsten standen, den Auftrag geben, die Zäune der gesamten Ländereinen zu kontrollieren, damit wären sie tagelang beschäftigt. Die Hintertür von der Küche würde auf sein, damit unsere Verbündeten ohne Einladung auch zum Ball kommen konnten. Außerdem würde John selbst alles dafür tun, die Hexe betrunken zu machen.

In dem Augenblick kam das Schloss in Sichtweite. 'Tief atmen – keine Panik. Morgen um diese Zeit ist alles vorbei. Der Plan steht, jetzt musst du ihn nur noch durchführen.' In mir stieg ein hysterisches Lachen auf und ich griff unwillkürlich nach Lionels Hand. Sie war zwar nicht so wirksam, wie die von Caleb, aber ich bekam wieder Luft. Er sah mich eindringlich an. „Hinter deiner Maske wird dich keiner erkennen. Bleib in meiner Nähe, versuch so wenig, wie möglich zu sprechen. Rownan wird uns ein Zeichen geben, wenn alle da sind, dann treten wir zusammen vor und du gibst dich zu erkennen. Was du am besten sagst, haben wir ja besprochen. Sobald Noah bei uns ist, werden wir die Hexe überwältigen. Du bist nie alleine, keine Angst."

Die Kutsche hielt vor dem Schlossportal. Ich drückte noch einmal seine Hand und ließ ihn aussteigen, er musste mir schließlich helfen. Als ich vor dem Schloss stand, atmete ich noch einmal tief durch, straffte die Schultern und hakte mich bei Lionel ein. Gemeinsam betraten wir den Ballsaal. Es war schon sehr voll und es kam zu einem Gedränge, als sich alle für den Einzug der Hexe aufstellten. Hocherhobenen Hauptes, mit John im Schlepptau, schritt sie durch die Menge. Alle verneigten sich, wenn sie in ihre Nähe kam. Auch ich senkte den Kopf und machte eine Reverence. Erleichtert stieß ich den Atem aus, als sie an uns vorbei war. Als sie endlich an ihrem Thron angekommen war, gab sie dem Orchester ein Zeichen und die Musik setzte wieder ein. Wir mischten uns unter die Leute und ich versuchte unter den Maskierten unsere Verbündeten zu erkennen, was mir nicht wirklich gelang. Jetzt wurde mir klar, warum Lionels Maske so viel kleiner war. Er war ganz leicht zu erkennen, so dauerte es auch nicht lange, bis uns die ersten entdeckten. Joana kam mit ihrem Mann auf uns zu. Wir begrüßten uns mit dem klassischen Küsschen links, Küsschen rechts. „Wenn Lionel nicht neben dir stehen würde, hätte ich dich nicht erkannt."

„So soll es ja auch sein. Ist sonst schon jemand von uns hier?" Ich blickte mich suchend um. Mein Blick blieb an einem tanzenden Paar hängen. Ich brauchte einen Augenblick, bis mir klar wurde, warum es meine Aufmerksamkeit erregt hatte - es war Caleb, der dort tanzte und er schien sich glänzend zu amüsieren. 'Na, dann ist auf jeden Fall sein Herz nicht schlimm gebrochen...'

Lionels Blick folgte meinem. „Stört es dich, ihn so zu sehen?"

„Nein, wieso sollte es. So ist es gut." Caleb musste meinen Blick gespürt haben, denn er sah plötzlich in meine Richtung. Sein Caleb-Grinsen blitze unter der Maske auf und wir nickten uns zu. 'Puh!'

Lionel und ich mischten uns unter die anderen Gäste. Er grüßte zahlreiche maskierte Leute, von denen ich die meisten nicht erkannte. Die Mehrzahl war anscheinend flüchtige Bekannte, mit denen hielt er sich nicht lange auf. Auf die Frage, wer denn seine Begleitung sei - also ich - antwortete er recht vage, dass ich eine entfernte Verwandte sei, die spontan zu Besuch gekommen sei. Einige schienen aber Verbündete zu sein, denn mit ihnen sprach er länger und diese sahen mich auch neugieriger an, fragten aber nicht, wer ich war.

36.

Da sah ich Rownan neben dem Eingang zum Ballsaal stehen. Er hatte seine Maske abgesetzt. Ich stieß Lionel in die Rippen und wies zur Tür. „Das Zeichen, komm."

Er machte mit seinem Finger eine schnelle Geste in der Luft und um uns kam Bewegung in die Gäste. Mein Herz schlug bis zu Hals. 'Es geht jetzt wirklich los.'

Ich spürte eine Hand auf meinem Rücken. Als ich mich umsah, grinste Caleb mich an. „Los, befreien wir Noah." Das reichte. Ich wurde ruhig und setzte ein Lächeln auf. Gemeinsam gingen wir auf den Thron zu. Direkt vor der Hexe blieb ich stehen. Abwartend sah sie mich an. Sie erkannte mich tatsächlich nicht. Langsam setzte ich die Maske ab. Froh, dass wir zusammen vorbereitet hatten, was ich sagen sollte, begann ich. „Frau Königin Mutter. Zutiefst beschämt stehe ich vor Euch und bitte um die Freilassung Eures Stallburschens. Er kann nichts für meine Verfehlung, ich..."

Die Hexe stand auf und lachte mir ins Gesicht. „Glaubst du, das ist so einfach? Ihr zwei habt gegen das Gesetz verstoßen, auch du gehörst weg gesperrt..."

Sie holte Luft, doch bevor sie nach den Wachen rufen konnte packte ich ihre Schulter. „Ich würde mir an deiner Stelle gut überlegen, was du als nächstes machst. Ich hatte gehofft, wir könnten das hier friedlich über die Bühne bringen, aber mir scheint, dass das mit dir nicht möglich ist. Ich habe deinen beschissenen Sender, mit dem du hier alle gefangen hältst..."

Sie wurde blass. „Ich glaube dir nicht! Nie würdest du ihn finden!"

Möglichst überheblich lächelte ich sie an. „Leute mit Zwangsneurosen sollten keine Verstecke aussuchen. Noah hat mir alles über deinen Tick mit der Schmuckschatulle erzählt."

Ihr rechtes Auge zuckte, ich wertete das als gutes Zeichen. „Wo ist mein Amulett?"

Ich trat einen Schritt zurück. „Als würde ich dir das verraten! Es ist vorbei Leonor! Entweder du lässt sofort Noah frei und lässt die Menschen, die du hier für dein Königinnen-Spiel gefangen hältst in Frieden oder es wird unschön..."

Man konnte es ihrem Kopf arbeiten sehen, aber auch meine Gedanken überschlugen sich. Bis hier hin, lief alles wie geplant, aber ab jetzt kam der Blindflug, weil keiner eine Ahnung hatte, wie sie reagieren würde, obwohl wir eine Variante für die Wahrscheinlichste hielten. Als hätte sie meine Gedanken gelesen, fing sie auch schon an nach ihren Wachen zu schreien – das hatten wir befürchtet, jetzt mussten wir sie überwältigen. Aufs Stichwort stellten sich John und Mark neben die Hexe. Als sie erkannte, dass ihr Mann auf unserer Seite war, fing sie hysterisch an zu lachen. „Der Schwächling soll euch helfen?"

„Was glaubst du, wer Cody und Estelle befreit hat? Ich habe Alex auch den Tipp mit dem Amulett gegeben!"

Die Hexe sah ihn fassungslos an. „Du mieser kleiner Verräter..."

Caleb trat zu ihr. „Leonor, ich bitte dich, komm zur Vernunft! Ich bring dich nach Hause, dort kannst du dich ausruhen..."

Ein gehässiges Grinsen trat auf ihr Gesicht. „Ich weiß, warum du das tust, aber sie wird dich nie so lieben, wie sie Noah liebt, er ist etwas Besonderes! Also spar dir dein Gesülze!"

Calebs Augen huschten zu mir. Ich wollte zu ihm, aber er schüttelte unmerklich den Kopf, also blieb ich stehen. Er sah seine Schwester an. „Du hast keine Ahnung von meinen Motiven, weil du mich gar nicht kennst. Genauso wenig kenne ich dich! Ich werde unseren Eltern liebe Grüße ausrichten, sie werden dich lange nicht sehen können."

Im Saal war es durch ihr Schreien still geworden, die Gäste sahen uns teilweise einfach neugierig, teilweise aber auch fragend und verängstigt an. Caleb nickte mir zu. „Dein Auftritt."

Ich stieg die zwei Stufen zum Thron hoch und wandte mich dann an die Menge. Unsere Verbündeten stellten sich vor mir auf. Ich war erleichtert zu sehen, wie viele es waren. Caleb und Lionel stellten sich rechts und links neben mich, sie waren bekannt und beliebt in dieser Welt. Nachdem ich mich kurz geräuspert hatte, stellte ich mich, so grade ich konnte, vor die versammelten Menschen und atmete tief durch. Im Raum war es so still, dass ich meinen Herzschlag in den Ohren hörte. „Ihr kennt mich als Prinzessin Alexandra von Benrath, Tochter eurer Königin und Ehefrau von Lord Caleb." Zustimmendes Gemurmel. „Aber ich bin mir sicher, dass einige von euch wissen, dass das Blödsinn ist. Viele von euch werden ahnen, dass hier etwas nicht richtig ist, dass die Königin euch anlügt. Euch wurde ein Märchen von 'der Einen' erzählt, die Getrenntes vereint." Theatralisch breitete ich die Arme auseinander. „So, hier bin ich!"

Ein Raunen ging durch die Menge. Ungläubiges Getuschel erhob sich.

„Die Königin ist keine Königin. Sie hat euch hier in dieser Welt eingesperrt, dafür gesorgt, dass ihr nicht mehr nach Hause könnt und euch eingeredet, dass das, woran ihr euch erinnern könnt, ein Traum ist. Dass es nur diese Welt hier gibt. Die, die etwas anderes sagten wurden eingesperrt und ausgegrenzt. Ich bin zusammen mit vielen Menschen hier, die ihr kennt hier, um dem Spuk ein Ende zu machen. Wir werden die Königin daran hindern euch weiter einzusperren. Ihr werdet wieder frei sein und könnt reisen, wohin ihr wollt!"

Die Königin zerrte an ihren Bewachern, die ihre Arme festhielten. „Hört nicht auf sie!! Wachen!! Sperrt diese Lügnerin ein!"

John grinste von einem Ohr zum anderen. „Der Schwächling und miese kleine Verräter hat deine Wachen zur Inspektion der Zäune ausgeschickt, es wird niemand kommen, um dich zu retten."

Weiß vor Wut wandte sie sich an die Anwesenden. „Mein geliebtes Volk. Hört nicht auf diese Wahnsinnige! Ich bin die Einzige, die euch vor den Gefahren der Welt beschützen kann! Geht es euch nicht gut? Habe ich nicht immer alles für euch getan?"

Man sah den Leuten an, dass sie hin und her gerissen waren. Sie tuschelten aufgeregt miteinander. Plötzlich trat Joana vor. „Ihr kennt mich. Und ihr kennt meinen Mann. Seit die Königin an der Macht ist, habe ich meinen Mann angelogen. Ich kann jederzeit hier weg, aber er nicht. Die Königin weiß das und droht damit, meinen Mann einzusperren, wenn ich diese Welt hier verlasse."

Als sie zurücktrat, räusperte sich ihr Mann. „Ich habe lange geglaubt, dass dies hier die einzige Welt ist und dass ich verrückt bin, weil ich ab und zu von einer Welt träume, in der Autos fahren, einer Welte, die viel größer ist, mit Meeren und verschiedenen Sprachen. Aber seit Joanna mir die Wahrheit gesagt hat, weiß ich, dass diese Welt hier eine Lüge ist, ist mir klar, dass ich nicht verrückt bin. Und bestimmt haben viele von euch solche Träume oder Gedanken!"

Auch Estelle räusperte sich. „Ich habe für die Königin

gearbeitet. Ich weiß, wozu sie im Stande ist und viele von euch wissen es auch! Helft uns, sie ein für alle Mal in ihre Schranken zu weisen und uns alle zu befreien!"

Nach und nach erzählten immer mehr Bewohner von ihren eigenen Erfahrungen. Erst die, die um mich herumstanden, aber irgendwann erhob auch einer derer das Wort, der noch nicht zu uns gehörte und bislang verunsichert zugehört hatte. Er erzählte von seinen Träumen über eine Frau und Kinder. Davon, dass er sie vermisse und sich nicht erklären konnte, warum. Immer mehr schlossen sich an.

Da wurde die Tür des Ballsaales aufgestoßen. Alle blickten sich erschrocken um. Mir sackten vor Erleichterung fast die Knie weg. Zwischen Cody und Rownan betrat er den Saal.

„Noah!" kreischte die Hexe. „Sie wollen alles zerstören, bring sie zur Besinnung!!"

Aber er sah noch nicht einmal in ihre Richtung. Als sein Blick mich fand, eilte er mit großen Schritten zu mir. Mich hielt auch nichts mehr. Ich lief durch die Menschenmenge, die automatisch eine schmale Gasse für mich bildete. Als ich endlich bei ihm war, nahm er mich in seine Arme und zog mich fest an sich. Ich konnte seinen Herzschlag an meiner Brust fühlen, als er sich zu mir hinab beugte. Ich stellte mich auf die Zehenspitzen, um ihm näher zu sein.

„Dankeschön." raunte er und küsste mich so, dass ich wieder

vergaß zu atmen. Ich vergrub meine Hände in seinen Haaren und drückte mich an ihn.

„Er gehört mir!!" schrie Leonor halb wahnsinnig.

Wir lösten uns voneinander. Ich verflocht meine Finger in seinen und wir gingen zusammen zum Thron. Vor der Hexe blieben wir stehen. „Ich gehöre dir nicht. Ich habe dir nie gehört!"

Cody drängte nach vorne. „Jetzt lasst uns die Sache endlich zu Ende bringen! Alex." Er sah mich auffordernd an. Ich griff mir an den Hals und zog das Amulett hervor.

„Das dürft ihr nicht zulassen!! Hier seid ihr in Sicherheit, helft mir diese Verräterin aufzuhalten und ich werde euch reich belohnen!!" halb hysterisch kreischte die Hexe und zerrte an ihren Bewachern, die sie zum Glück immer noch festhielten. Aus der Menge lösten sich ein paar Bewohner. Drohend kamen sie auf uns zu. Als andere das bemerkten, schlossen sie vor uns die Reihen und blickten sie herausfordernd an. Joana wandte sich mir zu. „Worauf wartest du! Beeil dich, wir halten die Leute auf!"

Sie hatte natürlich recht, wir durften keine Zeit verlieren. „Estelle, zeigst du uns das andere Portal?" Sie nickte und eilte mit Cody voraus. Lionel und Mark zogen die sich immer noch wehrende Leonor mit sich und ich schloss mich mit Noah, Caleb, Rownan und Marie an. Charlotte blieb mit John im Ballsaal bei den anderen.

Am Portal angekommen, fesselten wir die Hexe mit den Händen auf dem Rücken. Mittlerweile stieß sie nur noch unverständliche Verwünschungen vor sich hin und sah mich hasserfüllt an.

„Was genau müssen wir jetzt tun, Rownan?" Ich hielt den Schalter fest umklammert.

„Wir bringen Leonor durch das Portal, wie es dann weitergeht, kann ich erst sagen, wenn ich die Maschine gesehen habe, aber falls sie so konstruiert ist, wie die in der Welt, in der ich gewesen bin, weiß ich, was zu tun ist."

Als wir die Hexe zum Portal bugsierten, zuckte ein unheimlicher Ausdruck über ihr Gesicht. „Du glaubst, du hättest gewonnen. Das habe ich auch mal gedacht und sieh wo ich nun bin! Genieß dein kurzes Glück mit Noah, aber es wird nicht anhalten! Ich bin nicht am Ende. Glaub mir, ich mach dich fertig!!" Der Blick ging mir durch Mark und Bein, ich war wie versteinert. Ich zuckte zusammen, als Noah mich am Rücken berührte. „Lass sie reden. Komm, wir müssen weiter."

Ruckartig löste ich meinen Blick von ihr und wir gingen durch das Portal.

Es fühlte sich ganz anderes an, als die Portale, die ich kannte. Es war, als würde man sich durch eine dünne Schicht Wackelpudding quetschen. Irritiert sah ich Rownan an. Der lächelte wissend. „Zu der Welt in der ich war, fühlte sich das

Reisen an, als würde man eine steile Rutsche hinunter rasen. Jede Welt ist anders." Ich blickte mich um. Viel war nicht zu sehen. Es war ein kleiner Raum, ohne Fenster. Es sah trostlos aus und erinnerte mich an Bunkeranlagen aus dem Krieg. Ich betrachtete die Anderen. Ihre Kleidung hatte sich wieder geändert. Alle trugen olivgrüne Tarnanzüge. 'Die Hexe hat echt nen Schuss...' An den Wänden standen unwirklich hohe Regale in denen Essen in Dosen und Wasserkanister standen. Nur eine Wand stach heraus, dort stand eine Maschine. Rownan betrachtete sie und winkte mich zu sich. Als ich mich mit dem Amulett näherte erwachte die Maschine plötzlich zum Leben. Erst war nur ein Summen zu hören, als hätte ich den alten PC meiner Eltern eingeschaltet, dann piepte es und zahlreiche Kontrolllampen leuchteten auf. Abwartend sah ich Rownan an und lachte erleichtert auf, als er zufrieden nickte. „Marie, hilfst du mir bitte dabei, dass neue Programm zu schreiben?" Augenblicklich stand sie neben ihm und beide begannen auf die Maschine einzutippen. Ihre Finger flogen nur so über die Tastaturen. Wir anderen standen stumm um sie herum und beobachteten sie bei der Arbeit. Nicht, dass ich irgendeinen Schimmer gehabt hätte, was genau sie da taten.

Noah stellte sich neben mich und nahm meine Hand. Ich konnte seine Anspannung spüren und strich ihm mit dem Daumen beruhigend über den Handrücken.

Endlich richteten Marie und Rownan sich auf. „Es ist

vollbracht, jetzt müssen wir gleich nur noch den Schalter umlegen und dann ist es endgültig vorbei und sie hier eingesperrt."

Noah räusperte sich. „Was wird Leonor daran hindern, das Programm wieder umzuschreiben?"

„Diese Maschine funktioniert nur zusammen mit dem Schalter. Der aktiviert sie erst. Und durch das neue Programm ist das Portal für die Hexe geschlossen."

„Aber sie kann doch einfach durch Gedankenreisen zurück..."

Rownan sah mich irritiert an. Ich blickte mich um, ob ich irgendetwas falsch verstanden haben könnte, aber alle sahen Rownan fragend an.

„Sie kann nicht Gedankenreisen. Wusstet ihr das nicht?" Dem Gesichtsausdruck der anderen nach zu urteilen, wussten sie es genauso wenig wie ich.

Etwas in meinem Hinterkopf versuchte meine Aufmerksamkeit zu erlangen, wurde aber unterbrochen. „Mensch Alex, jetzt drück endlich den Schalter, ich bekomme hier drin Beklemmungen." Cody sah wirklich etwas blass um die Nase aus. Er hielt, so gut es ging, die Hexe in Schach.

„Schon gut, du Nörgelkopp. Aber vorher sollte Estelle durch das Portal zurück gehen, nicht, dass sie hier mit der Hexe feststeckt." Schuldbewusst sah Cody zu Estelle. „Ich geh dann aber schon mit und wenn ihr auch wieder drüben seid, gehen wir in den Weinkeller und Estelle probiert das Portal aus..."

Als die beiden verschwunden waren, drückte ich den Schalter und wartete. Nur dass ich nicht wirklich wusste, worauf. Es fühlte sich kein bisschen anders an. „Hat es funktioniert?"

„Es gibt nur einen Weg, das herauszufinden, versuche durch das Portal zu gehen."

Ich tastete die Wand ab aber außer einer leichten Schwingung war da war nichts, ich konnte nicht hindurch. Ein Anflug von Erleichterung machte sich in mir breit. „Jetzt muss diese Änderung nur dazu geführt haben, dass die Portale in der anderen Welt wieder offen sind. Kommt, wir gehen zu Cody und Estelle."

Noah und ich nahmen uns an den Händen, schlossen die Augen und waren wieder im Schlafzimmer der Hexe, wo Estelle mit Cody auf uns wartete. Als alle da waren, eilten wir zum Portal im Weinkeller. Wir machten einen kleinen Umweg, um nicht auf etwaige Gäste zu stoßen, bevor wir Antworten hatten. Nervös näherte Estelle sich der Nische und war verschwunden. Es dauerte keine Minute und sie war wieder da. Die Tränen liefen ihr über die Wangen, als sie Cody um den Hals fiel. Noah sah mich, mit feuchten Augen, an und nahm meine Hand. „Komm, wir gehen in den Ballsaal und verbreiten die Neuigkeiten. Die Bewohner können wieder nach Hause.

37.

Als wir wieder im Ballsaal waren, wurden wir mit Fragen bestürmt. Ich hob beschwichtigend die Hände und wartete bis Ruhe eingekehrt war.

„Die Portale sind wieder offen. Jeder kann wieder ohne Gefahr reisen, wie er möchte." Ungläubiges Gemurmel hob an. Eine Bewohnerin trat vor.

Da Rownan, Marie und Mark aufgrund ihrer Erfahrung in der anderen Parallelwelt am besten Bescheid wussten, überließ ich ihnen nur zu gerne das Wort, wenn es um die technischen Hintergründe der Öffnung ging. Irgendwann war die letzte Frage beantwortet und fast alle verließen den Ballsaal. Joana kam mit ihrem Mann zu mir und schloss mich herzlich in die Arme. „Danke, Alex."

Verlegen erwiderte ich die Umarmung. „Nicht der Rede wert. Ohne eure Hilfe wäre es nicht so glatt gegangen. Wenn ihr euch nicht offen zu Wort gemeldet hättet, wer weiß, ob uns so viele unterstützt hätten. Vielleicht hätten sie sich gegen uns gewandt und ich würde jetzt in irgendeinem Kerker sitzen."

Joanas Mann nickte mir zu, während sie mich noch einmal

drückte. „Was habt ihr jetzt vor?“

„Wir werden nach Bewohnern suchen, die nicht wissen, dass sie reisen können.“

Noah, Caleb und ich beschlossen am nächsten Tag durch die Ländereien zu reiten und denen von der Befreiung zu erzählen, die nicht auf dem Ball waren. Ausgangspunkt würde Calebs Schloss sein.

Dort angekommen erläuterte Caleb seinen Angestellten, was passiert war. Als klar war, dass sie ihn nicht für die Situation verantwortlich machten und nicht vorhatten, ihn zu lynchen, zogen Noah und ich uns zurück.

In meinem Zimmer angekommen betrachtete ich ihn zum ersten Mal genauer. Er sah ausgezehrt aus. Ich legte meine Hand auf seine Wange. „Wie geht es dir? Hat sie dir etwas angetan, als du im Kerker warst?“

„Nein, nur die üblichen Psychospielchen. Das Schlimmste war, dass man mir keine Ruhe gelassen hat, damit ich nicht reise.“

„Es tut mir leid, dass es so lange gedauert hat.“

Er hob eine Augenbraue und nahm meine Hand von der Wange in seine Hand. „Du hast mich gerettet, Alex, du hast diese Welt hier gerettet, also entschuldige dich nicht dafür, dass das nicht an einem Tag geklappt hat.“ Er küsste meinen

Handballen und wanderte mit den Lippen meinen Arm hinauf. Dabei kam er mir immer näher, bis sich schließlich unsere Nasenspitzen berührten. Ich konnte seinen Atem auf meiner Haut spüren.

„Darf ich dir aus diesem Kleid helfen?" Grinsend und mit klopfendem Herzen drehte ich mich um. Während er die Knöpfe öffnete küsste er meinen Hals und meine Schultern. Ich musste mich beherrschen, still stehen zu bleiben. Nachdem er mir das Kleid nach einer halben Ewigkeit über den Kopf ziehen konnte, stand ich noch in dem Ungetüm an Reifrock da. Lächelnd half er mir, aus ihm hinaus zu steigen. Ohne den Blick von mir zu lassen, zog er sich sein Hemd aus. Ich konnte mich nicht mehr beherrschen. Mit einem Schritt war ich bei ihm, legte meine Hände in seinen Nacken und zog ihn zu mir hinab. Sein Blick brannte und ich stöhnte auf, als er mich endlich küsste. Ich hatte das Gefühl, seine Hände wären überall, während er mich in Richtung Bett drängte.

Als wir am nächsten Morgen nach unten gingen hörten wir laute Flüche aus der Küche. Schnell liefen wir hin. Dort angekommen konnte ich mir das Lachen nicht verkneifen. Auch Noah prustete los. Caleb stand mitten in der Küche, die in absolutem Chaos versunken war. Seine Haare standen wirr in alle Richtungen und er hatte Ruß im Gesicht.

„Können wir dir helfen?"

Entnervt sah er uns an. „Ich bitte darum! Mit vernünftigen Küchengeräten, die mit Strom laufen, komme ich gut zurecht, aber hier?"

Noah klopfte ihm auf die Schulter. „Bald bist du ja wieder zu Hause und solange übernehme ich zu unserer aller Sicherheit die Küche."

Erleichtert machte Caleb ihm Platz und stellte sich zu mir. „Na, gut geschlafen, Prinzessin?" Er grinste anzüglich. Ich boxte ihn gegen die Schulter.

„Ich hör ja schon auf."

Er trat einen Schritt zurück und betrachtete mich belustigt von oben bis unten. Ich verschränkte die Arme. „Was?"

„Endlich wieder Hosen, hm? Hast du eine aus meinem Schrank geklaut?"

Vage zuckte ich mit den Schultern. Tatsächlich hatte er recht. Ich war so froh, dass das Theater spielen ein Ende hatte, das wollte ich auch mit meiner Kleidung demonstrieren. Es war befreiend gewesen, sich ganz alleine anziehen zu können.

Beim Frühstück brüteten Noah und Caleb über unserer Reiseroute. Wir würden nicht alle Bewohner an einem Tag erreichen, aber wir hofften, dass sich die Nachricht über das Geschehen von gestern auch ohne unser Zutun wie ein Lauffeuer verbreiten würde. Wir wollten nur auf Nummer sicher gehen, dass auch keiner unfreiwillig zurückblieb.

Wir räumten zusammen den Tisch ab und spülten schnell.

Dann gingen wir zu den Stallungen und sattelten die Pferde –
ich war froh, dass ich diesmal keinen Damensattel nehmen
musste. So konnte ich schneller reiten und würde uns nicht
unnötig aufhalten – außerdem war das Auf- und Absteigen weit
weniger gefährlich.

Wie erwartet wussten die Meisten, denen wir begegneten,
bereits Bescheid. Erleichtert stellte ich fest, dass niemand mit
den Neuigkeiten alleine war. Überall, wo wir ankamen, saßen die
Leute zusammen. Manche Häuser standen auch schon komplett
leer, da die Bewohner in die reale Welt zurückgereist waren. Eine
Bewohnerin hielt mich auf. „Was passiert jetzt mit dieser Welt?"

Ich sah von Noah zu Caleb und erinnerte mich daran, was sie
mir von den Anfängen dieser Welt hier erzählt haben. Diese
Welt hätte ich gerne kennengelernt. Perplex antwortete ich, dass
das nicht meine Entscheidung sei, die Bewohner können hier ihr
Leben so leben, wie sie wollten. Ich wusste ja noch nicht mal,
wie lange ich noch bleiben würde. Gott sei Dank war sie mit der
Antwort zufrieden.

Jedes Mal, wenn wir absaßen und durch die Gassen zu den
Häusern gingen, nahm Noah meine Hand. Immer wieder zog er
mich zu einem Kuss zu sich und strahlte mich an.

„Dir scheint es ja gut zu gehen." neckte ich ihn.

Er nahm mich in die Arme. „Du hast ja keine Ahnung, wie
gut."

Ich konnte nicht anders, als zurück zu strahlen. Caleb

räusperte sich.

„Kommt ihr zwei Honigkuchenpferde, wir müssen weiter.“

Am Ende des ersten Tages stießen wir tatsächlich noch auf jemanden, der so weit abseits war – er war Schafhirte und hatte gerade seine Herde zusammengetrieben – dass er noch keine Ahnung hatte. Misstrauisch beäugte er mich. „Seid Ihr nicht die Prinzessin?“

Wir erklärten ihm alles. Es dauerte einige Zeit, bis er uns glaubte. „Ich kann wirklich nach Hause gehen? Sie ist weg und wird mich nicht noch weiter verbannen, wenn ich es versuche?“

„Sie können gehen, wohin Sie wollen.“ Ich konnte Tränen in seinen Augen sehen, als er uns nacheinander um den Hals fiel. Dann machte er sich ohne ein weiteres Wort auf den Weg.

Wir übernachteten jede Nacht in einem anderen der leerstehenden Häuser und machten uns früh am nächsten Morgen wieder auf den Weg. Jeden Morgen machte Noah uns Frühstück – Caleb stand mit dem Herd immer noch auf Kriegsfuß und ich hatte ehrlich gesagt auch keine Ahnung, wie ich mit dem Holz im Ofen den Herd auf die richtige Temperatur für Kaffee bringen sollte. Zu unserm Glück hatten die Bewohner schnellstmöglich nach Hause kehren wollen, so dass sie die Vorräte in den Häusern gelassen haben. Wir fanden also überall genug Brot und eingelegtes Gemüse.

Nach fünf Tagen hatten wir jede Ecke, die Noah und Caleb

kannten, nach Menschen durchkämmt und ritten zum Schloss der Hexe.

Dort hatte Rownan zusammen mit Marie, Mark und John die Stellung gehalten. Einige Bewohner waren zum Schloss geeilt, um sich zu vergewissern, dass die Gerüchte stimmten. Nachdem das bestätigt wurde, sind einige direkt durch das Portal im Schloss gereist, andere zogen weiter, um die Nachricht zu verbreiten - zu unserem Glück, denn so mussten wir nicht viel Überzeugungsarbeit leisten.

Noah und ich verabschiedeten uns von den anderen und gingen in den Park. Ohne darüber zu sprechen, steuerten wir automatisch zu seiner Hütte. Wir gingen nach oben in sein Schlafzimmer.

„Was hast du jetzt vor?" fragend sah ich ihn an. Er lächelte und zog mich in Richtung seines Schrankes.

„Lass uns nach Hause gehen." Lächelnd folgte ich ihm.

Jetzt komme ich tatsächlich zu den Danksagungen!

Mit 16 hatte ich die Idee für die Geschichte rund um Alex, Sarah, Noah und Caleb. Sie landete als 30 Seiten Entwurf in einer Schublade. Doch sie hat mich nie ganz losgelassen. Zwei Jahrzehnte später kramte ich sie hervor und habe sie, vorsichtig ausgedrückt, überarbeitet. Bei einem Weinfest habe ich meiner Lektorin Sarah D. von dem Buch erzählt. Es war weit entfernt davon fertig zu sein, aber sie war von der Idee zu meiner Freude sofort genauso begeistert wie ich und ein paar Tage später brachte ich ihr die ersten Seiten. Es dauerte noch einige Jahre und viele Weinabende, bis es tatsächlich zu unserer beider Zufriedenheit ausgereift und noch viele Gespräche mehr, bis auch das Buch in der nun vorliegenden Form vollendet war. Ganz lieben Dank für Deine Hilfe, dass Du von Anfang an das Buch und mich geglaubt hast!

Ein großer Dank geht auch an meine Testleserin und Korrektorin Sarah T. (jeder sollte mindestens eine so tolle Sarah haben, ich habe das Glück sogar zwei zu haben!)

Danke auch an meine eifrigen Testleserinnen, zu denen meine Schwiegermutter Gudula, meine lieben Freundinnen Verena und Judith gehören. Ohne sie hätte Alex viel zu oft die Schultern gestrafft ;-)

Keiner schafft es, ein Buch zu schreiben, ohne die Unterstützung seiner Familie, daher möchte ich mich bei meinem Mann Kai bedanken, der mich im Tunnel des Schreibens und in der Frustration der Schreibblockade ertragen hat. Genauso wie unsere Kinder Klara und Joris, die mich durch ihre Fragen nach dem Buch immer wieder auf neue Ideen gebracht haben.

Und natürlich Dir, liebe Leser*in, dass du mit Alex gezweifelt, geflucht, gekämpft und geliebt hast. Ich freue mich, wenn Du sie auch bei der kommenden Geschichte begleitest!